죽은 경제학자의
이상한 돈과
어린 세 자매

18 죽은 경제학자의 이상한 돈과 어린 세 자매

추정경 장편소설

2017년 5월 8일 초판 1쇄 발행
2021년 11월 5일 초판 10쇄 발행

펴낸이 한철희 I 펴낸곳 돌베개 I 등록 1979년 8월 25일 제406-2003-000018호
주소 (10881) 경기도 파주시 회동길 77-20 (문발동)
전화 (031) 955-5020 I 팩스 (031) 955-5050
홈페이지 www.dolbegae.co.kr I 전자우편 book@dolbegae.co.kr
블로그 blog.naver.com/imdol79 I 트위터 @Dolbegae79 I 페이스북 /dolbegae

주간 김수한 I 편집 권영민
표지 디자인 박진범 I 본문 디자인 이은정·이연경
마케팅 심찬식·고운성·조원형 I 제작·관리 윤국중·이수민 I 인쇄·제본 상지사 P&B

ISBN 978-89-7199-814-4 (44810)
      978-89-7199-432-0 (세트)

책값은 뒤표지에 있습니다.

이 도서의 국립중앙도서관 출판예정도서목록(CIP)은 서지정보유통지원시스템 홈페이지
(http://seoji.nl.go.kr)와 국가자료공동목록시스템(http://www.nl.go.kr/kolisnet)에서
이용하실 수 있습니다. (CIP제어번호: CIP2017009605)

죽은 경제학자의
이상한 돈과
어린 세 자매

추정경 장편소설

차 례

—

1부

깡통촌

눈으로 셀 수 있는 세상의 모든 별이 쏟아질 것 같은 밤이다. 천장에 붙여 놓은 여든아홉 개의 야광별이 강철 천장에 달라붙은 그대로 주저앉아 쏟아질 것 같다. 오랫동안 불안감에 시달리며 살다 보니 행복의 반대말은 어쩌다 찾아오는 불행이 아니라 늘 곁에 있는 사소한 불안이라는 것을 알게 되었다. 그 불안은 이대로 잠들었다가는 열여덟에 저 야광별과 함께 하늘나라에 올라갈 것 같은 두려움이 되었다. 10년 만에 최고 적설량을 기록했다는 일기예보를 듣고 컨테이너 지붕이 과적이란 걸 알았으니 불안감은 쉽게 잠을 앗아 갈 것이다. 두꺼운 겨울 이불밖으로 코와 눈만 빼놓은 채 서정 언니를 불렀다.

"언니, 라디오에서 뭐래?"

"대설주의보에서 경보로 바뀐대."

"……역시."

오늘밤에 내리는 눈은 예사 눈이 아니라는 소리며 저 얇은 철판 지붕에 엄청난 눈이 쌓인다는 뜻이다. 그것은 깡통집 안에

9

들어 사는 우리가 척추를 곧추세우고 적을 살펴야 하는 미어캣처럼 오늘 밤을 뜬눈으로 감시해야 한다는 의미이기도 하다. 이불 속에 누워 있던 수정이가 겁에 질린 얼굴로 내게 묻는다.

"언니, 천장이 무너지면 어떡해?"

"그러게."

맥 빠지는 내 대답에 수정이가 두 손을 가지런히 모은 채 중얼거렸다.

"뿌려 주실 거면 가루눈으로 뿌려 주세요. 아니면 진눈깨비로요. 그도 아니면 다정이 언니가 눈을 잘 치울 수 있게 해 주세요."

순수한 아홉 살이 기도한들 이미 쌓인 눈이 치워질 리도, 내리는 함박눈이 진눈깨비로 바뀔 리도 없다. 이런 험한 일에 다정하게 쉬이 불러 쓰라고 내 이름을 온다정이라고 해 주셨나. 하지만 이불 밖으로 손가락 하나 빼기 싫은 날씨를 생각하니 온몸이 오들거렸다.

"아무래도 치우러 가야겠지?"

서정 언니가 자리를 박차고 일어나는 걸 내가 한 손으로 붙잡았다.

"저번처럼 미끄러져서 또 깁스하게? 내가 다녀올게."

공부 머리만 좋지 몸이 굼뜬 언니를 보내느니 공부에 취미는 없어도 깡통촌 청설모로 통하는 내가 올라갔다 오는 게 백 번 천 번 몸과 마음이 편하다. 할머니가 누벼 준 솜바지를 입고, 눈사람처럼 육중해 보이는 겨울 점퍼를 입고, 거기에 모자와 목도리로 중무장을 하고 컨테이너 문을 열자 차가운 밤공기가 훅— 콧속을 드밀고 왔다. 훌쩍거리던 콧물이 잠잠해진 건 그 찬바람이 콧물마저 얼린 탓일지도 모른다. 내리는 눈을 잡아 비벼 보니 습기가 많아 무겁게 뭉칠 녀석들이다. 선녀님들이 폭신하고 새털 같은 눈송이를 뿌려 주면 좋으련만 어쩌자고 물먹은 솜뭉치를 강속구로 던져 주시는지.

우리 집 지붕만 치운다면 20분이면 끝날 일이지만 깡통촌 이웃에 대한 오지랖이 십 리를 뻗어 가니 한 시간 안에 이불 속으로 돌아갈 가망은 없어 보인다. 이곳은 성냥갑 같은 집들이 따닥따닥 붙어 있는 동네라 내 앞마당 쓸기라는 개념이 없다. 사실 착해서라기보다 편하게 살기 위해서, 눈을 치울 거면 옆집, 앞집, 그 옆집 눈까지 치워 줘야 괜한 미움을 사지 않는다.

일단 급한 건 손자를 일찍 재우는 옆집 19호 성주 할머니네부터 앞뒤로 네 집, 다른 집은 눈 딱 감고 내려오는 걸로!

19호 창문을 두드리자 하얀 눈성에가 낀 창문이 얼굴만큼 열리고, 등이 굽은 성주 할머니의 눈이 보일락 말락 드러났다. 내복에 수면 조끼를 껴입은 성주가 깡충거리며 뛰어올라 손을 흔드는 걸 보니 이 녀석은 오늘도 제 할머니를 들들 볶다 잠이 들 모양이다.

"할머니, 눈 치우러 지붕에 올라가니까 소리 나도 놀라지 마세요."

"그래, 조심해서 올라가."

"장독 좀 밟고 올라갈게요."

문 옆에 세워 둔 넉가래를 표창 던지듯 지붕 위로 던져 올리자 눈 위에 살포시 내려앉는 소리가 들렸다. 눈에 파묻힌 장독을 조심스레 밟고 창턱을 디딤판 삼아 지붕 위로 올라가 보니 눈이 발목 위까지 성큼 들어가는 게 15센티는 족히 쌓인 것 같다. 넉가래로 쌓인 눈을 밀어 사람들이 다니지 않는 바깥 길로 치우자 불도저로 땅을 민 듯 길 하나가 생겼다. 이렇게 잘 뭉치는 무거운 눈을 그대로 놔뒀다간 내일 컨테이너 집 몇몇이 종이 상자처럼 구겨질지도 모른다.

불쑥, 어디를 향하는지도 모를 미움이 솟아올랐다. 내일 아침 여기저기 비닐하우스가 무너지고 오래된 지붕들이 폭삭 내려앉았다는 소식엔 눈과 귀를 막은 채 오랜만에 맞은 설국이라고 좋아할 세상이 미워졌다. 단열된 이중, 삼중창 안에서 반소매 셔츠를 입고 눈 풍경을 기뻐할 사람들 중에 그 눈에 지붕이 무너져 내릴까 봐 잠 못 드는 우리 같은 사람을 걱정하는 이는 없을 것이다. 이웃들이 걱정되어 영하 10도의 밤에 컨테이너 지붕에서 내려오지 못하는 내 마음을 세상은 아둔하다 하겠지. 허리를 펴고 지나온 깡통집을 세어 보니 이제 겨우 아홉 채. 쉰 채도 넘는 깡통집을 다 밀려면 군인 아저씨 한 부대가 와도 쌓이는 눈의 속도를 따라잡기 힘들 것이다. 이미 지붕에 달라붙어 얼음이 되어 버린 부분은 봄이 올 때까지 그대로 두어야 할지도.

한겨울 밤에 등줄기에서 땀이 흥건하게 흘러내렸다. 끙끙대며 무거운 눈 더미를 밀자 등이 따뜻해져 금세 추위가 가셨다. 하지만 이 열기를 믿고 쉬었다간 금세 몸이 얼기 십상이니 부지런히 움직여 눈을 치워야 한다. 치우러 가야 한다는 마음만 굴뚝일 뿐 잠시 숨을 고르느라 눈 더미에 꽂아 둔 넉가래를 뽑아 들 엄두가 안 난다. 펑펑 내리는 눈이 어깨와 머리 위를 짓누르자 배 속의 허기가 요동치기 시작했다. 아이스크림이면 먹기라도 하겠건만 요기도 안 되고 눈요기만 되는 이 눈을 언제 다 치우려나. 이미 따뜻한 아랫목으로 달아난 생각 때문에 몸이 얼어붙기 시작했다. 쌓이고 또 쌓이고, 생기고 또 생기고 깡통집이 언제 이렇게 늘어났지? 우리가 들어올 때만 해도 고작 스무 채 남짓 있었는데 자꾸만 종으로 횡으로 늘어나더니 커다란 큐브 같은 동네가 되어 버렸다.

이제 이곳은 경계 너머 사람들에겐 '가난할 빈씨'의 집성촌, 우리에게는 '상상동 컨테이너 집', 재개발 지역이었던 동네에 물난리가 난 뒤 쫓겨 들어온 수재민 수십 가구가 올망졸망 모여 살게 되었다. 나는 그 공구 상자 같은 컨테이너 박스 안에 단열재를 깔고 합판을 깔고 전기 배선까지 까는 것을 보며 '설마 저런 곳에 사람을 살라고 하는 걸까?'라는 의구심을 가졌다. 그리고 그 설마 했던 집에서 3년을 살았다. 여름에는 찜통 같은 더위와 겨울에는 살을 에는 추위, 얼어 버려 똥탑이 쌓이는 공동 화장실까지 무엇 하나 사는 게 녹록하지 않은 이곳에서 가난을 배웠다. 돈이 없다는 건 그저 불편함일 뿐이라는 누군가의 말은 그 말을 듣는 그 순간까지였고 현실 속 가난의 불편함은 유통 기한이 긴 참치 통조림 같았다. 개봉하기 전까지는 부패하지 않는 상식. 그러나 뚜껑을 열고 현실을 직시하는

순간 썩기 시작하는 건 가난과 통조림 속 참치가 똑같다. 가난
으로부터 많은 것을 배워 일찍 철이 들어 버린 언니의 말이었
다. 똑똑하고 영민하며 속이 깊은 열아홉 언니는 동생들을 건
사하기 위해 대학을 포기하고 일자리를 알아보고 있었다. 하지
만 기회라는 따뜻하고 습한 바람이 불어올 때마다 언니가 흔들
렸다. 언제든 제 줄을 끊고 도망갈 수 있는, 감나무 끝에 걸린
예쁜 가오리연 같은 열아홉이 구만 리 같은 제 인생을 끌어당
기는 바람의 손을 놓아주며, "나는 이 나무 끝에 매달려 있어야
해. 그냥 떠나가."

여문 열아홉은 바람의 손을 놓으며 그런 속울음을 삼켰을지
도 모른다. 언니에게 수정이와 나는 제 스스로 동력을 찾을 때
까지 언제까지나 입김을 불어 돌려 주어야 하는 바람개비였다.
그 손을 붙잡은 얼레였다.

백설기 같은 동네에도
눈의 축복이

우지끈 꽝—

밤새 먼 곳의 지붕들이 무너지고 무게를 이기지 못한 나무들이 휘청거리다 부러지는 듯한 소리가 환청처럼 들렸다. 긴 겨울밤 동안 온 세상의 색을 뒤바꿀 만큼 많은 눈이 내렸다. 간밤에 무려 스물일곱 채의 눈을 치운 후 녹초가 되어 내리 단잠을 잤다.

우지끈 꽝—

또다시 눈이 무너져 내리는 소리가 들려왔지만 내가 눈을 치운 50미터 반경 안의 이웃집이 무너지는 소리는 아니라 안도하며 다시 잠을 청했다. 새벽녘 어스름이 깡통 창문으로 들어오는 6시가 되자 옆자리 수정이의 이불이 들썩였다. 보나마나 화장실 가는 걸 참을까 추운 날씨를 참을까 고민하는 중일 게다.

"언니, 나 그냥 페트병에 쉬하면 안 될까?"

"조준이 되겠니?"

"항, 나 쉬 마렵단 말이야."

엄마가 수정이를 가졌을 때 아들과 딸을 바꿔 준다고 먹은 한약이 혹시 아들이었던 수정이를 딸로 바꾼 게 아닐까, 시답잖은 생각이 든다. 그때 고추만 바꿔치기하고 못 말리는 말썽쟁이 사내아이 기질은 미처 바꿔치기를 못 한 게 틀림없다.

"몇 시야?"

"영하 10도래."

시간을 물었는데 뉴스에서 들은 아침 온도를 말하는 수정이의 뚱딴지같은 말에는 이 추위를 뚫고 화장실까지 가기 싫다는 어리광이 담겨 있다.

"마려우면 화장실 가라고."

"좀만 더 참아 보고."

"미련 떨지 말고 그냥 가."

"지금 나가면 어둡고 춥단 말이야. 좀만 더 참았다가 해 뜨면."

이불 속에서 뭉그적거리던 수정이가 고개만 쏙 내놓은 채 하— 입을 옹송그려 입김을 불어 낸다. 옅은 김이 올라오다 이내 사그라졌다. 먼저 일어나 아침을 준비하던 언니가 전기포트의 스위치를 올리자 몇 분 지나지 않아 뜨거운 김이 모락모락 올라왔다. 수정이는 언니가 내민 보리차 한 잔을 엄마 새가 내민 먹이를 받아먹는 아기 새처럼 손만 빠끔 내밀어 받아 마셨다.

"언니가 따뜻한 세숫물 받아 놓을게. 부르면 나와."

"으— 못 참겠어."

밤새 목이 마른 것도 참았던 수정이가 보리차 한 잔에 몸을 배배 꼬며 꿈틀거렸다.

"화장실 붐비기 전에 얼른 다녀와. 사람들 줄 서면 그 앞에서 기다리는 게 더 추워."

"으─ 그럼 다정 언니가 같이 가."

숫제 애원조로 가슴을 파고드는 통에 얼른 점퍼부터 챙겨 입고 수정이를 이불 밖으로 끌어내었다.

컨테이너 문을 열자 차가운 새벽 공기가 집 안으로 들이닥쳤다. 팔에 매달린 수정이를 한 손으로 감싸 안고 한 손에는 랜턴을 밝힌 채 익숙한 컨테이너 집들 사이를 걸어갔다. 공동 화장실까지 일렬로 늘어선 컨테이너마다 어스름 불빛이 창문에서 새어 나왔다. 밤새 눈을 치운 덕에 찌그러진 깡통집 하나 없는, 아니 가로등 하나 없는 이 동네에 서로가 서로를 위해 밤새 켜 둔 수면등이 새벽 어스름을 비추고 있었다.

"아, 요강만 있었어도……."

"그러게."

"언니, 근데 할머니 요강은 어디로 갔을까?"

"글쎄……. 할머니 물건 정리하다 딸려 들어갔겠지."

"서정 언니는 못 봤다잖아. 혹시 할머니가 가져가신 게 아닐까? 거기 필요하셔서."

먹고 마시고 화장실 가는 거추장스러운 인간의 기본은 다 없애 주셨을 것 같은데 하늘나라에 요강이 필요할 리가.

우리의 대화는 확인할 수 없는 답을 두고 옥신각신 설전이 되었다.

돌아가신 할머니에 대한 그리움이 요강에 묻혀 버릴 줄 누가 알았을까. 할머니의 장례를 치르고 나서 다시 일상으로 돌아온 뒤 우리는 네 식구가 요긴하게 쓰던 그 요강이 종적도 없이 사라져 버렸음을 알았다. 요강 없이 깡통집에서 겨울을 나는 건 깔깔이 없이 군 생활을 하는 것과 똑같다는 반장 아저씨의 말이 떠올랐다. 이 동네에선 아침마다 공동 화장실에서 요강을 부시는 장면을 보는 게 낯선 일이 아니었다.

"하늘나라에서는 요강이 필요 없어요, 온수정 군!"

"먹고 자고 싸고 그런 게 없어서?"

"아니. 있더라도 재래식 화장실에 요강을 비우는 가난이 없을 테니까."

수백만 원짜리 황금 수의를 입고 최고급 오동나무 관에 누워 최고 명당에 묻힌 사람과 무명 수의를 입고 한 줌 재가 된 사람이 차별받으며 다른 하늘나라에 들어가지 않았을 거란 개똥철학에는 천국에 부와 가난의 경계가 없을 것이라는 막연한 희망이 담겨 있다. 종교가 없을지라도, 위기의 순간에 대차게 부를 신의 이름을 모를지라도 천국이라고 불리는 어딘가에는 돈에 의해 나뉘는 부자와 빈자가 존재하지 않아야 덜 억울하므로. 신은 인간을 만들고 인간은 돈을 만들었으니, 인간의 무덤에 헤아릴 수 없는 금은보화와 돈이 담겼을지라도 신은 자신이 뿌린 인간만을 거둬 가셨으리라. 우리가 장례를 치르는 동안 떼굴떼굴 굴러다니는 요강이 다른 이의 것이 되거나 용도 변경되어 화분으로 쓰일지라도 할머니는 요강을 가져가신 게 아니란 뜻이다.

"그래도 할머니이이—! 엉덩이 시려요!"

수정이가 아침 하늘에 대고 소리치자 먼 곳에서 개가 짖어 댔다. 한 마리가 짖자 그 소리를 들은 길 건너 마을 개들이 연달아 짖어 댔다.

"요강 돌려주세요오오—! 아니 딴 걸로 주세요."

수정이의 순진한 믿음을 깨고 싶은 마음은 없지만 그 목청에 몇몇이 아침잠을 깼을 게 분명하다.

"그만해. 동네 사람 다 깨겠어!"

"괜찮아. 할머니는 새벽잠이 없어서 지금 말해야 잘 들으실 테니까."

엉뚱함이 뚝뚝 묻어나는 초등학교 2학년생 수정이의 '요강이 주인 따라 천국 간 이야기'는 여전히 진행형이다.

"언니 비데 본 적 있어? 영주네 집에 온열 기능 있는 비데가 있거든. 엉덩이가 뜨끈뜨끈해서 거기 앉아서 책도 읽을 수 있어."

돈이 얼마나 있어야 엉덩이가 따뜻하다는 그 비데를 가질 수 있을까? 비데가 생긴들 그 비데를 설치할 우리만의 깨끗하고 안락한 화장실은 또 어디서 살 수 있으려나? 조그만 행복을 가지면 더 큰 행복을 가지고 싶은 마음이 어디까지 가야 멈춰질까 생각하는 사이 화장실 앞에 도착했다. 그러나 수정이가 꿈꾸는 온열 기능 비데에 대한 환상은 공동 화장실 앞에서 무참히 깨어졌다. 밤새 쌓인 똥 덩어리가 얼어 구멍 위로 목을 쏙 빼고 있었다. 그 똥탑을 보자 수정이가 기겁하며 내 등 뒤로 숨어들었다. 내내 눈이 내린 탓에 제설차가 오지 못하자 뒤이어 분뇨차도 동네로 들어오지 못한 탓이다. 구청에 민원을 넣은 게 몇 번째인데 정화조가 연결된 수세식 화장실은 3년째 무소식이다. 반장 아저씨는 패스트푸드점의 붙박이 의자처럼 꿈쩍 않는 의도된 불편함이 우리가 이 자리에 오래 머무르지 않고 빨리 떠나게 만드는 정치적 음모라고 했다. 일리가 있음에도 고개를 끄덕일 수 없는 이유는 그 불편함도 오래 지속되면 무감각해지기 마련이고, 불편을 감수하고 머무를 수밖에 없는 우리 같은 사람들이 있다는 걸 온열 비데를 쓰는 그들이 몰라서다.

반장 아저씨가 긴 막대기를 자루 대신 끼워 용도 변경한 망치가 화장실 한편에 비스듬히 놓여 있었다. 이미 예상했던 일인바, 주머니에 찔러 두었던 목장갑을 끼고 익숙하게 망치 자루를 잡았다. 우악스런 망치질에 공든 똥탑이 구멍 저 너머로 무너지기 시작했다. 이번에는 수정이가 아닌 내 읍소가 이어졌다.
"할머니 저는 비데 필요 없어요. 그냥 이 똥탑만 좀 어떻게 해 주세요!"
망치질 한 번에 흥부가 박을 타듯 추임새를 넣었다.
"비데 필요 없고, 온열 기능도 필요 없고, 재래식 말고 수세식이면 할머니 제사상에 식혜 놓아 드릴게요."
때 묻지 않은 초등학생과 세상이 온통 거래투성이라고 삐딱한 생각을 하는 고등학생의 현실 인식의 차이랄까. 수정이를 화장실로 들여보내고 올려다본 새벽하늘이 어느새 짙은 쪽빛에서 옅게 물이 빠지고 있었다. 해가 떠도 추위는 빛의 속도

만큼 사라지지 않는다. 눈앞에 해가 보이는데도 온몸이 떨리는 추위는 뭐랄까, 희망이란 게 있어도 지금 당장의 현실을 바꿔주지는 못한다는 서글픈 깨달음을 준다. 몸도 마음도 꽁꽁 얼어붙는 느낌이다. 할머니가 생전 즐겨 하시던 말대로 날이 참 오지게도 춥다. 그냥 이불 속에 콕 박혀 아무것도 안 하고 싶은 날, 만화책 쌓아 두고 고구마나 까먹으면서 낄낄대고 싶은 이런 엄동설한을 뚫고 누군가가 화장실로 걸어오고 있다. 불빛을 등지고 걸어오는 모습이 마치 어둠에서 살아 돌아온 그림자 같다.

"너구나."

불붙인 담배를 한 손에 들고 있는 그림자는 48호 아저씨다. 올여름에 들어와 비교적 신참 쪽에 속하는 아저씨는 소문에는 여의도 금융권에서 펀드 매니저를 하다가 퇴직한 뒤 아내와 이혼하고 홀로 쪽방촌을 찾아온 사람이란다. 펀드와 주식에 손댔다가 아파트 한 채를 홀라당 날려 먹고 원룸에서 고시원으로, 더 싼 고시원으로 전전하다가 이곳까지 흘러왔다고 귀만 열면 들리는 이야기였다.

"근데 아까 그건 무슨 소리냐?"

"아, 그건……."

망치의 용도를 뭐라고 설명해야 하나. 48호 아저씨는 내가 든 망치를 내려다보다 쓸쓸한 미소를 지으며 말했다.

"오랜만이네 그거. 20년 전에 홍천에서 군 생활할 때 많이 썼었는데 여기 와서 또 만나네."

"저…… 쓰실 건가요? 여기 놔둘까요?"

아저씨는 검은 하늘을 찢고 솟아오르는 먼동을 바라보며 생각에 빠진 채였다. 나는 화장실 입구에 망치를 살며시 놔두고 자리를 피할 생각이었다.

"군대 3년은 어제처럼 생생하게 기억나는데 그 후 20년은 뭘 하고 살았는지 통 기억이 나질 않아."

"은행 같은 데 다니셨다던데요."

들은 얘기를 본인에게 옮기는 건 최악인데, 말을 하고 나서야 아차 싶었다.

"……돈 만지던 시절이 행복했던가, 불행했던가, 잘 기억이 나질 않아."

"모두 부러워하는 직업이잖아요."

"글쎄…… 예전에 유럽에서는 은행원들은 사람 취급도 못 받았는걸. 교회 장례식을 치르지도 못하고 교회 묘지에 묻히지도 못할 만큼 천대받는 직업이었지. 신을 믿었던 사람들에게 그만큼 가혹한 형벌은 없었지. 고리대금업자들 시신은 개나 소, 말 시체처럼 구덩이에 파묻는 것이 마땅하다고 했으니까."

글쎄요, 21세기에 은행원은 선망의 대상이고 재래식 화장실 똥 치우는 사람이 천대받는 게 마땅하다고 할걸요.

좁고 말 많은 동네에 사는 나는 일찍이 하고 싶은 말을 이렇게 가슴에 꾹꾹 눌러 담는 훈련이 잘되어 있다.

"진짜 사람 냄새 나는 동네다, 여긴."

똥 냄새를 사람 냄새라고 완곡하게 에둘러 말한 것이라면 그런가 보다 할 일이지만 당최 속을 알 수 없는 아저씨라 그쯤에서 불타오르는 호기심을 짓이겨 꺼뜨렸다.

10분 사이에 하늘이 밝아 오고 손에 든 랜턴 불빛이 약해졌다. 수정이의 언 손을 꼭 붙잡고 돌아오는 길에 푹푹 쌓인 눈이 발목을 잡아채며 학교에 가지 말라고 붙잡아 댔다. 정작 학교에 가고 싶지 않은 건 난데 가야 할 이유가 태산 같은 언니는 수능 성적이 발표된 뒤 며칠째 학교를 외면하는 중이다. 언니는 수능 시험이 끝난 고3의 특권을 누리며 학교에 결석하는 게 아니었다. 서정 언니는 수능 시험이 끝나고도 가채점조차 하지 않았다. 옮겨 적은 답지마저 들여다보지 않은 건 시험을 망쳐서가 아니었다. 언니는 온 학교를 떠들썩하게 만든 우수한 성적표를 받아 든 후에도 학교에 나가지 않았고 나는 조용히 입을 다문 채 비겁하게 수수방관 중이다. 답해 줄 수 없는 질문은 처음부터 묻지 않는 것이 혹처럼 매달린 열여덟이 열아홉에게 해 줄 수 있는 배려였다.

가오리연과
얼레

폭설이 지나고 깡통촌으로 차가 드나들기 시작할 무렵 뜻밖의 손님이 우리를 찾아왔다. 컨테이너 집 대문을 조용히 두드린 사람은 검은 코트를 입은 덩치 큰 남자였다. 100미터 달음박질로 여기까지 온 것이 아닐 텐데도 남자는 이 엄동설한에 땀을 흘리고 있었다. 그는 덩치와는 어울리지 않게 이마의 땀방울을 손수건으로 찍으며 단정한 자세로 서 있었다. 무엇보다 눈에 띄는 것은 아줌마들이 즐겨 하는 보글보글한 파마머리였다. 그 머리 모양을 보고서야 어렸을 때 약을 잘못 먹어 머리카락이 악성 곱슬이 되었다던 언니의 담임 선생님임을 알았다.

"계십니꺼?"

쇠창살이 박힌 창문으로 남자의 얼굴을 확인한 뒤 한참 만에야 문을 열었을 때 남자의 첫 마디가 이랬다.

"맞다. 사람 얼굴부터 확인하고 문 열어 주는 기다. 니가 온 다정이제? 언니랑 똑 닮았네."

남자가 내 얼굴을 보면서 알 수 없는 미소를 지었다.

"……누구신지?"

쉽사리 경계를 풀지 못한 채 쭈뼛거리는데 멀리서 뛰어오는 언니의 모습이 보였다.

"선생님!"

먼발치에서도 한눈에 알아볼 수 있는 외모 덕에 언니는 선생님을 보자마자 한걸음에 달려왔고 숨이 턱까지 찬 채로 인사를 했다.

"어, 어떻게, 여기까지, 오셨어요?"

"차 몰고 왔지. 드가자, 춥다!"

담임은 문틈으로 밖을 내다보는 수정이와 어리둥절해하는 언니와 나까지 밀어 집 안으로 들여보냈다. 영문도 모른 채 집 안에 밀어 넣어진 우리는 꿰다 놓은 보릿자루처럼 쭈뼛거리며 벽에 나란히 붙어 섰다. 좁아도 너무 좁은 이 집에 바깥손님이 찾아온 건 처음이라 세간이며 누추한 집 안을 보이기가 괜히 민망스러웠다.

"선생님 이리 들어오세요. 입구는 추워서."

"아니다. 덥다."

언니의 손이 움직이기 전에 내가 먼저 전기 포트를 켰다.

"선생님 차 한 잔 드릴까요?"

"아, 차는 됐고! 학교는 정했나?"

서정 언니의 입이 굳게 닫히고 찻물이 금세 쉭쉭 소리를 내며 끓기 시작했다.

"그보다 와 학교 안 나오노?"

"아르바이트 시작했어요."

"오전에만 출석 도장 찍고 가면 되는데 와 얼굴도 안 보이노?"

"죄송해요."

"됐고, 학교는 어데 어데고?"

"……."

"온서정이, 쌤이 미분 암산으로 풀라고 했나? 질문이 어려웠드나?"

"……생각 없어요."

두 사람 사이에 무거운 침묵이 이어졌다.

"대한민국에 니 점수로 몬 갈 학교 하나도 없다. 나와서 원서 쓸 준비 하그라."

"선생님, 저는 대학 안 가요."

언니는 이런 상황에서도 '못 가요'라고 해야 할 말을 '안 가요'라고 바꿔치기하며 그 말을 듣고 있는 철부지 동생들의 마음을 먼저 챙겼다.

"니는 와 이리 시근이 무섭게 일찍 들어 버렸노?"

철없는 수정이는 그 무서운 '시근'을 눈치채지 못했지만 열여덟 '시근'은 그 말이 언니의 조숙함을 모를 리 없다. 파마머리 선생이 뜬구름 잡듯 다른 이야기를 물었다.

"막내는 몇 살이고?"

파마머리 선생님의 눈이 수정이에게로 향했다.

"아홉 살인데요."

"쌤도 아홉 살일 때 억수로 귀여웠는데 안 믿기제?"

웃어 드려야 할 타이밍인가? 슬쩍 언니의 눈치를 보다가 혼자 키득거리는 수정이의 손을 힘주어 살포시 잡았다.

"웃으라고 얘기한 거니까 웃어도 된다. 샘이 딱 막내만 할 즉에 외가에 놀러 갔다가 고구마 농사를 다 망쳐 삐린 적이 있었데이. 외할매가 씨고구마를 따로 쟁궈 뒀는데 그걸 사촌들 다 모다가 홀라당 구워 먹었뿌찌. 아홉 살, 열 살이 무슨 시근이 있어 뭘 알겠노. 씨고구마는 싹을 틔울 기라 좋은 걸로만 심가야 하는데 그 좋은 걸 당장 배불리는 데 썼으니 부지깽이, 곡괭이, 삽자루 있는 대로 두들겨 맞았다 아이가. 봄에 맞고 고구마 거둬들이는 가을이 돼가 외할매가 또 속에서 천불이 올라오니 또 얻어맞고 해 바뀌고 고구마랑 내가 한눈에 보이면 또 맞고."

맞았다가 요지는 아니었지만 하고자 하는 말은 이미 다 녹아 있었다. 선생님 말이라면 자장가로 듣는 나조차 파마머리 선생님이 무슨 말을 하려는지 이해가 되었다. 언니가 지금 포기하는 것이 인생의 씨고구마라는 것과 지금보다 나중에 더 큰 후회가 들 것이라는 걸 에둘러 말씀하시는 게다.

"세월 앞에 장사 없다 캐도 아이데이. 이래도 후회되고 저래도 후회될 끼다. 그라믄 한 10년 지나고 생각해 보재이. 그때 가믄 대학 몬 간 게 후회되겠노? 원서 한번 안 써 보고 처박아 둔 게 후회되겠노? 사람 마음이 간사해가 그때가 되믄 빤한 길이라도 끝까지 몬 가 본 게 제일 후회될 끼다. 서정아, 쌤이 인생 모기 눈알만큼 더 살아 보니 버스 종점은 빠꾸도 되고 딴 버스 타고 새 출발도 할 수 있는 기더라. 종점에서 다시 출발하지 않는 버스는 없는 기다."

티백으로 우려 낸 녹차를 파마머리 선생에게 내밀었다. 선생은 김이 모락모락 올라오는 녹차를 단숨에 마시고 양복 안주머니에 넣어 두었던 봉투 하나를 내밀었다.

"받을 수 없어요, 선생님."

"뭔 줄 알고 몬 받는다고 토끼눈을 뜨노? 확인증이다, 고마."

"네?"

"강원도에 돈나무 공동체라는 데가 있다 아이가. 거서 해마다 성적은 우수한데 집안 행편이 어려븐 학생들에게 장학금을 준다 카데. 쌤이 혹시나 해서 니 이름을 올려놨더마 1년 등록금 받는 걸로 합격했다고 오늘 연락이 왔더라."

어쩌면 언니가 마음 편히 대학을 갈 수 있는 길이 열릴지도 모른다는 희망이 들려는 찰나, 언니가 가라앉은 목소리로 말했다.

"선생님, 죄송해요. 전 안 돼요."

"와 얘기도 안 들어 보고 안 된다 그카노?"

"제가 학교에 가 있는 동안 동생들 학비며 생활비는 어떻게 해요? 다정이 급식비도 제때 못 보내면서 저만 책상머리에 앉아 뭘……."

언니를 붙잡고 있는 얼레이기에 맺지 못한 말이 단번에 이해되었다. 언니가 짊어질 무게는 지금 눈앞의 언니만의 짐이 아니라 그다음에 걸어올 나와 수정이의 짐까지 포함되어 있다는 뜻이었다.

"올해 할무이 돌아가시고 니가 마이 힘들었던 거 쌤도 다 안다. 동생들 생각해서 대학 안 가려는 것도 쌤 짐작이 아닐 거고. 니 공부보다 동생들 앞날을 더 걱정하는 네 마음을 아는데 쌤이 무슨 말을 더 보태겠노?"

언니가 눈을 감은 채 고개를 숙였다. 제 마음을 정확히 짚어 주는 사람을 만난 때문이다.

"그캐서 돈나무 말이다. 어려븐 학생들 장학금 준다는 공동체 사람들이 이름을 와 돈나무라고 지은 줄 아나?"

언니는 대답이 없었지만 파마머리 선생님의 말은 계속되었다.

"돈이 나무에 주렁주렁 열릴 만치 돈이 많아서 그래 지은 기 아이라 거기서는 돈이 나무처럼 자라다가 때가 되믄 열매를 맺고 이파리도 떨자 뿌고 장작도 되고 다시 재가 돼서 땅으로 돌아가야 한다 캐서 돈나무란다. 돈이 늙어 가는 곳이라데. 희한하제?"

'돈을 쓰다가 태워 없앤다는 소린가. 별 이상한 동네도 다 있네.'

수정이와 눈이 마주친 나는 서로의 속마음을 그렇게 주고받았다. 파마머리 선생님은 돈나무 공동체의 장학금에 대해서 아리송한 이야기만 꺼내 놓고 언니가 내일도 학교에 안 나오면 직접 데리러 오겠다고 엄포를 놓고 돌아가셨다.

파마머리 선생이 돌아가고 난 뒤에도 언니는 싱크대 선반을 보고 선 채 얼굴을 보이지 않았다. 10분이면 다듬을 콩나물을 30분째 서서 만지작거리고 있다는 건 생각이 30분 전 선생님이 했던 말에 머무르고 있다는 증거였다. 만약 공부에 취미도 재주도 없는 내게 온 제안이었다면 아무 고민 없이 결정했을 텐데 고민이 주인을 제대로 찾아간 것인지 잘못 찾아간 것인지.

입에 자물쇠를 매단 언니의 눈치를 살피며 저녁상을 차리는데 갑자기 덜컥덜컥 손잡이를 잡아당기는 우악스러운 소리가 들렸다. 문이 잠긴 걸 알고 뒤늦게야 문을 두드리는 행동을 할 사람은 이 동네에 단 한 명뿐이다.

"서정아, 서정아! 안에 있니?"

"누구세요?"

누군지 알면서도 굳이 묻는 것은 이렇게 번잡한 확인 절차가 필요하다는 걸 일깨워 주기 위함이다. 자물쇠를 풀자마자 거칠게 문을 잡아당기며 얼굴을 드미는 사람은 돼지 엄마로 소문난 희정이 엄마였다. 돼지 엄마로 불리며 이 상상동을 주름잡는 졸업생 전문 브로커의 본래 이름이 무엇이었을지, 딸 이름을 제 이름으로 대신 쓰면 그 이름에 부끄러운 행동을 하지 말아야 한다는 양심은 없는 건지 가끔씩 묻고 싶었다. 그럼에도 묻지 않는 건 그 행동이 조금이라도 이해되는 답을 듣고 싶지 않아서였다. 내게 희정이 엄마는 아이를 살찌워 잡아먹는 '헨젤과 그레텔'에 나오는 마녀와 다를 바 없는 사람이었다.

"고만고만한 동네에 훔쳐 갈 게 뭐가 있다고 뭔 문을 꼭꼭 닫아 놓고 살아?"

"이장 아저씨가 지난주에 안전 고리 달아 주셨거든요. 여자애들만 있는데 함부로 불쑥불쑥 찾아오는 사람한테 문 열어 주지 말라고요."

되바라진 대답에 언니가 눈빛으로 나를 나무라지만 뱉은 말을 주워 담을 생각은 없다. 마음으로 삼켰어야 할 말을 굳이 내

뱉고 만 이유는 어린 학생들을 공장으로 이끄는 희정이 엄마에 대한 적개심에 있었다. 어려도 귀가 열려 있고 생각을 하고 상처를 받는다는 아주 단순한 사실을 사십 넘어 깨닫지 못한 것에 대한 일침이다. 할머니는 이렇게 말씀하셨다. 어른의 나이는 시간이 불려 주는 나이테가 아닌 자신이 책임져야 하는 나잇값이라고. 말 속에 담긴 싸늘한 마음을 읽은 희정이 엄마가 괜스레 말을 돌린다.

"서정이 너, 내가 준 서류 읽어 봤니?"

"……네."

"사인만 하면 아줌마가 다 알아서 해 준다니까 뭐가 그리 어려워. 동생들 생각하면 재고 따지고 할 게 뭐가 있다고."

"……."

"공부 잘하는 거 사회 나가면 아무 소용 없어. 없는 살림에 하루라도 빨리 돈을 벌어야지."

"고민 중이에요."

언니가 어렵게 꺼낸 그 말에 희정이 엄마가 죄인을 추궁하듯 받아쳤다.

"너 가장이잖아? 줄줄이 동생에 쪼들리는 살림에 뭘 고민한다는 건데?"

선택권이 없다는 식으로 언니를 자신의 뜻대로 몰아가려는 아줌마의 파렴치함에 이가 갈렸다. 아줌마가 이렇게 고교 졸업생들을 공장에 소개하는 대가로 받는 수수료가 얼마인지, 그걸로 자기 딸 학원비를 번다는 소문이 사실인지 묻고 싶었다. 그때였다.

"서정아, 이런 말 하는 아줌마가 밉지? 서울대 갈 애를 공장에나 보내려는 아줌마가 돈독 오른 사람 같지?"

뜻밖의 말에 들끓어 오르던 마음이 꺾여 버렸다. 옅은 한숨을 내쉬던 아줌마는 어렵게 다음 말을 꺼냈다.

"……아줌마도 장녀였어. 밑으로 동생만 넷이고 아버지는 허리를 다쳐서 오래전부터 일을 못 하는 바람에 엄마가 집안의 가장이었어. 근데 그렇게 아프다는 사람이 매일 술만 마시고 살림살이 다 때려 부수고 그러고도 힘이 남아돌아 엄마를 때리고 우리한테 손찌검까지 하니 그 아버지도 가난도 얼마나 지긋지긋했겠냐. 그때 공장을 가라는 그 말을 돈 한 푼 못 벌던 아버지가 나한테 했었거든. 얼마나 아버지가 미웠는지 돌아가실 때까지 얼굴도 제대로 안 보고 살았어. 공장 가기 싫어서 학교 끝나고 집에도 늦게 들어오고 내 딴에는 도망을 다녔는데……. 근데 그렇게 늦게 들어온 밤에 한 살 아래 여동생이 주인집 몰래 우물물을 길어다 도둑빨래를 하고 있더라. 그때는 물 길어다 쓰는 것도 주인집 눈치를 봤던 때라 애들만 다섯인 우리가 빨래 한번 하려고 치면 얼마나 곤욕이었겠니. 그래서 그 동생이 주인집 식구 다 잠들 때까지 기다렸다가 몰래 빨래를 하고 있더라고. 내가 싫다고 한들 어차피 줄줄이 내려갈 거란 걸 그렇게 깨달은 거지. 피하면 눈덩이가 돼서 동생들에게 갈 거였더라. 아줌마는 그러고 살았다. 쌀통이 채워진 날보다 비어 있는 날이 더 많은 가난한 집 맏이에게 꿈이고 뭐고 있었겠니? 난 가난한 게 죄라면 죄고 공부 못해서 대학이란 걸 꿈도 못 꿔본 게 복이라면 복이고."

"······내일까지 말씀드릴게요. 그리고 지난번에 빌려주신 돈은 다음 주에······."

"그 돈은 됐다. 어차피 할머니 살아 계실 때 얻어먹은 된장값도 안 되는 건데 뭐."

"죄송해요."

"어린 네 입에서 그런 말 나오게 한 돈이 원수지."

희정이 엄마가 미운 만큼 진심을 이야기하는 지금 이 순간이 견디기 힘들었다. 그럼에도 말하고 싶었다. 미워해야 하는 건 돈이 아니라 가족을 그렇게 힘들게 한 아줌마의 아버지였다고. 무기력하게 모든 걸 내려놓고 술에 기댄 채 돈만을 외친 그 옛날 아버지의 잘못이 더 크다고. 돈은 그 자체로 우리에게 아무런 잘못도 하지 않았다고. 사실 그런 말을 하고 싶었음에도 나는 굳게 입을 다물었다. 그렇게도 미워했던 아줌마의 진심이 이해되는 순간 허탈해졌다.

"서정아, 아줌마 나이만큼 산 사람들은 돈이 교양이고 자식이고 남편이라고 한다. 나이 들어 차 없이 지하철, 버스 타면서 아픈 무릎으로 서 있다가 빈자리가 보이면 체면이고 뭐고 들입다 가방부터 던지는 거 얼마나 없어 보이냐? 근데 나이 들어 아프면 그 서러운 마음을 위로해 주는 건 사람들 호의가 아니라 돈이거든. 내 몸 하나 잠깐 편할 택시비 아껴서 자식새끼 뭐 하나라도 더 먹이고 입히려는 마음이 그 낯 두꺼운 행동에 숨어 있는 거야. 돈 있고 건강하고 할 수 있는 게 많은 젊은 사람들은 모르겠지. 그걸 책임지는 게 서정이 네 몫인 게 억울하겠지만 어쩌겠니? 당장 7월에 돌아오는 여기 만기를 어떻게든 연장해야지. 몇 년만 고생해서 돈 모으면 동생들 공부시키고 이쪽방촌 벗어날 보증금에 네 대학 등록금도 모을 수 있을 거야. 그 좋은 머리로 대학 나온 애들보다 더 빨리 좋은 자리도 잡을 수 있을 거고."

결국 모든 것은 돈으로 귀결된다는 뜻이고, 돈이 모든 것을 할 수 있다는 궤변, 반박할 힘이 서서히 빠져나간다.

질끈 아랫입술을 깨문 언니의 턱이 부서지기 쉬운 매미의 투명한 날개처럼 파르르 떨리고 있었다. 그 투명한 날개에서 한숨 소리 하나 배어 나오지 않은 채.

"네, 알겠어요."

듣고자 했던 답을 들은 희정이 엄마의 얼굴에 안도의 빛이 감돈다. 가장 공들인 질문에 대한 대답을 들은 것에 대한 만족일까, 안타까움일까.

"그래, 아줌마 간다. 문 꼭 잠가라."

차가운 빗장이 마음속을 잠가 버리는 느낌이었다.

두 장의
편지

희정이 엄마가 돌아간 뒤 수정이를 재운 늦은 밤, 나는 오래도록 잠을 설치며 이불 안에서 뒤척였다. 희정이 엄마의 이야기에 등장한 몰래 도둑빨래를 하던 한 살 어린 여동생의 잔상이 천장에 아른거렸다. 언 손을 호호 불어 가며 얼음장처럼 차가운 우물물로 빨래를 하는 사람의 얼굴에 내가 아닌 언니의 얼굴이 투영되었다. 가족을 위해 자신을 희생하는 건 내가 아닌 언니였으니까.

언니가 조용히 이불 밖으로 나와 스탠드를 켜고 좌식 책상 앞에 앉았다. 그리고 무언가를 쓰기 시작했다. 수정이가 깰새라 나도 조심스레 자리에서 일어나 앉았다.

"뭐 해?"

"편지 써."

"누구한테?"

"장학금 준다고 하신 분한테."

드디어 무거운 마음을 털어 내고 심사숙고를 끝낸 건가. 한

번 들어간 이불 속에서 웬만하면 나오지 않는 내가 이불 밖으로 몸을 빼고 언니 어깨에 손을 올렸다.

"잘 생각했어! 생각할 필요도 없는 걸로 고민 한번 길었네. 암튼 일단 대학에 입학부터 하고 그다음에……."

"안 받아. 안 받는다고 편지 쓰는 거야."

"뭐야, 미쳤어?"

나도 모르게 큰소리가 터져 나왔다. 언니는 편지지에서 눈길 한번 떼지 않고 나지막이 말했다.

"조용히 해. 수정이 깨."

"무슨 생각 하는 거야? 장학금을 안 받겠다니? 그럼 대학은 어떻게 가려고!"

그 차분한 눈빛이 나를 바라보며 말했다.

"다정아, 내가 장학금을 받고 힘들게 대학을 졸업한 뒤에 어떻게 될까? 대학 졸업하고도 취직 못 하는 사람이 얼만데 돈도 없고 줄도 없는 내가 우리 세 식구 벌어 먹이는 또 다른 기적을 바랄 수는 없어."

"왜 나중 걱정을 지금 하면서 살아?"

"공부를 잘한다는 게 돈을 잘 버는 능력을 말하지는 않잖아. 난 그저 성적이 좋은 거고 지금 우리한테 필요한 건 쌀을 사고 전기세, 수도세, 공과금을 제때 낼 돈인데 그 돈을 잘 버는 능력은 4년 뒤라고 달라지지 않을 거야. 그냥 대학을 나왔다는 졸업장 한 장으로는 너나 수정이 하고 싶은 뭐 하나 시켜 주는 고민이 아니라 뭘 먹고 살아야 하나, 이달에 전기가 끊겨 버리면 어쩌지, 그런 걱정들을 계속 안고 살아야 한다고."

"1년 뒤엔 나도 돈을 벌 거라고! 누가 대학 간대? 언니가 왜 나서서 그런 짐을 짊어지려고 하냐고!"

"희정이 엄마 말 들으면서 그런 생각이 들었어. 나는 맏이로 태어난 게 억울하지는 않았어. 다정이 너보다 1년 더, 수정이보다 10년 더 먼저 태어나 그래도 부모님 사랑받으면서 살았던 좋은 시절에 대한 값이라고 생각하면 언니는 그것만으로도 좋아. 나는 수정이가 기억하지 못하는 깡통집 훨씬 이전의 행복한 기억들을 다 가지고 살아가잖아. 그걸 너희에게 내려보내는 게 내 몫이고."

"그게 왜 언니의……."

눈물이 북받쳐 올라 얼른 고개를 돌렸다. 천장에 붙은 야광별이 또다시 어둠 사이로 사라지고 있다.

"다정아, 우리가 언제까지 이 깡통집에 살 수 있을까?"

그것은 언니가 대학을 가지 못하는 가장 큰 이유이며, 한 지번을 나눠 쓰는 이 모든 집들에 닥쳐올 공동 운명이다. 정부에서 허가해 준 3년짜리 가건물, 계약을 연장하지 못하면 7월에 우리는 이 작은 보금자리마저 다른 누군가에게 내어놓아야 한다. 계약금이 몇천이 아닌 억 단위가 될지도 모른다는 흉흉한 소문이 돌았다. 물난리가 났던 옛집은 어느새 재개발이 되어 6개월 전에 대형 아파트 단지가 들어섰다. 보상금으로 받은 얼마 되지 않는 돈은 이 컨테이너 집을 계약하고 주변 정리를 하는 데 야금야금 쓰고 그나마 할머니가 언니의 대학 등록금이라고 뚝 떼어 놓은 돈은 씨고구마처럼 다른 통장에 저금되어 있었다. 그러나 그 조그마한 희망은 우리를 지켜 줄 어떤 힘도 갖고 있지 않았다. 언젠가 할머니는 언 발에 눈 오줌은 결국 제 발을 잘라 내는 도끼가 될 거라고 말씀하셨다. 그 말이 오랫동안 언니의 마음을 붙들고 있었음을 이제 깨달았다.

내 어두운 꿈속을 밝혀 주는 희망이라는 등대는 늘 언니였다. 그 등대의 불빛이 깜빡이다 꺼져 버렸다. 언니의 희망이 꺼지면 수정이도 나도 닻을 내린 채 정박하는 배가 된다. 등대지기가 자신의 꿈을 버리고 정박지의 배를 보살피는 동안 잠깐은 평온함을 누리겠지만 우리 역시 다시는 먼바다를 꿈꿀 수 없을 것이다. 등대지기가 잠든 사이 나는 이미 봉해 놓은 편지를 뜯고 몰래 편지를 읽어 보았다. 장학금을 거절한다는 말이 다른 이유로 둔갑되어 적혀 있었다. 대학을 잠시 유예하겠다고 에두른 말이었지만 돈을 벌기 위해 대학을 가지 않겠다는 의도는 숨긴 공손한 거절이었다. 희망 없이 현실에 고개를 조아리며 발끝만 보고 살아가겠다고, 감히 올려다볼 수 없는 그곳으로 고개조차 돌리지 않겠다는 처연한 다짐과도 같은 글이 이어졌다. 나도 모르게 눈물이 그렁그렁 맺혀 방바닥에 뚝뚝 떨어졌다. 평소의 내 성질대로라면 편지를 북북 찢고도 남았건만 밤을 밝히는 무언가가 내 손을 붙잡는 느낌이다.

'다정아, 돌을 던질 때 만에 하나 누가 맞으면 어쩌나를 먼저 생각해라.'

나를 붙잡는 건 늘 할머니의 목소리다. 짧은 생각이 불러일으킨 수많은 착오와 생각지 못한 결과들에 대해 할머니는 나직한 목소리로 그렇게 말씀하시곤 했다. 마음을 가라앉힌 후 잠시 숨을 고르며 생각했다.

이 따위 편지야 찢어 버리면 그만이지만 언니는 또다시 같은 편지를 쓸 것이고 결국 자신의 뜻을 관철시킬 게 분명했다. 세상을 몰라도 언니가 어떤 사람인지 만큼은 그 누구보다 잘 아는 나였다. 무언가를 바꾸고 싶다면 내 방식이 아닌 언니의 방식으로, 언니의 생각을 존중하면서도 비굴하지 않은 방법으로 나 역시 펜을 들 수밖에.

그런데 미치겠다! 애원의 편지라니! 편지란 걸 써 본 기억이 아득한 내가 생면부지의 사람에게 심금을 울리는 읍소의 편지를 쓴다는 건 남의 겨드랑이를 간질여 웃겨야 하는 광대가 되는 일이건만.

눈물방울이라도 뚝뚝 떨어뜨려 놓을까? 미쳐! 이건 무슨 개구리 뒤집어지는 소리래.

혼자 묻고 답하고 고개를 설레설레 흔들고 편지를 쓸까 말까 백 번쯤 망설인 다음 펜을 드는 순간 그런 예감이 들었다.

이건 망하겠다. 아무리 잘해도 망하겠구나.

이런 확실한 믿음이, 이러나저러나 바닥이리라는 믿음이 이상하게도 한번 해 보자는 용기로 이어졌다. 이렇게 망하나 저렇게 망하나 결과가 같다면 뻔하지 않은 길로 가 보자.

후— 깊은 숨을 쉬며 글을 쓰기 시작했다.

돈나무 후원자님께.
저는 후원 학생으로 선정된 온서정 학생의 여동생 온다정이라고 합니다.
갑자기 끼어들어서 죄송합니다.

일단 온서정 학생이 쓴 첫 번째 편지는 읽지 마시길 바랍니다.

다시 한 번 언니 편지는 보지 말고 찢어 주시고 제 편지만 읽어 주세요.

만약 먼저 읽었다면······ 그건 그냥 머리를 좌우로 털레털레 털어서 지워 주세요. 거기 적힌 말은 모두 개뻥이니까요.

이 편지는 언니 몰래 봉투에 함께 넣는 것이라 언니는 이 편지를 알지 못하거든요. 편지 쓰는 재주는 없지만 말하는 재주는 더 없어서 어렵게 펜을 들었어요.

감정대로 휘갈겨 쓰다 보니 낯 뜨거운 단어들이 여과 없이 쏟아졌지만 수정액이 없는 관계로 지우지 못했다.

할머니가 돌아가시고 저희 세 자매만 남아 서정 언니가 가장이 된 이러저러한 사정은 이미 아시겠죠? 그런데 그 똑같은 이유로 언니는 저희를 위해 대학을 포기하려 합니다.

대졸 실업자가 넘쳐난다며 4년 뒤 대한민국 경제를 내다보는 뚝 부러진 말로 저를 설득하려 했지만 결국은 돈 때문이에요.

대학을 다니는 동안 저와 막내의 생계를 책임지기 힘들어지니까요.

피아니스트를 꿈꾸는 막내는 사실 피아노 건반 한번 두드려 보지 못한 아이예요. 그냥 피아노 치는 모습이 예뻐 보여서 치고 싶을 뿐이랍니다.

작가를 꿈꾸는 저도 사실 공부는 젬병이에요. 도서 부장을 할 정도로 책을 좋아하는데 교과서를 싫어해서 책을 읽을수록 성적과 비례하지 않는 이상한 궤적을 그리는 게 저예요.

앞서 편지 쓰는 재주가 없다는 말과 책을 좋아한다는 말이 모순이지만 책을 많이 읽는 것과 글짓기 실력이 정비례하는 건 아니니까요.

어쨌든 이 말도 안 되는 동생들의 어처구니없는 희망들이 언니에겐 또 다른 희망이었어요. 막내를 피아노 학원에 보내고 제가 글을 쓰게 되는 거요.

그런데 스쳐 지나가는 말 한마디를 희망이라고 붙잡고 사는 거 되게 피곤해요.

언니는 이 피곤한 짓을 3년째 하고 있어요. 3년 전 이곳 깡통집으로 이사 오면서 그 희망이 천장에 붙은 야광별처럼 점차 희미해지고 있는데요.

불을 끄면 잠시 반짝이지만 이내 어둠 속에 사그라지는 야광별도 누군가에게는 희망이잖아요.

돈나무 공동체에서 주시는 돈은 태양처럼 반짝이는 무언가는 아니라도 저 가짜 야광별만큼이라도 희망이 되기를 바라는 마음이에요.

사실 그게 어떤 이름이라도 상관없어요. 조금이라도 꿈을 꿀 수 있는 빛이라면, 사막을 건너는 고된 언니의 인생에 길잡이별이 되어 줄 거라 전 믿어요.

뭔가를 더 바란다는 뜻은 절대 아닙니다.

그냥 사라지지 말고 그 자리에 있어 주세요.

처음 결정하신 그대로 언니 장학금을 취소하지 말아 주세요.

머리 숙여 부탁드립니다.

P.S. 그리고 진짜 궁금해서 그러는데요.

그 동네는 왜 돈이 늙어 가나요?

혹시 돈이 넘쳐나서 천 원짜리, 만 원짜리를 땔감으로 태워 쓴다는 그런 미친 얘기인가요?

사이비 종교 신자들이 만든 이상한 동네가 아닐까, 애들 장학금 주고 이

단 만들어서 휴거가 다가왔다고 다 같이 동반 자살하는 이상한 집단이 아닐까 하는 무서운 생각까지 들었어요. 늙어가는 돈이라는 것도 솔직히 이해가 안 가요.

돈이 있으면 이자 많이 주는 은행이나 쫓아다녀야지 왜 돈 안 되는 곳에 투자를 하며 가진 돈의 가치를 떨어뜨리지 못해 안달인지, 제가 알고 있는 상식으로는 도무지 이해가 안 가서요.

세상은 돈을 조금이라도 더 가지는 걸 상식이라고 하는데, 왜 세상의 상식과 반대되는 이야기를 하는지 모르겠어요. 의사, 변호사, 교사, 심지어 대학 교수조차 조합원이라는데 그 똑똑한 사람들이 바보 같은 선택을 할 리가 없을 거라고 믿고 싶어요.

도서관에서 실수로 이상한 책을 읽었어요.

푸리에*의 즐거운 노동 공동체에 대한 이야기였는데 어쩌고저쩌고 못 알아듣는 이야기였죠.

마르크스가 공상적 사회주의자들이라고 비판했다는데 당최 뭔 소리인지는 모르겠지만 팔랑주 phalange인가 공동체를 만들어 자발적으로 일하고, 정부의 간섭을 받지 않고, 생산을 공동 소유했다고 하더라고요.

그런데 그 공동체가 돈나무와 참 많이 닮아 있었어요.

아, 그 팔랑주를 만든 푸리에는 돈줄을 기다리며 10년을 보내다가 그냥 죽었대요. 곳곳에 생긴 팔랑주도 오래지 않아 해체되었고요. 제아무리 멋진 이상이라도 돈이 없으면 물거품인가 봐요.

---

* 푸리에(Charles Fourier, 1772~1837): 오웬, 생시몽과 함께 3대 공상적 사회주의자 중 한 명. 자본주의 사회의 모순을 비판하고 정신적 사회주의를 지향하였다. 프랑스 유물론의 영향을 받아 환경이 사람에게 결정적인 영향을 끼친다고 생각했다. 공산주의적 생산 협동을 제안하여 팔랑주 공동체 이론을 만들었다.

또 P.S. 음...... 그래서 거기 교주가 누군가요?

여기까지 쓴 뒤 갈등이 생기기 전에 편지를 접어 봉투에 고이 넣었다. 하지만 아무래도 미친 짓을 한 것 같다. 나쁜 짓을 하고 난 뒤 찾아오는 떨떠름함과 찝찝함이 동시에 찾아든 걸 보면 내가 사고를 친 게 분명하다는 뜻이다. 이게 잘한 짓인지 아닌지는 언니의 장학금이 중단되는지 안 되는지를 보면 알 것이다. 티가 나지 않게 봉투를 붙여 다시 자리에 밀어 넣고 이불 속에 누웠다. 흥분했던 심장이 좀처럼 평온해지지 않는 탓에 오늘도 쓸데없이 불면의 밤이다. 천장에 붙어 있는 빛바랜 야광별이 아직도 희미하게 반짝이며 물었다.

온다정, 다정도 병이다. 넌 순진하게도 또 쓸데없는 희망을 가지는구나. 정신 차려! 반짝이는 모든 것은 결국 사그라져 가는 것들이니까......

뜻밖의 초대

12월 말 정시 모집 기간이 되면서 언니는 담임 선생님에게 강제 소환되어 바빠졌다. 언니는 선생님께 돈나무에 편지 쓴 걸 이야기하지 않은 게 분명했다. 언젠가 장학금 선정 불합격 연락이 오면 이 모든 일이 자동으로 끝날 것이라고 생각하는 눈치였다. 그럼에도 선생님의 채근에 서류를 제출하고 면접을 보고 있었고, 나는 언니가 돈나무로 떠난 뒤의 계획을 세우며 시간을 보내고 있었다. 등가의 시간이 상황과 감정에 따라 전혀 다른 체감 속도를 가진다는 게 이상했다. 할머니의 죽음 이후 그렇게 더디 흐르던 시간이 쏜살같이 흘러 어느덧 새해 첫 주가 되었다. 나는 혼자서 언니가 대학에 합격할 꿈에 부풀어 있었다. 만에 하나 돈나무 장학금이 취소되더라도 할머니가 남기고 가신 첫 등록금이 씨고구마처럼 깊이 묻혀 있으니까.

언니가 합격하면 아르바이트 일자리부터 알아봐야지, 어떤 게 시급을 많이 줄까. 별별 잡생각을 하면서 장독에서 된장을 한 숟가락 푸고 하늘을 쳐다보고 또 한 숟가락 푸고 하늘을 쳐다보며 아르바이트 동선을 혼자서 궁리하고 있는데, 오토바이한 대가 집 앞에 와서 섰다. 그 소리에 놀라 뒤를 돌아보다 아까운 된장 한 숟가락을 바닥에 흘렸다.

"아, 내 된장!"

땅에 떨어진 된장에서 흙이 묻지 않은 쪽을 조심스럽게 뜨고 있는데 등 뒤에 못마땅한 시선이 쏟아졌다. 설마 그 된장을다시 담을까 하는 시선을 느끼며 조심스레 된장을 그릇에 퍼담았다. 경악하는 오토바이의 속마음이 느껴졌지만 남자는 나를 지나쳐 우리 집 대문을 두드렸다.

"누구세요?"

헬멧을 쓴 남자와 다시 눈이 마주쳤다. 정확히 그 남자가 쓴헬멧의 검은 실드에 얼비친 내 어리바리한 얼굴과 마주쳤다.검은 헬멧이 주변을 두리번거렸다. PC나 스마트폰을 쓰지 않는 우리는 물건을 인터넷으로 주문하는 일이 없으니 절대 우리집 물건일 리가 없었다. 그때까지도 남자는 헬멧을 벗지도 검은 실드를 올리지도 않은 채였지만 남자가 우리 집을 찾아온건 확실해 보였다. 남자는 점퍼 안주머니 속에서 무언가를 꺼내 불쑥 내밀었다.

"우리 집에요?"

"......"

"20호 맞아요?"

커다란 헬멧이 바람에 살짝 흔들리는 정도로 끄덕여졌다.저 헬멧 안에 입이 없는 게 아닐까 싶을 만큼 남자는 가타부타 말이 없었다. 남자가 내민 서류 봉투에는 '상상동 컨테이너촌 20호 온다정, 온수정 앞'이라는 글자가 정확히 적혀 있었기에 그의 택배는 주인을 정확히 찾아온 셈이다. 남자는 한술 더떠 오토바이 뒤에 실린 5킬로그램짜리 고구마 두 상자를 내 발앞에 내려놓았다. 고구마의 출처와 용도를 묻기도 전에 남자는또다시 주머니 속을 주섬주섬하더니 펜과 종이를 꺼내 들었다.

"이거 사인하라고요?"

검은 헬멧이 고개를 끄덕였다. 실드에 비친 내 얼빠진 표정을 저 검은 헬멧 안 남자도 똑같이 보고 있으리라 생각하니 괜히 기분이 나빠졌다.

"입은 뒀다 욕할 때나 쓰나 보지."

구시렁거리며 종이를 들여다보니 돈나무 공동체라는 이름이 적혀 있었다. 그리고 그 편지는 '초대합니다'로 시작해 '건투를 빕니다'로 끝나 있었다. 그것은 돈나무가 언니뿐 아니라 수정이와 나도 공동체로 초대한다는 초대장이었다.

"이게 뭐, 무슨 소리예요?"

분명 한글이 맞는데 눈으로 읽고도 무슨 소리를 하는 건지알 수가 없으니 하는 말이다. 아니, 내가 원한 건 단지 언니의장학금이 취소되지 않는 것뿐이었지 수정이와 나까지 이런 후원을 받자는 게 아니었다. 뜻하지 않은 호의에 뜻하지 않은 반응이 나가는 건 당연한 일이다.

"이거 사람 잘못 찾아온 거 아니에요? 뭐 이름이 비슷하거나, 아니 아니 온씨가 세상천지에 널린 것도 아닌데. 혹시 다단계 같은 건가?"

"……."

"오늘이 만우절인가……."

참다못한 검은 헬멧이 헬멧을 벗으며 한심하다는 표정으로 나를 내려다봤다. 이제 보니 겨우 내 또래로 보이는 남자아이였다.

"속고만 살았나? 여기 들어오고 싶어서 돈 바리바리 싸 들고 줄 선 사람이 얼만데, 넌 신문도 안 읽냐?"

구구절절 옳은 말이라도 초면에 반말로 심기를 불편하게 하는 녀석의 안하무인에 골이 났다.

"신문도 안 보고 인터넷도 안 해요. 그리고 이 내용만큼이나 수상한 오토바이 타고 수상한 헬멧 쓰고 나타난 그쪽에게 사인을 해 줘야 하는 이 상황도 께름칙한 거라고요."

"어이가 없네."

남자는 주머니에서 휴대폰을 꺼내더니 턱 끝으로 고구마 상자를 가리키며 말했다.

"옆에 서 봐."

"왜 자꾸 반말이에요?"

남자는 다짜고짜 고구마 상자와 나를 한 프레임에 담아 사진을 찍기 시작했다. 나도 불편한 심기를 숨기지 않고 반말을 하며 손을 휘저었다.

"뭐야! 왜 허락도 없이 남의 사진을 찍는데."

"예뻐서 찍은 건 아니고 나도 이게 일이라서 말야. 배달 완료했다는 영수증을 들고 가야 하는데 보다시피 네가 비협조적이라 내가 협조할 수밖에."

"근데 이 고구마는 어쩌라고?"

"편지 다시 읽어 봐. 난 간다."

오토바이가 떠난 뒤에도 한동안 멍한 상태로 녀석이 사라진 길을 내다봤다. 혹시라도 잘못 배달된 거라고 다시 돌아올까 하는 마음에 몇 분을 기다렸지만 녀석은 나타나지 않았다. 하늘에서 뚝 떨어진 듯한 고구마 두 상자만이 이것이 현실 속 이야기임을 알려 줄 뿐이었다. 오토바이의 불친절한 설명대로 편지는 고구마의 용도에 대해 이렇게 말하고 있었다.

온다정, 온수정 양에게

두 분을 저희 돈나무 공동체에 초대합니다.

언니 온서정 양이 대학 학자금을 지원받는 것과 별도로 두 사람은 돈나무 공동체에 입소하여 고등학교 졸업까지 학자금과 생활비 지원, 대학 진학을 원할 때에는 2년 대학 등록금 지원까지 받을 수 있게 됩니다.

돈나무 공동체는 감가하는 화폐를 실천하는 작은 마을입니다. 초기 이곳을 만든 사람들은 생명처럼 노화하는 화폐를 꿈꾸며 조합형 공동체를 만들어 생활하기 시작하였고, 지금은 까다로운 전형을 통해 소수의 지원자만을 받아들이고 있습니다.

저희는 온서정 양이 후원금을 지원받는다고 해도 서정 양이 안고 있는 가장 큰 문제인 두 동생의 거취 문제와 생활 자금 조달이 해결되지 않을 것이란 걸 이해했습니다.

그래서 저희 공동체는 온다정, 온수정 양을 이곳 돈나무 공동체에서 부양하기로 의견을 모았습니다.

하지만 보호자가 없는 미성년 지원자를 단 한 번도 받지 않았기에 온다정, 온수정 양의 거취는 저희에게도 심각한 고민거리가 되었습니다.

고민 끝에 온다정, 온수정 양에게 조금은 다른 입소 절차를 밟게 하기로 했습니다.

바로 자활의 씨앗을 먼저 주는 것입니다.

여기 5킬로그램 고구마 한 상자는 각각 온다정 양과 온수정 양에게 할당된 공동체 기금입니다. 기금이 돈이 아닌 현물로 간 까닭은 돈나무 공동체의 이념에 대해 오랜 시간 생각하고 가치관을 이해할 계기로 삼고자 함입니다.

감가하는 화폐가 왜 필요한지, 어떻게 당위성을 가지는지 스스로 고민하고 노력할 필요가 있기에(그 고민을 거치고 들어온 다른 이들에 비해 온다정, 온수정 양은 특혜 인사이므로) 저희 공동체는 보다 특별한 훈련 과정을 두기로 했습니다.

과정은 다음과 같습니다.

설정은 돈이 없던 시대, 자급자족과 물물 거래가 이루어지던 아주 오래전입니다. 할당된 고구마는 입소하는 2월 말 5킬로그램 한 상자에 50만 원의 값어치를 가질 것입니다. 그 이후 발생하는 모든 비용은 온다정, 온수정 양이 자력으로 충당할 수 있게 만반의 조치를 취해 놓았습니다. 고구마는 마중물이자 감가하는 화폐의 시작입니다.

단, 그날까지 썩지 않고 줄어들지 않은 현 상태 그대로를 유지해야 합니다. 썩어 없어지는 만큼 온다정, 온수정 양의 공동체 기금은 줄어들 것입니다.

입소하는 날 그 순환 과정을 의미 있게 설명하는 것이 이 시험의 목표입니다.

감가하는 화폐는 어떤 식으로든 감가하는 모든 재화를 닮아 있다는 점을 명심하십시오.(단, 입소하는 날 고구마가 꼭 그 고구마일 필요는 없습니다.)

이곳으로 올 때 되도록 완행버스를 타고 느긋한 여행을 즐기며 오길 바랍니다. 짐이 무겁겠지만 즐거운 여행이 되길 바랍니다.

멋진 시행착오를 기대하며, 건투를 빕니다.

돈나무 공동체 주민 일동

눈으로 이해한 문장들이 머릿속에 명쾌하게 정리되지 않았다. '자활의 씨앗'이라느니 '고구마가 꼭 그 고구마일 필요는 없습니다.'라는 말들이 꼭 어린애 말장난처럼 느껴졌다. 두 달 뒤까지 썩지 않는 5킬로그램짜리 고구마 두 상자를 들고 강원도 돈나무 공동체를 찾아오라는 황당무계한 조건이라니, 또 멋진 시행착오를 기대한다는 엉뚱한 소리를 하다니 도대체 이 사람들이 제정신일까.

사실 그 황당함만 빼고 본다면 기쁜 소식임에는 틀림없었다. 우리가 돈나무 공동체에 입소해서 앞으로의 생활비와 학비 일체를 지원받는 건 팔짝 뛸 만큼 기쁘고 놀라운 일이었다. 놀라운 제안은 그뿐만이 아니었다. 우리가 돈을 모아 집을 지을 때까지 돈나무 공동체 안에서 하숙할 수 있고, 수정이는 근교 초등학교로, 나는 공동체 안의 대안학교로 전학할 수 있다는 친절한 설명도 덧붙여 있었다. 무엇보다 내가 그토록 바라마지않던 서정 언니의 대학 등록금이 4년 전액 장학금과 기숙사 생활을 포함한 생활비 일체 지원으로 바뀐 건 가장 기쁜 일이었다.

오후가 되어 집으로 돌아온 언니에게 싸가지 없던 검은 헬멧 이야기는 빼고 그간의 일을 설명했다. 자초지종을 듣고 한 마디라도 따끔하게 혼쭐을 낼 줄 알았던 언니의 입이 무겁게 닫혔다. 또다시 맏이라는 책임과 의무만 무겁게 짊어지며 제 동굴로 들어가는 모양이다. 장학금뿐만 아니라 나와 수정이 몫의 후원금까지 받게 되었다는 사실을 언니는 곧이곧대로 받아들이지 못했다. 그 행운이 사실임을 증명하는 설명서를 언니 앞에 놓았다. 종이가 너덜너덜해질 때까지 읽고 또 읽은 언니의 입에서 조그만 안도의 한숨이 흘러나오자 비로소 마음이 놓였다. 언니가 홀가분하게 마음을 내려놓는 걸 보기까지 몇 달을 참고 기다렸는지. 언니는 말없이 수정이와 나를 꼭 끌어안았다. 작은 종이 한 장이 몰고 온 가느다란 희망이 다시 등대지기의 불을 밝혀 주었다.

2부

깡통촌의
마지막 시간들

우리가 돈나무 공동체의 장학금을 받는다는 소식은 삽시간에 깡통촌 전체에 퍼져 나갔다. 수정이는 소식을 부지런히 실어다 나른 날다람쥐가 되었지만 언니와 나는 조용히 입을 닫는 쪽을 택했다. 내 행복이 누군가의 자괴감이 된다면 반짝반짝 빛나는 웃음을 잠시 멈추는 쪽이 더 옳다는 생각에서였다. 따라가고 싶다고 울고 매달리는 옆집 성주에게 해 줄 수 있는 위로는 기쁨을 안으로 삭이는 것이었다. 그 기쁨과 애잔함이 뒤엉킨 가운데 현실적인 고민이 우리 세 자매에게 다가왔다.

겨울은 고구마의 계절, 특히 군고구마가 익는 계절이다. 가을에 수확한 고구마를 겨우내 찌고 구워 먹으면 그 맛을 따라올 별미가 없다지만 그 별미 고구마를 먹지 않고 고이 모셔 두기란 여간 힘든 일이 아니다. 배고픔을 참기가 힘든 게 아니라 썩히지 않고 처음 상태 그대로 유지하기가 힘든 까닭이다. 그럼에도 불구하고 입소하는 그날 이 고구마 두 상자를 돈나무로 온전히 가져가야 하고 썩는 만큼 공동체 기금이 줄어든다는 건 난제 중의 난제였다. 애물단지 같은 고구마 두 상자를 방 가운데 두고 우리 세 자매가 깊은 시름에 잠겼다.

"그냥 삶자! 다 삶아서 얼려 두었다가 들고 가."

"그 상태 그대로 가져오라잖아."

막무가내인 내 생각에 제대로 된 브레이크를 걸어 주는 건 늘 언니다.

"썩지 않고 줄어들지 않게 하라는 건 그쪽도 이 고구마를 그대로 두기가 힘들다는 걸 예상하고 한 말일 테고, 감가하는 화폐가 왜 필요한지 우리도 고민하고 노력할 필요가 있다고 했으니까 그냥 단순히 고구마만 들고 오란 말은 아닐 거야."

"그럼 이걸 팔아서 돈으로 들고 있다가 들어가기 전에 고구마 두 상자를 다시 사면 되잖아."

실로 오랜만에 내 머릿속에서 명쾌한 해답이 나오자 혼자 기분이 좋아졌다.

"그건 안 돼. 설정이 돈이 없던 때라고 했잖아."

"아, 미치겠네! 그럼 이 고구마를 어떻게 하란 거야? 땅에 파묻어 농사라도 짓다가 다시 파서 들고 오란 거야, 뭐야?"

언니 역시 깊은 고민에 잠겼다.

"아무래도 제정신이 아닌 사람들인가 봐. 이걸로 뭘 증명하라는 건지 어이가 없네."

답답한 마음에 심통이 불거져 나왔다. 오랜 시간 생각에 잠겼던 언니가 마침내 입을 열었다.

"삶자!"

"뭐?"

"삶자며? 그냥 삶아서 집집마다 한두 개씩 돌리면 다 돌아갈 거야. 지난번에 진구 할머니가 우리한테 김치 주신다고 하셨거든. 고구마 드리고 그 김치를 받아 오면 돼."

"미쳤어? 저온 창고에라도 고이 모셔 뒀다가 가져갈 생각을 해야지. 아니다, 아니야. 그냥 우리끼리 먹고 새 걸로 다시 사."

"그러자고. 근데 나눠 먹고 새 고구마로 다시 받는 걸로 해. 어차피 돈나무에서 원하는 건 결과물이 아니라 과정이야. 너희는 그걸 설명해야 하고."

나는 두 손을 든 채 고구마 상자 위로 널브러지며 말했다.

"이럴 줄 알았어. 역시 이상한 사람들이었어. 사이비 종교 집단이 맞았어."

내 구시렁거림에도 언니의 논리적인 설명은 계속 이어졌다.

"자급자족하고 물물 거래 하라고 했잖아. 고구마 두 개씩 돌리면서 염치없지만 뭐라도 좋으니 물건을 하나씩만 달라고 해. 그걸 일일이 기록하고 필요한 곳에 필요한 물건을 계속 순환하게 만드는 거야."

"깡통촌에서?"

"반장 아저씨께 말씀드려서 게시판을 하나 만드는 거야. 어떤 집에 어떤 물건이 많고 뭐가 필요하다는 물물교환 게시판 같은 거. 그런 소통 창고를 만들면 이 깡통촌 안에 조그만 시장이 형성되는 거지. 교환가치는 당사자가 정하니까 당연히 돈은 필요 없고. 이건 그냥 어려운 입회 시험이라고 생각하면 되는 거야."

언니의 설명을 들으니 그럴듯한 답안 같다는 생각이 들었지만 그렇다고 이 이상한 시험을 짓궂은 신참례로 받아들이기엔 석연치 않은 기분이 들었다.

돈이 늙어 간다고 할 때는 언제고 이제는 고구마까지 늙어 간다니…….

영생을 얻은 뱀파이어가 사람처럼 늙어 가겠다는 소리와 다를 게 뭔가. 드라마에서 말하는 인생에는 교차로도 있고, 수직으로 신분 상승할 수 있는 사다리도 있고, 돌고 돌아 다시 만날 수 있는 엇갈린 길도 있다지만 그런 똑같은 이유로 한번 빠지면 깊이를 알 수 없는 수직 갱도도 있을 수 있음을 이제야 깨달았다. 이런 말도 안 되는 꿈을 꾸는 사람들과 함께할 앞날이 갱도의 어둠만큼 까마득하게만 느껴진다.

삐걱대다가 좌절하다가 결국 망하겠지.

나는 처음부터 마음을 접었다. 하지만 처음부터 안 될 거라고 마음을 내려놓았던 일들이 짝을 맞춘 톱니바퀴처럼 맞아 돌아가기 시작하자 이 행운들이 슬슬 무서워지기 시작했다. 돈나무의 숙제를 해내기는커녕 제대로 이해하지도 못한 채 입소일을 맞을 것이라는 내 예상이 완전히 빗나갔다. 게다가 게시판을 통한 물물교환의 활성화는 긴 가뭄 끝 해갈을 기다린 저수지처럼 우리가 내는 의견 모두를 수렴했다. 언니의 적극적인 노력으로 깡통집 중간 지점인 우리 집 앞에 조그만 게시판과 더불어 매주 금요일 오후 4시부터 6시까지 한시적인 시장이 열렸다. 사람들은 게시판에 필요한 물건을 적고, 그 물건을 가지고 있는 사람은 그 옆에 팔 수 있는 물건의 개수와 가격을 적는 식으로 교환이 이뤄졌다. 마찬가지로 팔고 싶은 물건을 적어 놓고 그 물건을 살 사람이 그 옆에 이름을 다는 식으로도 거래가 되었다. 대부분의 거래는 돈으로 이뤄지지만 우리가 제안한 물물 거래식으로 이어지는 경우도 있었다. 우리는 5킬로그램 고구마 두 상자를 조금씩 나누어 팔기로 결정했다. 1킬로그램씩 열 봉지로 소분해 팔되 물건 값은 돈이 아닌 현물로 받겠다는 게 조건이었다. 19호 성주 할머니는 김장 김치 1킬로그램을 주고 고구마 1킬로그램을 가져갔고, 23호 진구네는 잡곡 1킬로그램을 주고 같은 무게의 고구마를 받아 갔다. 어떤 고구마는 두루마리 화장지 몇 개로 바뀌었고, 또 어떤 고구마는 들기름 한 병으로 바뀌었다. 하지만 모든 고구마가 계획대로 팔린 것은 아니었기에 남은 고구마는 어쩔 수 없이 구황 작물로 우리 배를 채워 줘야 했다.

그러나 늘 이변은 있었다. 여기까지는 우리가 예상했던 시장의 본래 기능대로였지만 나머지는 예상치 못한 방향으로 전개되었다. 명색만 시장인 조그만 집합소가 금세 외로운 깡통촌 사람들의 사랑방이 된 것이다. 덕분에 자리로 제공한 우리 집 앞은 늘 사람들로 붐볐고, 반장 아저씨는 내친 김에 평상 두 개를 만들고 방풍 천막을 세웠다. 그 천막 안에 피운 장작불은 추위에 떨며 오가던 사람들의 발길을 붙잡았다. 해가 지고도 사람들은 천막 안에 옹기종기 붙어 앉아 도돌이표 같은 이야기를 나누고 또 나누었다. 내세울 마을 회관 하나 없던 이 동네에 칼바람을 맞으며 만든 장터는 금세 간이 마을 회관이 되었고, 사람들을 모으지 못해 진행하지 못했던 지난한 일들이 뒷심을 얻어 재논의되기 시작했다.

"그놈의 수세식 똥뒷간은 언제 만들어 준대요?"

"그러니까! 여기 가로등 설치해 준다고 했던 게 엊그제인데 작년 선거 때 휙 한번 돌면서 이 동네 표 다 얻어 간 양반은 함흥차사고 말이지."

"영수 엄마, 그 양반 떨어졌어."

"아—"

이런 별 영양가 없는 얘기들도 갑론을박 속에 꼬리에 꼬리를 물고 이어졌다. 달이 바뀌고 날은 점점 영하권으로 떨어지는데도 매주 금요일 우리 집 앞 간이 장터는 강풍과 눈보라 속에서도 단 한 번도 거르지 않고 열렸다. 물건이 부족한 적은 있어도 사람이 부족한 적은 없었다. 구정 연휴를 앞두고는 한 가지 물품을 대량으로 사서 나눠 갖는 좀 더 발전된 거래가 이뤄지기도 했고, 재료를 모아 전을 부치고 차례 음식을 함께 준비하는 품앗이가 일어나기도 했다. 제각각 감가하는 물건들의 가치는 팔고자 하는 사람과 필요한 사람의 상호 협상을 통해 거래되었고, 감가하는 물건들은 필요한 제 주인을 만나는 순간 남은 효용을 다했다. 우리의 고구마 두 상자는 쪼개져 김치가 되고, 잡곡이 되고, 들기름이 되고, 두루마리 화장지가 되는 기나긴 여정을 거치며 2월 말 돈나무 공동체 입소를 하루 앞둔 시점에 다시 고구마 한 상자와 여남은 개로 바뀌었다. 돈나무 공동체가 준 안내문에서처럼 확실히 고구마는 그때의 그 고구마가 아니었다. 그때의 고구마는 이미 교환되고 소화되어 이 세상의 다른 에너지로 바뀌어 썩어 가고 있을 터다.

재화를 순환시키는 과정에서 깨닫게 된 사실은 돈이 없다면 모든 가치가 등가로 계산되기 힘들기 때문에 제대로 된 순환이 일어나지 않는다는 점이었다. 또한 돈이 재화였다면 돈 역시 이렇게 감가하는 것이 자연의 섭리라는 사실도. 그 번잡한 과정을 거치면서 돈나무가 먼저 답을 알려 준 이상한 시험을 치르게 한 이유를 알 것 같았다. 애초에 고구마 두 상자의 가치를 유지할 수 없는 시험이었음을 깨달았을 때 이상하게도 마음이 편해졌다. 생명이 늙어 가지 않고, 재화가 감가하지 않고 그대로를 유지할 수 없음을 깊이 생각하라는 뜻이었다면 얼추 그길을 따라온 것이려나.

마침내 마지막 연탄 한 장이 아궁이로 들어갔다. 연탄 창고가 텅텅 비어 가는 것을 보면서 행복할 줄은 몰랐다. 우리는 그 마지막 탄불이 데운 아랫목에 옹기종기 붙어 앉아 바닥에 어질러 놓은 짐을 정리하기 시작했다. 부산하게 짐 정리를 하고 택배로 보낼 책 상자에 테이프를 붙여 단단히 봉하고 두고 갈 물건들까지 점검하자 돈나무로 직접 가져갈 수정이와 내 가방만이 남았다. 여행용 가방 두 개에 열아홉 인생과 열 살 인생이 다 들어갈 수 있었던 까닭은 나머지 살림살이들을 모두 이웃들에게 나눠 주었기 때문이다. 새벽마다 갱년기 아줌마처럼 깨어나 잠을 못 자는 한 문짜리 냉장고는 19호 성주 할머니 댁으로, 낡은 이불은 23호 진구네로, 냄비와 그릇들은 18호 쩡이네로, 나머지 소소한 살림살이들은 제 주인 될 사람들이 알아서 데려갔다. 우리가 묵게 될 돈나무 마을 하숙집에 모든 세간과 웬만한 물건들이 있으니 그저 갈아입을 옷과 책만 가지고 오라는 말을 몇 번이나 확인하고 내린 결정이었다.

저녁상을 물리고 마지막 짐 정리를 하는데 누군가가 대문을 두드렸다. 이 시간에 올 사람이 없는데 하며 창문을 열고 내다보니 48호 아저씨였다.

"밤늦게 미안하다."

"괜찮아요, 잠시만요."

"아니다. 문 열 건 없고 이것만 받아라."

아저씨는 쇠창살 사이로 책 몇 권을 내밀었다.

"가서 읽어 봐. 돈나무에서 살면서 읽으면 꽤 유용한 책일 거야."

아저씨가 내민 책들은 이상한 경제론과 화폐 개혁 어쩌고하는 책들이었는데 보기만 해도 머리가 아파 슬쩍 땅바닥에 내려놓았다.

"그리고 이것도."

아저씨는 주머니에 넣어 두었던 봉투 하나를 내게 건네주었다.

"이건 뭐예요?"

"가서 이것저것 준비할 것도 많을 텐데 필요할 때 쓰라고."

인사만 꾸벅 하고 다녔지 괜히 거리를 두었던 아저씨였는데 무엇인지 짐작하면서 냉큼 봉투부터 받아 든 손이 부끄러워졌다. 돈이란 참 요물이구나. 받아 들고 보니 떠나보내고 싶지 않아지는 요물.

"거기 가면 생활비도 지원되고 일도 할 수 있어서 여기 돈은 필요 없대요."

"겪어 보지 않고 장담하긴 이르지. 넣어 둬라."

48호 아저씨는 그 말만 남긴 채 어둠 속으로 사라졌다.

'겪어 보지 않아도 돈나무 안에서는 바깥 돈을 쓸 수 없다고 요.' 해야 할 말이 봉투를 꼭 붙잡은 손과 함께 들러붙어 있었다. 나는 그 봉투를 고이 접어 가방 깊숙한 곳으로 밀어 넣었다.

마침내
돈나무 공동체로

마침내 깡통촌을 떠나는 날이 밝았다. 새벽 6시 알람이 울리기 전 우리 세 자매는 약속이나 한 듯이 먼저 일어나 알람 소리를 맞이했다. 옷을 입고 마지막 아침 식사를 한 뒤 깨끗이 씻은 밥솥과 그릇을 싱크대에 엎어 두었다. 어제 덮은 이불과 부엌 살림들은 날이 밝으면 새 주인들이 알아서 데리고 가기로 되어 있었다. 이제 정말 마지막이라 생각하니 마음속이 후련하기까지 했다. 그러나 그 후련함은 눈에 파묻혀 움직이지 않는 현관 문이라는 복병을 만나는 바람에 산산이 부서져 버렸다.

"으윽— 이놈의 문, 끝까지 말썽이네!"

한 무더기 욕지거리를 내뱉으며 진땀을 흘린 후에야 겨우 문을 열고 밖으로 나올 수 있었다. 훅— 차가운 새벽바람이 살을 파고들었다. 아주 잠깐, 따뜻한 깡통집 안으로 돌아가고 싶다는 생각이 들었지만 이내 마음을 다잡고 돌아섰다. 그리고 지긋지긋했던 지난 3년 동안의 기억들을 하나 둘 깡통집에 버리기 시작했다.

잘 있어라, 냉골 같은 구들장! 잘 있어라, 냄새나는 연탄난로! 잘 있어라, 얼어붙은 똥탑!

버린다고 대차게 부르는 그 이름들 끝에 이상하게도 울컥하는 마음이 달려 나왔다. 생각하기도 싫은 지긋지긋했던 가난에 뭔 좋은 기억이 있다고 눈물이 나오는지. 네 사람이 누우면 새끼 강아지처럼 포개져 옴짝달싹할 수조차 없었던 이 집이 뭐가 그립다고, 바보같이……

간밤에 방을 데워 주고 차갑게 식은 하얀 연탄재를 문밖으로 들어내면서 괜스레 눈물이 났다. 버린다고 버릴 수 있는 기억이 아니었다. 목도리에 얼굴을 파묻고 눈물을 감췄다.

2월 끝자락의 아침은 여전히 한겨울의 매서운 칼바람이 휘몰아쳤다. 코끝의 콧물마저 얼릴 듯한 맹추위를 뚫고 터미널에 도착하니 이른 아침부터 많은 사람들로 붐비고 있었다. 설 연휴가 끝난 직후였지만 주말이라 평소보다 사람이 많아 보였다. 우리는 돈나무 위원회에서 친절히 알려 준 교통편을 다시 한번 점검했다. 동서울 종합 터미널에서 횡계 시외버스 정류장까지 고속버스로 이동한 뒤 그곳에 내려 택시를 타고 15분이면 도착할 것이라는 친절한 약도를 단단히 챙겼으니 가는 길은 어렵지 않을 것이다. 이번 길은 초행이라 서정 언니와 함께지만 언니는 짐 푸는 걸 도와준 뒤 다시 서울로 돌아올 예정이다. 그 편지가 송두리째 뒤바꾸어 버린 것은 언니가 아닌 수정이와 나의 삶이다. 언니가 없는 동안 돈나무에서 우리 집의 가장은 내가 될 테고 나는 생전 처음 무언가를 책임지는 사람이 되는 것인데……. 돈나무로 가는 버스에 올라서 처음으로 두려움이 들었다. 잠든 수정이를 끌어안고 창밖을 바라보던 언니가 먼저 말을 꺼냈다.

"대안학교 가는 거 정말 괜찮겠어?"

"나야 고맙지. 안 그래도 공부 취미 없었는데 직업 교육도 시켜 준다니 뭘 더 바라."

"그래도 나중에 대학 가려면 혼자 준비해야 할 것도 많고 더 힘들 텐데."

"학교에서 인터넷 뒤져 보니 그 학교 들어가려고 줄 선 부모들 많다더라. 뭐가 좋은지 모르지만 가 보고 아니다 싶으면 그만둘 자유도 있는 거잖아."

돈나무 공동체 안에서 초등학교를 제외한 중, 고등학교가 모두 대안학교라는 게 딱히 나쁠 이유는 없지만 그렇다고 마음에 드는 선택지도 아니었다. 학교가 싫은 것이 아니라 익숙지 않은 분위기 때문이다. 대안학교라는 건 기존 제도권 교육에 적응하지 못한 문제적 아이들이 모이는 곳이란 선입견이 강해서였다. 어쩌면 세상에 적응하지 못한 낙오자들일지도…….

'누가 누굴 걱정해. 생각을 말자.' 덜 여문 세상의 잣대를 들이민 내가 한심해져 고개를 절레절레 내저었다.

버스가 횡계 시외버스 정류장에 도착했다. 선반에서 짐을 챙긴 사람들이 우르르 내리기 시작했다. 대부분은 이 근처 대관령으로 여행 온 관광객이었는데 돈나무 공동체 주민으로 보이는 사람은 눈에 띄지 않았다. 하긴 돈나무라고 이름표를 붙이고 다니는 것도 아닐 텐데. 서울로 치면 버스 정류장만 한 작은 터미널 앞에는 버스 시간에 맞춰 줄지은 빈 택시들이 많았다. 제일 앞에 선 차에 짐과 고구마를 싣고 언니와 수정이는 뒷좌석에 나는 조수석에 올라 행선지를 말했다.

"돈나무 공동체로 가 주세요."

순간 택시 기사 아저씨의 눈길이 나를 향하다 다시 룸미러를 통해 언니와 수정이를 훑었다.

"거긴 왜 가니?"

"살러요."

"너희 모두? 부모님이 거기 계시니?"

"아뇨."

"거기 아무나 못 들어가는 데인데 알고는 가냐?"

"네."

"혹시 장학생이냐?"

"네, 죄송한데 먼저 출발하고 물어보시면 안 될까요?"

아저씨는 헛기침을 하다가 크억— 가래침을 뱉고 시동을 걸었다. 돈나무 입구까지 가는 15분 동안 운전기사 아저씨의 입은 무겁게 닫혔다. 내가 너무 버릇없게 얘기한 건가? 조금 미안한 마음이 들었지만 점심때쯤 도착하겠다는 약속을 지키려면 서둘러야 했다. 차가 산길 포장도로의 중간쯤 올라가다가 이정표로 세워 둔 조그만 팻말 앞에 멈춰 섰다.

"다 왔다."

"여기예요?"

"아니, 여기서 한 200미터 더 걸어서 올라가야 할 거야. 외부 차가 들어갈 수 있는 데가 여기까지라서. 근데 결제로 돈나무 돈은 곤란한데."

"돈나무 돈이요?"

지갑에서 만 원권을 꺼내다 멈칫하자 아저씨의 입이 또다시 굳게 닫혔다. 거스름돈을 받아 들고 낑낑대며 무거운 짐을 내리는 동안 택시 기사 아저씨는 차에서 내려 우리를 도와주지 않았다.

택시가 요란한 먼지를 일으키며 산 아래로 내려가는 걸 보고 있자니 이상한 기분이 들었다.

"언니, 이상하게 미움받은 느낌이야."

언니는 피식 웃을 뿐 가타부타 대꾸가 없었다.

"내 기분이겠지? 우리가 돈나무 간다는 그 순간부터 저 아저씨가 냉랭하게 대했던 거."

"신경 끄고 어서 가자. 200미터나 더 가야 된다잖아."

커다란 대문까지는 아니지만 그래도 경계석 하나쯤은 세워둘 법도 할 텐데. 돈나무 공동체의 입구는 썰렁하다 못해 허전했다. 휘갈겨 쓴 '돈나무 공동체'라는 팻말을 말뚝 하나에 박아놓고 알아서 걸어오라는 화살표는 걸어갈 의지를 상실하게 만들었다. 옷장 속에 펼쳐진 다른 세계나 토끼굴 아래 있는 이상한 나라를 기대한 건 아니지만 왠지 실망스러운 첫인상이다. 돈나무 공동체의 실체가 보이지 않을수록, 외피가 다른 이들과 다를수록 더 의문이 들었다.

세상 사람들이 수군거리듯 돈나무 공동체라는 곳이 정말 이상주의자들이 만든 마을인지, 자본주의를 혐오한 사람들의 집합소라는 말이 맞는 건지 슬슬 두려워지기 시작했다.

10분을 걸어도 돈나무 입구는커녕 지나가는 사람 하나 보이지 않는 게 더 결정적인 불안의 이유였다. 10분은커녕 해가 지기 전까지 제때 찾아갈 수나 있을까. 징징거리는 초등학생과 체력 부실한 예비 대학생을 데리고 무거운 짐을 질질 끌고 200미터를 가는 게 이렇게 힘들 줄이야. 길을 잘못 든 것이 아닐까, 그 택시 기사가 돈나무 사람들이 미워서 우리를 다른 산에 버리고 간 것은 아닐까. 온갖 망상이 들고 숨이 헉헉 차고 다리가 풀릴 때쯤 오밀조밀 모여 있는 지붕들이 눈에 들어왔다. 어림잡아 사오십 채, 거의 깡통집 수준의 마을 규모로 짐작되었다.

"차, 찾았다!"

나도 모르게 기쁨의 탄성이 터져 나왔다.

"여긴가 봐."

서정 언니는 접어 두었던 약도를 다시 꺼내 우리가 묵을 하숙집을 짚었다.

"첫 집에서 20미터 정도 더 올라가서 마을 회관 근처 빵 가게 이층집이라는데?"

"아, 힘들어. 시작부터 뭐가 이렇게 힘들어. 또 왜 죄다 오렌지색 지붕이냐. 안 되겠다. 우리 빵 귀신, 냄새 좀 맡아 보자."

언니도 피식 웃으며 수정이를 바라봤고 수정이는 벌써 코를 킁킁대며 후각 세포를 활성화시키고 있었다. 지도를 보는 일이라면 젬병이어도 이불 속에 숨겨 둔 빵 냄새까지 맡을 수 있는 수정이의 실력을 믿어 보기로 했다.

"저 위쪽 같은데?"

언니의 약도와 수정이의 코가 짚어 주는 길을 따라 올라가니 2층짜리 단조로운 콘크리트 건물이 눈에 들어왔다. 그 1층에 '아기양 빵가게'라는 귀여운 이름을 가진 가게가 있었다. 시계는 벌써 1시를 가리키고 있었다. 우리는 혹시 늦을까 하는 조바심 때문에 점심까지 건너뛰며 바로 택시를 탔던 터라 빵 냄새를 맡자마자 허기가 요동을 치기 시작했다. 버스 정류장에서 잔치 국수라도 한 그릇 먹고 올 걸 하는 뒤늦은 후회가 밀려왔다. 초면에 다짜고짜 밥을 달라고 하면 염치가 없으려나. 그 생각을 하며 머뭇거리는 찰나 딸랑— 경쾌한 종이 울리며 가게 문이 열리고 앞치마를 두른 중년의 아줌마가 함박웃음을 지으며 나타났다.

"어머! 때맞춰 도착했구나!"

"저, 여기가……."

"네가 맏이니? 온……서정?"

아줌마는 언니보다 키가 큰 나를 보며 물었다. 나는 멋쩍은 웃음을 지으며 언니를 가리켰다.

"일단 들어오렴."

가게 안에 들어서자 고소한 버터 향이 코끝을 자극했다.

"우와— 빵 진짜 많다."

이름처럼 아기 양 모양의 쿠키와 슈크림 빵이 가장 많이 진열되어 있었는데 그 마음 한쪽에 혹시 진짜 아기 양 고기를 빵에 넣은 건 아닐까 하는 다소 엽기적인 생각이 떠올랐다. 속이 팥 앙금인 걸 확인하기 전까지는 절대 시식 금지라고 다짐하며, 시식 빵에 손을 뻗으려는 수정이 손을 낚아채 손아귀에 단단히 움켜쥐고 아줌마 뒤를 쫓아갔다.

"근데 이게 여기 사람들이 다 먹는 빵이에요?"

"아니, 좀 있다 점심 끝나면 관광객들이 한 무리 올라올 거야. 한번 지나가고 나면 양 떼가 점심 먹은 풀밭처럼 정리된단다. 아줌마가 지금은 좀 바빠서 말이야. 여기 계단으로 올라가면 이층집으로 연결되니까 그리로 가서 식탁에 차려 놓은 점심 먼저 먹을래? 국 식었으면 데워서 먹고 반찬 모자라면 냉장고에서 꺼내서 더 담아 먹고. 너희들 쓸 방에는 이름표 붙여 뒀으니까 헤매지 않고 들어갈 수 있을 거야. 밥 먹고 설거지는 그대로 두고 짐은 풀고 빨랫거리는 세탁기 옆 바구니에 두는데 그 세탁기가 어디 있냐면, 어머! 방금 도착한 애들한테 내가 잔소리를 했니? 그냥 쉬고 있어."

"……네."

"국 데워 먹어!"

아줌마는 2층으로 올라가는 우리 뒤로 그 한 마디를 더했다. 아줌마가 차려 둔 밥상에 앉아 채 식지 않은 국을 마시는 동안 켜켜이 쌓인 먼지가 떨어져 나가며 먼 기억이 떠올랐다. 이제는 얼굴조차 가물거리는 엄마, 그 엄마가 나이 들어 우리 곁에 있었다면 밥상을 차리며 저런 말을 해 줬겠구나. 보살펴 주고 아껴 주고 걱정하며 해 주는 사소한 말들, 국 데워 먹으라는 그 말 한마디에 문득 엄마가 그리워졌다. 까마득한 엄마의 기억을 들추어내며 먹은 점심 한 끼에 긴장했던 마음이 조금 녹아내렸다.

"언니, 아직까지는 정상 같아 보이지?"

"무슨 소리야?"

웬 뚱딴지같은 질문이냐는 언니의 표정에 혼자 끙끙댔던 고민들을 슬그머니 털어놓았다.

"아줌마도 수더분해 보이고 마을도 이상하지 않고……. 그런데 왜 돈이 늙어 간다는 미친 생각을 하고 사는 걸까?"

품— 그 말에 언니의 입에서 먹던 밥알이 튀어나왔다. 혼자 깔깔거리며 웃는 언니의 얼굴을 보니 괜한 걱정을 한 것 같아 무안해졌다.

"설마 아직도 여기가 광신도들이 사는 곳이라고 생각하는 거야?"

"약간, 아니 조금? 아니면 뭣하러 자기 돈을 못 줄여서 안달이겠어."

"그럼 반대로 생각해 봐. 돈이 사람 위에 서는 저 바깥세상이 정상인지 아닌지. 그리고 진짜 그런 곳이었다면 내가 너희를 이곳에 있게 했을까도."

바보 같은 질문이 제대로 된 질문으로 바뀌자 할 말이 없어졌다. 나는 무안함에 눈앞에 놓인 숭늉을 한입에 마셔 버렸다.

가치협동조합원이
되다

딸랑딸랑—

가게에 딸린 이층집이라 1층에서 들리는 소리가 위층까지 올라왔다. 가게 문 여닫는 소리가 끊이지 않는 걸 보니 아무래도 단체 손님들이 한꺼번에 들이닥친 모양이다. 빈 그릇을 허겁지겁 설거지통에 밀어 넣은 뒤 언니에게 말했다.

"나 1층에 좀 갔다 올게. 설거지 좀 부탁해 언니."

"알았어."

할머니는 늘 내가 언니보다 손과 눈이 빠르고 그보다 눈치가 더 빨라 세 식구 먹여 살리는 생활력은 최고일 거라는 농담 같은 덕담을 하곤 하셨다. 지금 1층은 일손이 하나라도 더 필요할 테니 뭣 모르는 나라도 일손을 보태는 게 도움이 될 것이다. 허둥대며 달려온 1층에는 예상대로 한 무리의 관광객이 매장 가득 들어차 빵을 사려고 길게 줄을 늘어선 채였다. 뭐가 뭔지도 모른 채 다짜고짜 아줌마에게 달려갔다.

"아무거나 할 수 있는 일 시켜 주세요."

"밥은?"

"다 먹었어요. 아무거나 제가 도울 걸 시켜 주세요."

아줌마가 대꾸할 사이도 없이 빵이 가득 담긴 쟁반이 그 앞에 드밀어졌다. 아줌마는 손님들이 골라 온 빵을 하나하나 계산하며 순서대로 종이봉투에 담는 걸 보여 주셨다. 아줌마가 빵을 계산하고 카드 단말기를 만지는 동안 나는 쟁반에 담긴 빵을 담으며 계산을 도왔다. 밀려드는 손님들을 정신없이 치르고 마지막 손님이 가게 문을 열고 나가며 딸랑— 종을 울리자 빠져나갔던 정신이 다시 돌아온 기분이었다. 사람들이 몰려간 뒤 텅텅 비어 버린 진열대를 바라보니 양 떼가 풀을 뜯어 먹은 뒤라는 아줌마의 표현이 과장이 아니었음을 알게 되었다.

"너 아니었으면 곤죽 될 뻔했어. 고맙다, 다정아."

"혼자서 일하시기 힘드셨겠네요."

"주말에는 대학 간 딸애가 와서 도와주고 오후엔 아르바이트 애가 하나 있는데 이 녀석이 오늘 또 잠수를 탔네. 잘라 버리든지 해야지. 참, 몇 시나 됐지?"

아줌마는 잠시 벽시계를 보더니 출납기 문을 열어 지폐 두 장을 내게 내밀었다.

"이건 오늘 대타 뛴 알바비, 고마웠어."

"아니에요. 얻어먹은 밥값도 있는데 얹혀살면서 이 정도는 해야죠."

"그건 마을 공동 경비에서 지원되는 거니까 네가 신경 쓸 건 없어. 그리고 정당하게 일한 건 정당하게 대우를 받는 거야. 어서 받아."

하지만 아줌마가 내미는 정당한 돈이란 게 부루마불에서나 쓰는 가짜 지폐란 게 난감했다. 주춤거리며 신뜻 받아 들지 못하는 나를 보며 아줌마는 껄껄 웃었다.

"이런, 오늘 처음 온 사람한테 다짜고짜 돈나무 재노시를 줘 버렸네. 아, 재노시는 여기 화폐 단위인데 원이라고 부를 때도 있어서. 아니, 이럴 게 아니라 지금 바로 은행에 가서 계좌부터 개설해야겠다. 오늘 장사는 이걸로 끝이니까 문 닫고 지금 가자. 참, 고구마도 가져왔지?"

"네, 저기 문 입구에……."

"어디 100만 원짜리 고구마 한번 들어 볼까?"

뭔가 소꿉놀이하는 것 같은 기분을 떨쳐 버리지 못하는 나와는 달리 아줌마는 씩씩하게 앞치마를 벗어 계산대에 던지며 고구마 상자를 들었다. 나도 뭔가에 홀린 듯 나머지 고구마를 들고 아줌마 뒤를 쫓았다. 만나는 사람과 반갑게 인사를 나누는 아줌마의 등에 붙어 어미 닭을 따라 나온 병아리처럼 어리둥절한 얼굴로 그림자만 졸졸 따라갔다.

아줌마의 발걸음은 마을 회관을 지나 옆 건물로 향했다. 2층 짜리 건물에는 오밀조밀 여러 가게가 들어와 있었는데 아줌마는 그중 간판도 없이 꽃 그림만 잔뜩 그려져 있는 가게 문을 벌컥 열고 들어갔다. 이 와중에 꽃 가게를 가시려나? 엉뚱한 생각만을 한 채 생각 없이 아주머니 뒤를 쫓아 들어갔다.

"나 왔어요."

"가게는 어쩌시고요?"

75

"빵 다 팔았어요. 여기는 이번에 새로 이사 온 온다정 학생. 이사 오기로 한 자매 아시죠?"

"아— 온 자매?"

후덕한 얼굴의 아저씨가 자리에서 벌떡 일어나며 내게 손을 내밀었다. 얼떨결에 그 손을 잡으려는 찰나 아저씨 옆에 앉아 있던 아이언맨 티셔츠를 입은 건장한 남자애가 덥석 내 손을 잡았다. 따뜻한 손이었다. 하지만 그 손의 주인은 의식적으로 내 시선을 피하고 있었다. 고개를 돌린 채 손을 흔드는 그에게서 또 한 번 부루마불 지폐를 받아 든 듯한 당혹감이 느껴졌다. 내 또래로 보이는 그는 연신 손을 흔들어 대며 혼잣말을 중얼거리고 있었고 나는 어찌할 바를 몰라 얼어붙은 채였다. 인사말은 옆에 있던 아저씨가 대신 건넸다.

"난 가치협동조합 조합장이에요. 만나서 반가워요. 잘 왔고."

"반가워. 잘 왔고."

아이언맨 티셔츠 남자는 조합장 아저씨의 말을 따라 하면서도 시선은 천장을 향한 채였다. 어안이 벙벙한 내 표정을 읽은 빵 가게 사장님이 내 어깨에 살며시 손을 얹으며 인사를 대신했다.

"다정아, 겁먹지 마. 여긴 박경우라고 너보다 두 살 오빠야."

"아, 네."

"경우는 여기 은행원이야."

이상한 눈으로 보지 말고, 곁눈질하지 말고, 최대한 자연스럽게. 나는 주문을 외듯 남자에게서 시선을 거두며 꾸벅 인사를 했다. 내가 쭈뼛거리며 불편해할수록 다른 사람이 더 어색할 것이란 생각에 아이언맨 티셔츠를 이상하게 바라보지 않으려 애를 썼다.

"참, 다정이 계좌부터 만들어 줘요. 내가 돈나무 돈을 줬더니 눈이 휘둥그레지지 뭐야. 하는 김에 언니, 동생 것도 같이 만들어 주고."

"안 돼요. 그건 본인이 직접 와서 해야지. 동네 아줌마들 머리 마는 미용실처럼 허술해 보여도 절차는 절차대로 해야 한다고요."

"알았어요. 다정아, 너 신분증 있니?"

"아, 빵 가게에……."

"괜찮아요. 우편으로 받은 등본도 있고 증명사진도 이렇게 있고."

모니터를 돌려 조합장 아저씨가 보여 준 것은 일전에 된장을 푸다 검은 헬멧을 만난 날 찍혔던 내 사진이었다. 온통 얼굴을 찡그리고 손을 내젓는 몰골을 증명사진이라고 보여 준 아저씨의 얼굴엔 장난기라고는 조금도 없었다.

"온다정 양 본인 맞죠?"

"온다정, 19세, 서울 상상동 컨테이너촌 거주, 온서정, 온수정과 자매. 2월 28일 자로 돈나무 공동체 입성."

경우 오빠가 내 프로필을 토씨 하나 틀리지 않고 읊어 준 덕에 내가 나임을 증명해야 할 필요는 없어졌지만 기분이 묘했다. 감정 없이 머리가 기억해 뱉어 내는 듯한 그 이상한 말에 온몸이 경직되었다. 아픈 사람이구나. 그렇다고 내색을 하거나 물어보는 건 괜한 짓이다. 언뜻 보기엔 경우 오빠가 나보다 어려 보였지만 엄연히 두 살 오빠라고 했으니 존대를 하는 게 맞았다.

"네, 저 맞아요. 경우 오빠."

"온다정 두 달 전에 열여덟, 지금은 열아홉 고3, 공부는 취미 없지만 어이없는 독서왕. 이건 효준이가 한 말."

어이없는 쪽은 나였다. 본 적도 없는 효준이란 사람이 어이없는 독서왕이라고 한 말의 자초지종을 따져 물어야 할 판이다.

"효준이가 온다정은 성질이 더러워서 누나라고 해야 안 맞는다고 했어."

돈나무에 오자마자 투지가 끓어올랐다. 붉으락푸르락하는 내 얼굴을 보고 조합장 아저씨가 빙그레 미소를 지으며 말했다.

"경우야, 그건 그만하고 다정 학생은 본인 확인 절차가 끝났으니 지루한 서류 몇 장에 진짜 사인을 해 볼까?"

조합장 아저씨는 정말 은행에서처럼 새 계좌를 개설하기 위해 필요한 서류를 내밀었다. 사는 곳과 전화번호, 직업까지 자세한 신상 정보가 담긴 서류 몇 장이 내 손을 거쳐 여직원에게 넘어갔다. 그리고 그 문제적 고구마가 은행 안에 놓인 저울에 올라간 순간 모든 사람들의 눈이 전자저울 눈금에 쏠렸다. 원래 무게를 만들기 위해 애를 쓴다고 썼지만 10킬로그램을 맞추는 건 어림도 없는 일이었다. 모든 재화를 동일한 가치로 붙잡아 두는 것은 공기를 붙잡는 것과 같은 일이라는 걸 깨달았을 뿐이다.

"10킬로그램 중 6킬로그램, 6할이면 선방인데? 자, 여기 통장이랑 연동된 체크카드예요. 받자마자 뒷면에 사인하면 이 안에서는 돈처럼 자유롭게 쓸 수 있으니까 가게에서 물건 사고 계산할 때 쓰면 계좌에 차액이 찍힐 거예요. 교통 카드 기능은 없으니까 필요하면 따로 만들어야 하고."

어안이 벙벙한 채로 통장을 받아 들었다. '가치신용협동조합'이라는 이름이 찍힌 통장에는 '온다정'이라는 이름으로 개설된 내 계좌 번호가 찍혀 있었다. 그리고 내놓은 적 없는 32만원이라는 거금이 내 계좌에 이체되어 있었다.

"이거 정말 제 돈이에요?"

"공동체가 내준 숙제대로 고구마를 가져왔고 그 내용 보고서도 미리 받았으니 약속대로 1분기 다정 양 생활지원금 50만원 중 30만 원을 송금한 거예요. 2만 원은 빵집 아줌마가 지금 알바비로 입금해 주신 거고."

"정말요?"

"동생도 보내요. 동생 계좌에도 30만 원이 입금되니까. 참, 그리고 이 돈은 금리가 마이너스인 거 알죠? 노화되는 돈이니까 제때 제 몫으로 쓰지 않으면 사람처럼 늙어요."

"……네."

정신없이 통장과 카드를 챙겨 들고 빵 가게 아줌마의 손에 이끌려 조합을 나왔다. 아줌마는 얼이 빠진 내 얼굴을 보더니 빙그레 웃으며 말했다.

"지금이야 뭐가 뭔지 잘 모르겠지. 이해하는 데 시간이 좀 걸릴 거야."

"아줌마, 아니 사장님, 아니……."

어떤 호칭을 써야 할지부터가 난감해졌다.

"사장님이라고 불러. 난 영특하고 다정한 다정이를 오래오래 직원으로 쓰고 싶어졌으니까."

"근데 감가한다는 돈이요, 마이너스 얼마예요?"

"보통 5퍼센트 정도, 올해는 마이너스 8퍼센트로 떨어졌어."

돈의 액면가가 떨어진다니, 돈이 늙어 간다는 게 지폐가 닳아 없어지는 정도가 아니라 아예 금액 자체가 달라진다는 뜻이었다. 정말 듣고 있는 귀가 의심스러워지는 이상한 계산법이다.

"그건 누가 정해요?"

"돈나무 공동체에서 가장 머릿수가 많은 집단이랄까."

그 말을 하면서 아줌마는 혼자 피식 웃었다.

"매해 아기 양이 태어나고 또 그보다 적은 수로 늙은 양이 죽어. 첫해에는 사람들이 게젤의 이론대로 평균 금리를 마이너스 5퍼센트로 하자고 회의로 정했는데 어느 해인가 누가 불쑥 그런 말을 하더라고. 우리 공동체에서 가치협동조합 버금가는 큰 조합은 낙농인데 아기 양이 태어나고 늙은 양이 죽는 숫자의 차이로 정하는 건 어떻겠냐고. 사람이 나고 가는 것도 계산에 넣고."

"이자율 정하는 게 장난도 아닌데……."

"왜 장난이 아니면 안 되는데? 밖에서 정하는 금리는 경기 반영이다 물가 상승률 반영이다 뭐다 대단히 과학적이고 통계적인 수치로 정한 것 같지만 결국 그 결정권이 쓰는 사람한테 없는 거잖아. 어쨌든 여기선 우리가 합의하면 되는 일이라 난 말이 된다고 보는데."

"설마 아기 양이 많이 태어나지 않으면 제로가 되고 그런 거예요?"

"그러게, 계속 말이 되더라고. 생명이란 게 참 이상해. 사람이 인위적으로 건들지 않아도 저 넓디넓은 목장에서 자기 스스로 개체 수를 조절하며 집단을 유지하는 것 같아. 근데 그게 이상하게 연간 이자율과 비슷하다는 누군가의 엉뚱한 발언에 그냥 웃으면서 그러자고 한 거야. 더 웃긴 얘기 해 줄까?"

"아, 네."

왠지 그렇게 대답을 해야 할 것 같았다.

"양으로 이자율을 정하는 건 미친 소리라고 누가 반대를 하니까, 그럼 뭐로 정하냐 그랬지. 이자율을 정하는 건 사람이 우선 아니냐 그랬지. 그랬더니 어떤 할머니가 그러셨어. 그럼 난 언 땅이 녹아 곡괭이가 들어가는 3월에 죽을 테니 땅콩댁은 몸조리하기 좋은 12월에 애를 낳아요. 뭐 이렇게 사람이 죽고 살고도 더하면 그럴듯하지 않겠어? 그런 말을 하셨어."

본인이 한 말에 배를 잡고 박장대소하는 사장님의 유머 코드를 이해할 수가 없다. 함께 웃어 드려야 하나? 내가 어쩔 줄 몰라 하는 표정이자 사장님이 웃음을 멈추며 말했다.

"나름 하이 개그인데, 미안."

이상한 것은 그뿐만이 아니었다. 아직 눈발이 날리는 강원도의 이월 마지막 날에 한창 에어컨 실외기를 설치하느라 비지땀을 흘리고 있는 집이라니. 꽃도 피지 못한 쌀쌀한 초봄에 에어컨 공사를 하는 요상한 광경에 눈을 떼지 못하고 있으니 아줌마가 손을 끌어당기며 말했다.

"설치하는 게 아니라 떼는 거야. 저 집도 작년에 들어왔거든. 이곳 사정을 모르니까 바깥에서 쓰던 그대로 들고 들어오지만 얼마 안 가서 내보내는 거야. 다음 주에 읍내 바자회를 하는데 거기 내놓으려나 보다. 있는 대로 누리고 사는 게 늘 좋은 건 아니야."

없는 걸로 따지면 우리는 이 돈나무 통틀어 가장 걱정거리가 없는 집일 텐데…… 늙어 가는 돈과 더불어 누리지 않고 사는 삶을 좋아하는 곳이라. 어쩐지 괴짜 같은 이곳이 맘에 들기 시작했다.

검은 헬멧이라 쓰고
싸가지 이효준이라 읽기

잠깐 은행을 다녀오는 사이 겨울 산의 매서운 칼바람이 온몸을 꽁꽁 얼게 만들었다. 가게에 들어오자마자 아주머니를 따라 온풍기 옆에서 언 몸을 녹였다. 말소리를 듣고 2층에서 수정이와 언니가 내려와 자연스레 네 사람이 모두 한자리에 모이게 되었다.

"다 같이 차 한 잔 할까?"

"네, 아무거나 따뜻한 걸로요."

커피를 바랐건만 학생임을 배려한 핫초콜릿 석 잔이 나왔다. 언 손을 녹이느라 찻잔을 따뜻하게 그러쥐고 있는데 커피 잔을 든 아줌마가 우리 앞에 와서 앉았다.

"뭐, 궁금한 거 있으면 물어봐."

다요, 전부 다! 문을 열고 들어올 때마다 딸랑이는 저 종소리도 신기하고, 얼굴 한번 본 적 없는 사람들이 통장에 30만 원이라는 거금을 넣어 준 것도 신기하고, 들을수록 알쏭달쏭한 돈나무라는 이름조차 신기하다 못해 이상하다고요.

묻고 싶은 말들로 입이 근질거렸지만 참았다. 나는 하고 싶은 모든 말을 입 밖으로 꺼내지 않는 게 미덕임을 아는 나이지만 열 살 수정이는 그런 궁금증 따위를 숨길 아이가 아니었다.

"근데 여긴 돈이 어떻게 늙어 가요? 진짜 할머니처럼 늙어요? 그러다가 죽어요? 우리 할머니처럼?"

수정이의 속사포 같은 질문에 아줌마의 얼굴에 잔잔한 미소가 일었다.

"제일 중요한 얘기를 안 해 줬구나. 여기 통장에 있는 돈은 명시된 기간 안에 써야 돼. 기간을 연장해 주는 스탬프를 찍지 않으면 안 된다는 뜻이지. 감가한다는 건 액면가가 그대로가 아니라 떨어진다는 소리야. 통장에 있는 32만 원이 1년이 지나면 8퍼센트가 감가한 29만 4,400원이 된다는 뜻이야. 돈을 지폐로 가지고 있을 경우엔 분기마다 스탬프를 찍어야 하는데 그건 8퍼센트의 4분의 1인 2퍼센트로 계산되는 거고. 돈나무 은행에 있는 돈은 보통 은행의 시스템과 똑같이 분기마다 자동으로 이자가 계산되어 떨어지지만 이것도 유효 기간이 존재하지."

"이자가 붙는 게 아니라 정말 떨어진다고요?"

"긴 설명이 될 거 같은데 그게 이 공동체가 함께하자고 합의 본 규칙이야. 돈을 쓸 때마다 내는 직접소비세와 비슷해 보이지만 실은 아주 커다란 부분이 달라. 직접세는 내가 쓰는 그 순간 발생하지만 감가 화폐는 정해진 시간마다 주기적으로 가치가 떨어지거든. 그렇기 때문에 제때에 빨리 돈을 쓰게끔 만드는 커다란 차이가 나타나지. 그리고 제때에 스탬프를 붙이지 않은 지폐에 한해서는 벌금을 부과해 순환을 강제하기도 하고."

그 말에 열 살 수정이의 볼멘소리가 이어졌다.

"아, 어려워요."

"어려운 건 은행에서 다 계산해 줘. 시중 은행에 돈을 넣어 두면 이자가 자동 계산되는 거랑 똑같아. 지폐로 들고 있기 싫으면 계좌에 넣어 두고 자동으로 감가하게끔 두면 되는 거야. 어쨌든 돈의 가치가 떨어지니 사람들은 공동체 안에서 필요한 소비를 할 테니까. 다정아, 여기가 왜 '돈나무 공동체'인 줄 아니?"

돈나무의 뜻을 힘주어 말씀해 주셨던 파마머리 선생님의 목소리가 떠올랐다. 그때는 그냥 별스럽다고 들었던 이야기였지만 이렇게 직접 눈에 보이는 숫자로 설명을 듣고 나니 그 이름에 숨은 뜻이 궁금해졌다.

"돈이 아름드리나무처럼 쑥쑥 자라길 바라서가 아니야. 덩치를 키우는 나무도 일정 수준이 되면 자라지 않고 성장을 멈추잖아. 그리고 제 덩치에 맞게 잎을 키우고 어려울 땐 잎을 모두 떨어뜨려 버리고 나목으로 겨울을 나기도 하고. 그리고 서서히 늙어 가는 거야. 자연의 이치대로. 나무만큼 자연의 이치를 그대로 보여 주는 생명체도 없잖아. 돈도 나무처럼 그렇게 순리대로 늙어 가길 바라는 마음으로, 병든 자본주의 시스템을 조금씩 바꿔 보자고 만든 거야. 책만 파던 사람들이 우리는 그렇게 살았지만 애들에게만큼은 다른 세상을 만들어 주고 다른 걸 물려주자고 모인 거란다. 너희에게 조금 어려운 얘기일 수도 있지만."

자식한테 돈 한 푼 더 물려주려고 양도에 증여에 온갖 편법을 쓰는 게 상속이구나. 나는 상속이란 단어를 그렇게 해석해 왔다.

그런데 제가 가진 돈을 늙게 만들어 더 나은 세상을 만들어 물려준다고? 역시 똑똑하게 미친 게 아닐까……

사이비 종교일수록 고학력자들이 빠져든다는 짝꿍의 말이 떠올라 갑자기 등골이 오싹해졌다. 아줌마는 그런 내 미심쩍은 마음을 아는지 모르는지 뒷말을 덧붙였다.

"첫 삽을 뜰 때만 해도 모두 불안했지. 어쨌든 초기 이곳의 가장 큰 목표는 대안적 경제를 실현하는 것이었지만 많은 사람들이 아이들의 교육 문제를 고민하던 부모들이었거든. 가족의 뿌리를 모두 옮겨 오는 일인데 불안하지 않았다면 거짓말이지. 그래도 아이들 교육에서 약속은 단 하나였어. 애들 줄 세우지 말자! 경쟁이 나쁜 것은 아니지만 모든 것이 경쟁인 세상에서 찧고 까불고 노는 아이 시절만큼은 자유롭게 살았으면 했던 거야. 그런데 어쩌다 보니 여기에 대한민국 최고라는 선생들이 들어와 둥지를 틀었고, 자연스레 최상의 교육 환경이 만들어졌고, 배우고 싶다고 찾아오는 아이들에게도 그 문을 열어 주었고, 세상 사람들이 보기에 와— 하는 대학 입학률로 뉴스에 오르내리게 된 거지. 물론 여기 살지 않고 아이들만 입학시킨 바깥 부모들은 학비를 돈나무 돈으로 바꿔 내는 걸 여전히 껄끄러워하지만."

사장님은 잠시 손목시계를 들여다보더니 옅은 한숨을 쉬며 말을 이었다.

"아무래도 알바가 땡땡이치는 김에 아주 땡땡이를 치려나 보다. 다정아, 알바 뛰는 김에 내일도 아줌마 일 좀 도와주지 않을래? 대타 아르바이트 시급은 두 배야."

"네, 뭐 저야 좋죠."

시급을 두 배로 주는 꿀 아르바이트를 마다할 리가 있나.

"그리고 아까 은행 옆에 있던 마을 회관에 이름을 올려놓으면 일손이 필요할 때마다 여기저기서 연락이 올 거야."

"어떤 일이요?"

"우리 같은 빵 가게 아르바이트부터, 커피 가게 바리스타, 양들 먹이 주고 돌보는 일, 관광객들 바이크 투어 시켜 주는 일에서 안내까지 할 일이야 많지. 모두 시간당 만 원인 건 똑같으니까 네가 하고 싶은 일로 골라 하면 돼."

아줌마는 공동체 안내 소책자 하나를 건넸다. '돈나무 공동체 길잡이'라 제목이 붙은 책자에는 이곳이 어떻게 운영되는지부터 대다수의 공동체 주민이 어떤 일을 하며 어떻게 살아가는지까지 자세한 내용이 담겨 있었다. 서울이나 다른 곳에서 직업을 가지며 주말에만 이곳에 참여하는 반쪽짜리 공동체 생활을 하는 사람도 있었고, 전문적으로 낙농업에 종사하는 토박이 돈나무 사람도 있었다. 그걸 보고 수정이가 손을 번쩍 들며 소리쳤다.

"저는 양들 먹이 주는 거 하고 싶어요!"

"아르바이트는 열네 살부터 할 수 있단다."

일을 못 한다는 말에 수정이는 저녁 내내 뾰루퉁한 얼굴이었다. 딱 하루만 빵 가게 일을 거들어 보게 해서 일과 놀이의 차이를 알게 해 줄까 하다가 고양이에게 생선 가게를 맡기는 것 같아 생각을 접었다.

방으로 돌아와 정신없이 짐을 정리하고 청소를 하는 사이 어느새 밤이 되었다. 예고도 없이 순식간에 찾아온 오후 6시의 칠흑 같은 어둠이 당황스러웠지만 이곳이 두메산골이라는 걸 생각하면 의심하기보다 빨리 적응하는 법부터 배우는 게 좋을 것 같았다. 우리 두 자매가 지낼 방은 6평 깡통집보다 작았지만 큰 창문 덕분에 훨씬 넓게 느껴졌다. 2층 침대 중 아래층은 몸 부림이 심한 수정이가 쓰고, 나는 떨어져도 크게 다치지 않을 터라 위층을 쓰고, 내일이면 다시 서울로 돌아갈 언니는 바닥에 이불을 깔고 자기로 했다. 셋이 한 이불 덮고 복닥복닥 지내다 따로국밥처럼 떨어져서 자게 되니 조금 이상한 기분이 들었다. 언니나 나 중 누구 하나에게는 찰싹 붙어서 잠을 자는 수정이가 못내 걱정스러운 찰나, 씻으러 화장실에 갔던 녀석이 수건으로 얼굴을 가리며 후다닥 방으로 뛰어 들어왔다.

"언니, 언니!"

"왜?"

"이 집 오빠 왔나 봐. 근데 사장 이모님한테 엄청 혼나고 있어."

빵 가게 사장님이 얘기했던 둘째가 늦게 돌아온 모양이다.

"나가지 말자."

그러면서 수정이와 나는 방문에 귀를 바짝 붙였다. 사장님의 고함 소리가 아래층부터 쩌렁쩌렁인데 아들이란 녀석은 이렇다 할 대꾸 한마디가 없어 제 엄마의 화를 돋우는 중이었다.
소리가 작아서 안 들리나 싶어 문에 귀를 더 바짝 대는 순간 문
이 벌컥 열렸다. 그 바람에 매미처럼 붙어 있던 수정이와 나는
없어 보이는 모양새 그대로 복도에 고꾸라졌다.

"너흰 뭐냐?"

"말버릇이 그게 뭐야! 제대로 인사 안 할래?"

계단을 올라오던 사장님의 호통 소리가 들렸다.

"이 고구마랑 애들 왜 내 방에 있냐고요?"

아픈 무릎을 비비는 사이 녀석은 제 엄마를 돌아보며 이를
갈듯 말했다. 그나저나 저 녀석이 우리를 고구마라고 부른 게
맞나?

"원래 누나 방이었고 이 방이 넓으니까 둘이 지내기 더 편하
잖아. 네 짐은 다락으로 옮겨놨어."

"그 추운 데 자다가 얼어 죽으라고요?"

그 말에 사장님의 얼굴이 더욱 굳어졌다. 사장님은 망설임
없이 녀석이 손에 든 열쇠를 빼앗아 한 손에 그러쥐며 말했다.
사장님보다 머리가 하나는 더 큰 녀석이 그 서슬 퍼런 눈빛에
고통스런 신음 소리를 내며 제 머리를 쥐어뜯었다.

"한 달간 오토바이 금지!"

"아— 왜요?"

"아르바이트 말없이 땡땡이친 거! 자매들 앞에서 너 부끄럽
게 키웠다고 생각하게 만든 거!"

"엄마!"

문제적 아르바이트생이 아들이었다는 걸 뒤늦게 깨달은 그

순간, 원망의 눈빛으로 우리를 내려다보는 녀석과 눈이 마주쳤다. 잊히려야 잊히지 않는 저 당돌한 눈빛, 일전에 깡통집에 찾아왔던 그 검은 헬멧이다!

"그 오토바이……."

녀석은 차갑게 흘끗 나를 보더니 대꾸도 없이 다락으로 올라가 버렸다.

"다정이는 효준이랑 일전에 한 번 만났지? 키만 장승만 하지 너랑 같은 나이니까 그냥 말 놔도 돼."

경우 오빠에게 내가 성질이 더러워서 누나라고 해야 안 맞는다고 한 게 저 녀석이라는 거잖아! 당장이라도 이유를 따져 묻고 싶은 마음이 굴뚝같았지만 입소 첫날부터 괜한 일을 만들겠다 싶어 끓어오르는 마음을 가라앉혔다. 말하는 건 밥맛이지만 어쨌든 우리 때문에 사장님에게 오토바이 열쇠를 빼앗겼으니 괜히 미안한 마음이 들었다. 그러나 이효준은 그 밤 내내 다락에서 쿵쾅거리며 심통을 부려 댔고 우리는 전 주인의 텃세에 시달리며 잠을 설쳐야만 했다.

하지만 진짜 놀라운 일은 다음 날 아침에 일어났다. 빵 가게 사장님이 아르바이트 약속을 어긴 것과 불성실한 근무 태도를 이유로 아들인 이효준을 돈나무 공동체 위원회에 고발한 것이다. 효준이는 일주일 동안 돈나무 안에서의 모든 아르바이트를 할 수 없게 되고 벌로 일주일 내내 마을 회관 청소 네 시간을 해야 했다. 돈나무 규칙상 피고용인이 이유 없이 약속을 어기고 일터에 나오지 않았을 때 고용인은 직무유기죄로 피고용인을 고발할 수 있단다. 고용인을 난처하게 만든 것에 대한 합당한 처사임에도 그게 고발한 당사자의 아들이란 사실이 웃어야 할 때를 찾기 힘든 촌극처럼 슬펐다. 아무래도 하루빨리 내가 변해야 할 것 같다. 에어컨을 내놓는 그 바자회에 세상이 학연, 지연, 혈연으로 이루어진다는 내 상식도 헐값에 내놓아야겠다.

열아홉,
순환 보직 은행원

3월의 첫째 주 돈나무에서의 일주일이 정신없이 흘러갔다. 금요일이 되어 언니가 서울에서 돌아왔고 며칠 만에 만난 언니와 밤이 새도록 이야기를 나누다 늦게 잠든 걸 빼면 매일이 평화롭게 반복되는 일상이었다. 그리고 빵 가게 사장님이 각오를 단단히 하라고 겁을 주었던 토요일 아침이 밝았다. 주말에는 예약제로 신청받는 외부 관광객들이 몰려오는 데다 돈나무 모든 입주민들이 그 관광객을 맞이하는 각각의 업무를 하기에 주중에 다른 일을 하던 사람들조차 일손을 도와야 할 정도로 바쁘단다. 급한 대로 번갯불에 콩 볶듯 읽은 안내 책자에 따르면, 300명 남짓한 주민들 사이에 다양한 직업군이 존재하는데 이곳 일자리의 대부분은 협동조합을 통해 창출된다고 한다. 스페인 축구 클럽 FC 바르셀로나가 팬들이 출자해 만든 협동조합형 클럽인 건 알지만 이런 조그만 동네에 수십 개에 달하는 협동조합이 있다는 건 정말 의외였다.

"우와— 조그만 마을에 도대체 협동조합이 몇 개래? 구멍가게 만드는 것도 아니고."

나의 혼잣말에 빵 가게 사장님 왈,

"이 빵 가게도 몇몇 집이 돈을 출자해 만든 협동조합형 가게야. 운영만 내가 하고 실질적 수입은 나눠 갖는 식이지."

"여기도요?"

"그럼! 한 사람이 돈을 내서 하면 자기 사업이 되겠지만 여러 사람이 돈을 출자해서 민주적으로 운영하고 자율적으로 경영하면 조합이 되는 거거든. 그리고 이윤 추구보다 조합원의 선택과 가치를 우선시한다는 점에서 회사와도 구별되는 거고."

"무슨 코딱지만 한 빵 가게를 협동조합으로 운영해요?"

"뭐가 더 있는지 들으면 놀랄 텐데……. 우리 회관이랑 다른 가게나 집도 건축 협동조합에서 지었고, 고랭지 배추랑 채소를 재배하는 농산물 협동조합도 있고, 흑염소, 양, 젖소를 기르는 낙농 협동조합, 양 떼 투어를 주관하는 관광 상품 협동조합, 아이들을 가르치는 교육 협동조합도 있어. 참, 악기 배우고 싶은 거 있으면 신청해."

생각지도 않은 악기 이야기에 피아노를 배우고 싶어 했던 수정이가 떠올랐다.

"뭐가 되는데요?"

"글쎄……. 효준이가 하다가 때려치운 게 피아노랑 플루트랑 바이올린, 대금이었으니까 그건 확실하고 나머지는 물어봐야겠다."

안 어울리는 조합에 발을 담근 게 이효준의 단순한 호기심 때문인지 어떤지는 모르겠으나 기름때나 묻히고 하루 온종일

차고에서 사는 녀석에게 바이올린이라니, 안 봐도 때려치울 만하다는 생각이 들었다.

"근데 신청은 그 조합원만 가능해서 해당 조합에 일정 금액 출자를 해야 한다는 조건이 붙어. 뭐, 그 정도는 밖에서 학원비 내는 것보다 싸고 게다가 강사들도 실력이 좋은 사람들이니까 배워 볼 만하지."

"생각해 볼게요. 근데 이효준 악기 연주할 시간이 있대요? 엄청 바빠 보이던데."

"시간이 없는 게 아니라 돈이 없는 거지. 효준이 그 녀석 이 동네에서 유일한 마이너스 통장이야."

"예? 마이너스요?"

감가하는 화폐를 쓰는 곳에서 마이너스가 가능한가? 저 바깥세상에서 마이너스 통장이란 이자를 담보로 주는 또 다른 대출금이 아니던가. 갑자기 머릿속이 어지러워졌다.

"돈나무에 보호자가 살고 있고, 집이 있고, 학교에 학적을 두고 있으니 신용 인출이 가능하지 않냐, 돈을 떼먹고 도망갈 염려가 없고 그 돈을 언제든지 돈나무 안에서의 노동으로 갚을 수 있다면 굳이 안 해 줄 이유가 뭐냐, 예전 두레나 품앗이도 다 그런 공동체 약속이 아니냐. 이런 말로 위원회와 이사장님을 구워삶았으니 아무튼 말은 청산유수예요."

"걔가요?"

"덕분에 우리 공동체에 마이너스 인출이란 게 생긴 거야. 그걸 제일 신나게 쓰고 있는 것도 발의한 본인이시고."

사장님의 눈을 피해 슬쩍 공동체 안내 책자를 펼쳐 마이너스 인출이 있는지 살펴보았다. 그런 좋은 제도가 있었다면 예금 잔고가 '0원'이 될까 전전긍긍하며 억지 아르바이트를 할 필요가 없지 않나. 하지만 그 기대는 목차를 따라 마이너스 인출 제도를 읽는 순간 깨지고 말았다.

'마이너스 인출은 10만 재노시 안에서 이루어진다. 상환 기일은 감가하는 스탬프를 붙이는 3개월로 한정한다.'

쳇, 빛 좋은 개살구네.

십 리 안에 배곯는 이를 없게 한다는 최씨 가문으로부터 십일 리에 떨어져 사는 고립무원 백성의 한탄이다. 십 리 밖과 10만 재노시 밖의 일은 공동체의 은덕이 닿지 않는다는 뜻이다. 어차피 갚을 마이너스면 100만 재노시쯤 풀어 주면 덧나나.

괜한 공돈이 날아가 버린 아쉬움에 펄럭펄럭 책장을 넘겼다. 손가락에 심술을 묻혀 넘긴 책장이 온통 가치신용협동조합에 관한 이야기뿐이다. 이곳에서 가장 핵심적인 일을 하는 신용협동조합은 조합원 누구나가 출자를 해야 하지만 직원을 채용하는 일만큼은 까다로운 기준을 적용한다고 했다. 그 까다로운 기준이란 게 돈나무에 들어온 지 2년 이상이고 조합원의 95퍼센트가 찬성표를 던져야 하고 외부에서 금고형 이상의 죄가 없는, 탈탈 털어서 먼지 하나 나오지 않을 만큼의 청렴함을 의미했다. 은행원이었던 48호 아저씨가 잠깐 생각났지만 공격적 펀드에 투자해서 집까지 날려 먹은 전적을 떠올리곤 절레절레 머리를 털었다. 머리를 터는 그 순간 뒷주머니에 찔러 두었던 새로 산 휴대폰의 진동이 부르르 울렸다.

온다정 학생,

저희 위원회는 심사숙고 끝에 다정 학생에게 순환 보직을 제안합니다.

공동체 생활에 잘 적응할 수 있도록 여러 직업군을 경험하게 돕는 것이니 가급적 다양한 일을 체험해 보도록 하세요. 되도록 일주일에 한 가지씩 새로운 일자리를 경험하세요. 첫 일터는 가치협동조합이며 월요일 오후 1시에 출근하시면 됩니다.

추신. 빵 가게 사장님과는 협의가 되었으니 염려하지 마세요.

염려하지 말라는 말에 더 염려가 되니 이 가난한 마음을 어찌할꼬?

공동체의 특성을 조금 더 적극적으로 이해할 필요가 있다는 이유로 다양한 일자리를 경험해 보길 권한 것이겠지. 그렇게 백번 이해한다고 쳐도 조금 벅찬 관심이다. 물론 나는 명색이 고등학교 3학년임에도 특별활동을 신청하지 않는 한 1시 안에 수업이 끝나니 낮 동안 공동체 조합 일을 할 시간은 얼마든지 낼 수 있었다. 초등학교 3학년인 수정이보다 더 일찍 집으로 돌아온다는 게 조금 쑥스러운 기분이 들 만큼. 하지만 일주일에 한 가지씩 새로운 일을 경험하며 공동체를 파악하라는 위원회의 배려는 배려라기보다 지나친 애정과 간섭으로 느껴진다.

그럼에도 불구하고 이 제안을 거절하기 힘든 이유는 혹시나 하는 마음 때문이다. 드디어 공동체 최고의 인기 알바인 양 몰이를 할 수 있지 않을까 하는 괜한 기대감! 게다가 하루 일당 4만 원이면 한 달에 120만 원! 누군가의 대타를 뛰면 두 배라니! 그런 '신의 아르바이트'를 마다할 리가 있겠는가.

월요일 오후 1시, 이른 점심을 든든하게 챙겨 먹고 은행으로 달려갔다. 딩—딩—딩, 신용협동조합 문을 열고 들어가니 절에 나 있을 법한 물고기 모양의 풍경이 맑고 청아한 소리를 내며 나를 맞아 주었다.

"안녕하세요?"

지난번에 계좌를 개설하며 인사를 나눴던 박 조합장님께 먼저 인사를 드렸다. 경우 오빠는 여전히 돈나무 돈을 다발로 정리하느라 자기만의 세상에서 골몰이다.

"어, 왔구나."

"저, 무슨 일을 하면 돼요?"

"일단 여기 앉아서 이 지폐 묶는 일 좀 해 줄래? 천, 5천, 만 재노시로 100장씩 한 묶음이야."

가는 날이 장날이라고 오늘은 1분기 스탬프를 찍어야 하는 돈들이 몰려 들어와서 다른 날보다 은행을 찾는 손님이 많았다. 두 명의 직원이 스탬프를 찍거나 재노시를 교환해 주며 일을 처리하는 동안 나는 재노시 묶는 일에 집중했다. 오늘의 가장 큰 일은 네 장의 스탬프를 찍고 재노시의 역할을 다한 지폐들을 사장시키는 일이었다. 기계로 돈을 세고 경우 오빠가 확인하고 박 행장 아저씨가 마지막 검수를 마치는 세 단계를 거쳐 네 번의 스탬프를 찍고 제 역할을 다한 재노시는 차곡차곡 금고 안에 정리되었다.

재노시의 수명을 1년으로 제한하는 이유는 위조 방지와 엄격한 관리에 한계가 있는 소규모 공동체의 쓰임을 감안한 합리적인 선택이라고 했다. 돈을 묶는 단순한 노동 속으로 재노시에 대한 깊은 생각이 끼어들었다. 돈나무 지역화폐의 단위로 '재노시'라는 낯선 단어를 쓰는 것은 재화와 노동과 시간을 교환한다는 돈의 가장 큰 존재 목적을 실현하기 위함이었다. 그래서 그 앞 글자만 따서 재노시라고 하는데 이곳 아이들에게 가장 기본적인 상식이지만 내게는 여전히 입에 붙지 않는 단어였다. 공동체 사람들은 편하게 '원'이라고 부를 때도 있었지만 엄밀히 말해 법정화폐 '원'과 상황과 시간에 따라 등가의 법칙이 성립하지 않는 이상한 돈이다. 이곳의 영리 조합은 재노시를 약간의 수수료를 지불하고 사서 쓰는데 이 수수료는 돈을 발행하고 유통시키는 비용으로 사용된다. 반면에 비영리 단체인 대안학교나 병원은 싼 가격에 돈을 사서 정가에 되팔 수 있기에 상황에 따라 등가의 법칙이 성립하지 않는 돈이 되어 버리는 것이다. 또한 연말이면 양들의 생사를 기준으로 다음 해 감가 이자율을 정하는 이상한 규칙을 따르기 때문에 시간에 따라 원과의 등가 법칙 또한 성립하지 않게 된다. 어렵다면 어렵고 쉽다면 쉬운 원리이지만 한 마디로 요약하자면 이렇다.

제멋대로인 돈! 혹은 영생을 버리고 생의 유한함을 받아들인 철학자 같은 돈!

이 말도 안 되는 이상주의를 실현하기 위해 부루마불 가짜 돈 같은 재노시를 거래하는 이곳 사람들이 괴짜일까, 뱀파이어 같은 영생의 돈을 사용하는 바깥세상 사람들이 이상한 것일까? 어느 쪽이든 답이 없는 질문이다.

돈나무의
노숙자 할아버지

오후 5시가 되어 마지막 재노시 다발을 금고에 넣고 나자 내 역할이 마무리되었다. 네 시간 동안 등허리 한번 못 펴고 돈만 만지는 일은 생각과 달리 결코 수월한 일이 아니었다. 오늘 내가 만진 돈이 진짜 원화였다면 어림잡아 5천만 원쯤이 나를 거쳐 갔겠지만 실제 내가 가질 수 있는 것은 네 시간 노동에 대한 네 장의 만 재노시와 간식으로 나온 사과 하나뿐이다. 잔업이 남아 있는 사람들에게 인사를 하고 털레털레 걸어가는데 일을 마치고 녹초가 되어 집으로 돌아가는 샐러리맨이 된 기분이었다. 세상에서 제일 힘든 일이 남의 주머니에 있는 돈을 내 주머니로 옮기는 것이라는 명언을 그 누가 남겼을까? 아! 배고프다. 드라마에선 이쯤에서 포장마차나 삼겹살집이 등장할 시점인데 눈에 보이는 건 소나무와 흙길과 저 멀리 양 떼와 꼬질꼬질한 양 떼보다 더 꼬질꼬질한 할아버지 한 사람뿐이구나.

근데 웬 할아버지지?

씻지 않고 아무렇게나 묶은 머리와 때가 찌들어 본래 색을 찾아볼 수조차 없는 옷에, 삭아서 끈마저 닳아 버린 낡은 작업화까지. 의자에 앉아 책을 보고 있는 걸 제외하면 의심할 여지 없이 노숙자의 행색을 한 할아버지였다. 하지만 행색과 행동이 일치하지 않는, 어딘가 사연이 많은 듯한 그 모습에 자꾸만 눈길이 갔다. 보지 말아야지 하면서도 쭈뼛쭈뼛 눈길을 거두지 못하고 바라보고 있는데 할아버지는 책에서 눈도 떼지 않은 채 내게 말을 붙였다.

"먹을 거 좀 있냐?"

"네? 저요?"

할아버지의 시선이 사과를 넣어 불룩해진 주머니를 향하는 듯했다.

"저, 사과라도 드실래요?"

"다오."

할아버지는 한 번쯤 거절하는 겸양의 미덕은 사치라고 생각하시는지 냉큼 사과를 가져가셨다. 맡겨 놓은 무언가를 받은 것처럼 지극히 자연스럽고 당당한 태도에 오히려 내가 무안해졌다. 이곳 사람들과 이곳을 스쳐 가는 이런 사람들조차 다른 이가 베푸는 호의를 자연스럽게 생각하는 건 이 장소가 특별해서인가?

사각사각— 할아버지가 베어 문 과육의 서걱거리는 소리를 들으며 나는 자리를 떠나지 못하고 있었다. 사과 한 입 베어 물고 해가 지는 산 그림자를 쫓는 시선을 따라 나도 그 옆에 어물거리며 선 채다. 그런 내 호의에 부응하듯 할아버지는 씨와 꼭지를 제외한 모든 사과를 통째로 드셨다. 통, 째, 로!

고이 걸러 낸 씨앗은 한 손으로 받아 손수건에 싸 안주머니에 챙겨 넣기까지 하셨다. 할아버지는 벌어진 입을 다물지 못하는 나를 보고 웃는 얼굴로 말씀하셨다.

"이상하냐?"

"아…… 네."

"과일 씨들은 다 받아 두었다가 다시 심을 거라서."

"사과 씨를 심으신다고요? 왜요?"

세계 종말이 와도 사과나무를 심겠다던 스피노자도 사과 씨가 아니라 나무라고 하지 않았나! 씨앗을 받아 싹을 틔워 사과나무로 키우겠다는 할아버지의 말은 죽은 스피노자도 혀를 차게 만들 만큼 대책 없어 보인다.

"설명하자면 해 떨어지니까 그냥 채식주의자 비슷한 거라고 해 두자."

"채식주의자 비슷한 게 뭔데요?"

"자기 신념대로 먹고 싶은 걸 먹는 거지. 이 세상엔 육고기 안 먹는 사람도 있고 씨앗 식물을 안 먹는 사람도 있는데, 나처럼 과일도 먹은 만큼 세상에 돌려주고 가고 싶은 사람도 있을 테지. 근데 해가 지는구나. 해 지기 전에 읍내에 내려가야 하는데."

"과일 먹고 씨앗을 키우는 주의도 있어요?"

"……."

사과 씨와 자기 할 말을 다 뱉어 낸 할아버지의 입이 굳게 닫혔다. 앉은 의자 아래 때가 찌든 가방과 며칠을 씻지 않아 들러붙은 머리칼로 짐작건대 노숙 생활을 한 게 하루 이틀은 아닌 것 같았다. 관광객이 아닌 이상 연고가 없으면 찾아오기 힘든 이 돈나무와 사연이 있는 사람이라는 생각이 들었다. 힘없이 먼 곳을 바라보는 할아버지의 시선을 쫓아가 보니 깔깔거리며 내려오는 한 무리의 아이들이 보인다. 사이좋게 손을 잡고 이야기하는 아이들을 오랫동안 눈으로 쫓아가는 할아버지의 시선에 짙은 외로움이 묻어났다. 할아버지에게서 멀찌감치 떨어져 앉아 물었다.

"혼자 사세요?"

"……"

"가족들은 있으세요?"

"……잘 살고 있겠지. 다들 바빠서 연락하기도 힘들지만."

아들딸이나 손자들이 이곳에 사는 사람일지도 모르겠구나. 무슨 이유로 헤어졌는지는 모르지만 지금은 남보다 못한 사이가 된 속사정이 있을지도 모르지.

오지랖이 제멋대로 할아버지의 과거사를 유추하기 시작했다.

"혹시 여기에 가족이 사세요?"

"……"

할아버지가 과묵하다기보다 내가 잘못된 질문을 한 것 같았다. 멋쩍은 마음에 자리에서 일어나 집으로 가려는데 또다시 오지랖이 발목을 잡았다.

"마지막 셔틀은 아까 출발했을 거예요. 차 없이 내려가시려면 한참 걸리실 거라고요."

"그럼 택시를 불러야지. 너 돈 가진 거 있냐?"

처음 보는 사람에게 먹을 거 있냐, 돈 가진 거 있냐 물어보는 할아버지의 몰염치가 어이없게 느껴지면서도 문득 그 모습에 돌아가신 외할아버지가 겹쳐졌다. 사업했던 예전 씀씀이 그대로 택시만 타고 맞춤 양복만 입으셨다던 우리 외할아버지와 같은 삶을 사셨던 분일까, 아니면 사회와 오랫동안 고립되어 부탁과 구걸이 한 끗 차이라는 걸 잊어버린 사람일까.

외할머니의 기분에 따라 천하에 둘도 없는 난봉꾼이었다가 때론 절절한 그리움의 대상이 되기도 했던 외할아버지가 떠올라 문득 눈앞의 할아버지가 가여워졌다. 그 말도 안 되는 동정심 때문에 나는 망설임 없이 주머니를 뒤졌다. 주머니 속에는 네 장의 만 재노시와 율곡 이이가 그려진 바깥 돈 5천 원짜리 한 장뿐이었다.

"이상한 돈은 많은데 진짜 돈은 5천 원밖에 없어요."

"그걸로는 삼거리밖에 못 가는데."

참 어이없는 할아버지도 다 있다 싶으면서도, 지원금 30만 원을 금세 당연하게 생각하는 나 같은 애도 있는데 싶은 마음에 그 장단을 맞춰 보기로 결심했다.

"여기 오토바이 타는 애가 하나 있거든요. 걔가 한 시간 시급이 만 원이니까 5천 원 주면 30분 안에 있는 거리는 태워다 줄 거예요. 한번 말해 볼까요?"

"30분이 아니라 15분이지."

"네?"

"경비를 계산할 때는 고용주가 쓰는 시간뿐만 아니라 고용

되는 사람이 포기하는 기회비용까지 줘야지. 돌아오는 시간 15분을 계산하면 15분 거리까지만 간다는 얘기야."

들고 보니 일리 있는 말이다 싶지만 이효준 그 녀석을 어떻게 설득하나 뒤늦은 후회 때문에 할아버지가 왜 그런 이야기를 하는지에 대해 깊이 생각해 볼 시간은 없었다.

"여기 계세요. 물어보고 올게요."

해가 지기 전에 할아버지를 보내 드릴 생각에 집으로 전력 질주를 하면서도 내가 이 동네 사람들처럼 이상하게 변하고 있다는 걱정이 들었다. 서울의 번잡한 거리에서 만났다면 두 번 생각할 이유도 없이 그냥 지나쳤을 할아버지에게 왜 마음과 시간을 쓰는지 모를 일이다. 돈이 많아서, 시간이 많아서, 이 동네가 좁아서, 그도 아니면 내가 성격이 아주 좋아져서. 사지선다 안에도 답은 보이지 않는다.

노크도 없이 차고 문을 열어젖히니 없으면 어쩌나 걱정했던 그 실루엣이 보인다. 때마침 녀석은 차고에서 또 뭔가를 조립한다는 핑계로 멀쩡한 라디오 하나를 때려 부수는 중이었다. 스피커를 뽑고 라디오 주파수를 잡는 다이얼까지 뽑아 놓은 걸 보면 한두 번 해 본 솜씨가 아니었다. 흠흠— 괜한 헛기침을 하고 들어서자 녀석이 무신경하게 나를 훑더니 어쩐 일로 왔냐는 인사말 한번 건네지 않고 다시 제 일에 열중했다. 목마른 사람이 우물을 파고 부탁하는 사람이 낮은 자세로 친한 척을 해야 하는 이치는 이곳에 오기 전에 득도한 상태였다.

"바쁘냐?"

"사람에 따라."

이미 예상하고 있던 냉대라 그 정도의 반응에 물러서지 않는다. 깡통촌의 공식 머슴으로 통했던 내가 그런 말에 주눅 들 리 없다.

"어떤 할아버지가 읍내까지 가셔야 하는데 네가 좀 태워 드릴 수 있어?"

"넌 학습 효과가 좀 떨어지는구나."

"뭐?"

"내 성격 파악이 아직도 안 되는 걸 보면 그렇다고."

"그 할아버지 사정이 딱하셔서 그래. 네 오토바이로 모셔다 드리면 금방이잖아."

"시력이 안 좋은 거야, 기억력이 안 좋은 거야? 그거 니들 보는 앞에서 엄마한테 열쇠 빼앗기지 않았냐."

말없이 팔짱을 끼며 녀석을 노려본 데는 '밤마다 오토바이 열쇠를 훔쳐 내어 시동도 켜지 않고 동구 밖까지 끌고 나가 새벽녘에나 기어 들어오는 헛짓거리를 다 알고 있다'는 엄포가 담겨 있다.

"밤마다 마실 다니는 그 오토바이 말이야? 웬만하면 바퀴 흙은 좀 털고 들어오지 그랬냐?"

예상치 못한 내 대답에 녀석은 등을 돌린 채 한 귀로 듣고 있던 자세를 고쳐 나를 노려봤다. 눈을 부릅뜨며 나를 노려본다는 것은 '그래서 엄마에게 이르기라도 하려고?'라는 뜻이었다.

"안 일러. 대신 네 아르바이트 30분 채워 줄게."

"알바가 30분짜리가 어딨어? 최소가 한 시간이야."

녀석은 손에 묻은 기름을 셔츠에 쓱쓱 문지르며 말했다.

"몇 가지만 묻자. 아까 말한 그 할아버지가 호적에 있는 친할아버지는 아닐 테고 처음 보는 사람 때문에 이런다는 거, 내가 맞게 이해한 거냐?"

"응."

"왜?"

"그냥."

"나는 그냥이란 대답을 대답 회피라고 듣는다. 그냥이란 건 없어. 그냥 이유를 감추고 싶은 마음만 있는 거지. 내가 아직 네 성격을 잘 몰라서 묻는 건데 넌 처음 보는 사람한테 오지랖 펴는 게 성격이냐?"

녀석이 정곡을 찌른 만큼 대답할 말이 없어졌다.

"여기 애들 인성 좋고 싹싹하고 밝아. 그렇다고 모르는 사람을 아무 이유도 없이 도와주지는 않아."

"그 인성 좋고 싹싹하고 밝은 애들에 네가 포함된 건 아닌 거고."

피식— 어이가 없다는 듯 웃던 녀석이 고개를 끄덕이며 말했다.

"그래, 난 세외고 시간은 아까 네가 밀을 시킨 시간부터 계산, 앞장서."

칼만 안 든 날강도! 돈에 연연하지 않은 사람들이 모인 마을에 가장 돈돈 하는 인간이라니, 참말로 어이가 없다. 하지만 더 어이가 없는 일은 10분도 안 되어 돌아온 느티나무 아래 그 의자에 사람이 없다는 사실이다. '여기 계세요, 물어보고 올게요'

를 듣지 못하셨을 리는 없을 텐데 이 할아버지는 또 어디로 사라졌단 말인가.

"어이, 고구마! 심심하냐?"

"아니야. 분명히 여기 계셨어. 내가 먹을 것까지 줬다고. 근데 이 할아버지가 어딜 가신 거야?"

"소설 쓰냐?"

"아니라고! 분명히 10분 전에 여기……."

"됐고! 한 시간은 나중에 갚아라."

"뭐?"

"네 사정이야 뭐가 됐든 남의 금쪽같은 시간을 당겨썼으면 당연히 갚아야지."

"완전 날강도네. 달랑 10분이잖아!"

"불러서 하던 일 멈추고 여기까지 온 내 시간의 효용, 그걸 어떻게 셈할 건데?"

대화체에선 평생 듣기 힘든 기회비용이니 시간의 효용이라는 단어를 이곳에선 무시로 듣는구나. 대단한 동네다.

"치사하다 치사해! 뭐, 차용증이라도 써 줄까?"

"그딴 거 필요 없어. 여기선 다 내 손바닥 안이니까 내가 한 시간 호출하면 언제든 대타 뛰어야 돼."

"그래? 그럼 아직 50분 남았으니까 나도 지금 너를 부려 먹을 수 있다는 거네."

생각지도 않은 내 말에 녀석의 검은 송충이 같은 눈썹 한쪽 끝이 올라갔다.

"남의 금쪽같은 한 시간을 가져갈 거면 네 남은 시간도 그만큼 내놔야지. 이게 좀 전에 네가 한 말이랑 다른 게 뭔데?"

어이없는 표정을 지으면서도 아니라고 하지 않는 걸 보면 제대로 한 방 먹은 모양이다.

시간은 어느새 5시 반이 되었고 가장 귀찮고 손이 많이 가는 아르바이트가 시작될 시간이다. 읍내 초등학교에 갔던 아이들이 단체로 승합차를 타고 돌아올 마의 시간, 나는 내가 고용한 한 시간짜리 아르바이트생 효준이를 데리고 아이들을 마중하러 나갔다. 효준이는 제 머리카락을 헝클어뜨리고 들리지 않는 욕을 중얼거리며 내 뒤를 따라오고 있었다. 그러거나 말거나 마을 초입까지 내려가 아이들을 기다리는 동안 머릿속은 내내 사라진 할아버지 생각뿐이었다. 도대체 이 할아버지는 어디로 사라지신 거지? 하지만 12인승 승합차에 미어지게 탄 아이들이 하나 둘 내려서자 그 생각은 이내 관심 밖으로 밀려났다. 방과 후 수업까지 마치고 온 저학년부터 하나씩 줄을 세워 인원 점검을 하는데 역시 제일 말을 안 듣는 건 제 언니를 믿고 난동을 부리는 수정이었다.

"온수정, 줄 똑바로 서. 한 줄 기차!"

"헤헤, 싫지롱."

뒷주머니에 손을 꽂은 재 싹다리를 싶고 있는 효순이를 향해 쓴소리를 뱉었다.

"애들 줄 세워!"

"잘하고 있고만."

"일 제대로 안 하면 한 시간 안 갚을 거야."

"어이! 니들 말 안 들으면 집까지 친구들 가방 다 들게 한다?"

녀석의 한 마디에 아이들이 재깍 줄을 맞춰 시기 시작했다. 하긴 녀석의 짬밥이 몇 년인데 이 하교 도우미를 안 해 봤을 리가 없겠지. 알고 보면 이효준이 돈나무 알바의 숨은 고수가 아닐까. 그 잡생각 속으로 누군가의 격앙된 목소리가 끼어들었다.

"누나, 아까 오는 길에 온수정이 나 때렸어요!"

수정이를 졸졸 쫓아다니며 매를 버는 승우 녀석이 고자질이랍시고 일러바치는 소리다. 그걸 듣고 가만있으면 공평하게 아이들을 제재해야 하는 아르바이트 대원칙에 어긋나는 일인 고로 나는 심드렁하게 수정이를 혼내기 시작했다.

"온수정, 너 승우 때렸어?"

"쟤가 자꾸 깐족거리면서 사람 약 올리잖아."

"약 올린다고 사람 때리면 돼?"

"스타킹 구멍 났다고 치마 밑에 엉덩이 보인다고 놀리잖아."

"이승우, 넌 여자 친구에게 그런 말 하면 되니?"

"온수정은 내 여자 친구 아닌데요. 김하은이 내 여자 친구인데요."

생각지도 못한 당돌한 대답에 헉— 숨이 막힌다. 그나저나 여자 친구가 있는데 온수정을 괴롭히고 싶은 그 마음을 어떻게 설명을 해 줘야 좋을까 싶다.

'아직 네 마음이 어떤지도 잘 모르는 이 철딱서니 초등학생아. 그러니까 이승우 너는 김하은이란 애를 여자 친구로 두고도 온수정에 마음이 물들어 자기 마음도 모른 채 자꾸만 괴롭히며 쫓아다니는 거란다.'

이런 일일 드라마 대사 같은 말을 했다가 제 엄마에게라도 이르면 되바라졌다는 말을 듣기 십상이니 아예 입을 다물자. 인심 후한 동네의 소문은 인심만큼 후하지 않을지도 모를 테니까.

"승우야, 좋으면 좋다 예쁘면 예쁘다 하는 거지 괴롭히면서 사람 관심 얻는 건 최악이야."

"온수정 못났는데요! 누나도 온수정 닮았고요."

그 소리에 이효준이 숨이 넘어가게 껵껵 웃어 댔다. 승우 대신 효준이의 등짝을 후려갈기며 돌아섰지만 기분 나쁜 표정을 숨길 수가 없었다. 돈나무나 바깥세상이나 요즘 아이들은 정신 없이 빠르게 자라는 모양이다. 열 살 머리에서 나온, 열아홉의 뺨을 후려갈기는 인생 성찰이라니, 열 살과 말이 통할 거라 생각했던 내가 바보구나. 그걸 수정이를 키운 10년 동안, 내 십대 청춘을 저 말썽쟁이에게 헌납하며 뼈저리게 느꼈으면서 여기서 또 처음인 양 놀라워하다니.

아이들을 정신없이 집으로 돌려보낸 후 빵집으로 돌아왔다. 때마침 마감 정산을 마친 사장님이 앞치마를 벗으며 빈 쟁반들을 치우려던 참이었다.

"두세요. 이건 제기 할 테니끼 올리기서 쉬세요."

"시간 계산해서 적어 둬."

"됐어요. 뭘 이런 자투리까지."

"시간은 일분일초도 다 금쪽이야."

"저 사장님……"

"왜?"

"저······."

"가불이라도 해 달라는 거야? 뭔데 이렇게 뜸을 들여?"

"아니, 그게 아니고요. ······혹시 여기 노숙자도 살 수 있어요?"

사장님은 무슨 소리냐는 듯 잠시 나를 바라봤다.

"그러니까, 누굴 본 것 같은데 행색이 좀 뭐랄까, 집도 절도 없는 떠돌이 할아버지 같은데 이곳에 어울리지 않는달까요······. 아니면 내 눈에만 보인 산신령인가?"

그 말에 아줌마의 표정이 미묘하게 변했다.

"우리 동네에 없는 게 없는데 산신령도 하나 있을 법하지."

"농담이 아니고 진짜 그랬어요. 근데 그런 할아버지가 어째서 이곳에 그런 행색으로 계셨을까요? 돌아가신 할머니도 시골 인심은 남다르다고, 다 알음알음으로 아는 사람들이니 한술씩 밥을 나눠 주면서 굶어 죽는 사람이 없게 하는 게 조그만 동네 인심이라고 해요. 깡통촌만 해도 모두 찢어지게 못 살아도 다들 고만고만하니까 그래도 조금씩 나눠 주며 살았어요. 어떻게 여기까지 오셨는지 몰라도······. 이 동네에 그런 할아버지가 사실 것 같지는 않은데 또 여기에 익숙한 것 같기도 하고······."

말을 할수록 횡설수설 이상한 이야기가 되었다.

"다음에 그 할아버지를 만나게 되면 네가 직접 물어봐. 노숙자인지 산신령인지."

"설마요."

"여기 사연 하나 없이 들어온 사람은 없어. 자꾸 신경이 쓰이면 네 말대로 집에 불러서 밥 한 끼라도 대접해 드리면서 얘기를 듣든가."

"정말요?"

"안 될 게 뭐가 있어?"

"여긴 제 집이 아닌데 그래도 되는지 몰라서요."

"네가 가진 돈으로 네가 베풀겠다는 건데 말릴 사람 없어. 네 통장에 들어 있는 그 돈은 어차피 계속 노화되고 있는 중이잖아. 그리고 정정하자면 여긴 공동체에서 기금으로 내어 준 네 집이 맞단다."

그냥 오지랖이었을 뿐이라고 발뺌을 하기에 너무 늦은 듯해서 입을 다물었다. 그 덕분에 효준이에게 갚아야 할 아르바이트 빚이 한 시간이나 생겼으니 괜한 짓을 했다는 후회가 밀려들었다. 이제야 효준이가 속 편하게 마이너스 금리를 쓰면서 아르바이트를 하지 않는 이유를 알 것 같다. 뭣 모르는 나 같은 애를 꼬드겨 제멋대로 쿠폰을 발행하고 제가 갚아야 할 재노시를 대신 청산하게 하는 거지! 쳇! 머리 한번 잘 돌아가네! 산신령 할아버지에 놀랄 일이 아니었다. 녀석이야말로 돈나무에 기생하는 놀라운 사채업자였다.

목장 소녀 하이디가 되고픈
망치소녀 온다정

돈나무에서 노숙자 할아버지를 만난 일은 기억 속에 묻히고 3월은 한달음에 달아나 버렸다. 3월 초에는 주말에만 바빴는데 날씨가 풀리는 4월이 되자 주중, 주말 할 것 없이 몰려드는 관광객들 때문에 돈나무 공동체 사람들 전체가 바빠졌다. 내 통장의 돈은 어느새 백만 단위로 불어나 있었고 덕분에 가장 바랐던 소원 하나를 이루게 되었다. 돈을 벌어 가족에게 용돈을 주는 일! 짬짬이 돈나무 돈을 법정화폐로 바꾸어 서울에 있는 언니의 통장에 부쳤다. 언니가 처음 립스틱을 사고 수정이가 책을 읽을 때 쓸 LED 스탠드를 사던 그날, 나는 콧노래를 부르며 빵 봉지를 힘껏 묶었다. 내 힘이, 내 시간이 쌀과 연탄에서 더 나아가 립스틱과 스탠드가 되어 가족을 행복하게 만들 수 있다는 게 기뻤다.

재노시는 재화와 노동을 교환하는 것뿐만 아니라 시간을 교환하는 매개체가 되기도 했다. 이를테면 집집마다 잔디를 깎아주는 영주네 아빠의 일이 영주의 피아노 레슨 한 시간과 거래

되는 식이다. 시간이 등가의 단위로 교환되는 것을 보면서 내가 아무렇게나 흘려보냈던 시간의 가치를 다시 한 번 생각하게 되었다. 고해 같은 그 생각이 묵은 기억을 불러왔다. 흘러가기만을 바랐던 시간이라면 내게는 깡통촌의 기억뿐인데……. 그 시간들도 소중했던 걸까. 그 어떤 고난의 순간조차? 그랬을까?

　물론 돈나무에서의 장밋빛 같은 시간이 늘 만족스러운 것만은 아니었다. 바깥세상의 부러움을 한 몸에 받는 이곳 생활에도 소소한 불만들이 숨어 있었다. 특히 원하는 일을 결정함에 있어서는 전적으로 선착순, 먼저 들어온 순서라는 것과 그 순서를 그 어떤 연줄이나 재노시로도 바꿀 수 없다는 것은 답답한 노릇이었다. 순환 보직으로 은행원이 되고, 건축 협동조합의 막내 기사가 되고, 아이들 하교 도우미가 되고, 빵 먹는 재미가 쏠쏠한 빵 가게 직원이 되는 동안에도 그렇게 기다리고 바라는 목장 일은 내 차례가 오지 않았다. 산안개처럼 사라진 산신령 할아버지 역시 다시 오지 않았다. 할아버지는 그렇다고 치더라도 명색이 순환 보직인데 위원회의 배려에도 목장의 빈자리가 나지 않는 것은 힘 빠지는 일이었다. 하지만 돈도 인맥도 통하지 않고 그저 민수적으로 줄 서서 기다리는 일밖에 도리가 없던 그 일이 찾아온 건 뜻하지 않은 사건에 의해서였다. 읍내 분식집에서 함께 음식을 먹은 아이들 중 네 명이 급성 장염에 걸리는 바람에 갑자기 양 돌보기 대타가 필요하게 된 것이다. 하루 종일 설사를 하며 화장실에서 나오지 못한다는 그 아이들에게는 미안했지만 내 마음은 아이들이 모처럼 푹 쉬어 대타 일을 오래 할 수 있게 되길 바랐다.

목장 일을 하는 토요일 아침이 되자 절로 눈이 떠졌다. 주말을 맞아 서울서 내려온 언니가 나를 대신해 빵 가게 일을 돕는 사이 나는 알프스 소녀 하이디를 꿈꾸며 산 정상에 있는 목장으로 올라갔다. 살을 에는 아침 산바람마저 달게 느껴졌다. 풀잎에 맺힌 이슬 때문에 바지 밑단이 축축하게 젖는데도 절로 콧노래가 흘러나왔다. 넓게 펼쳐진 목초지를 지나 위로 올라가면 축사와 사무실이 있는데 일을 시작하기 전 점호를 위해 그 사무실에 모인다는 전갈을 받은 터였다. 칼바람에 빨갛게 물든 뺨을 비비며 사무실 안으로 들어서자 이미 도착한 아이들이 인원 점검을 하고 있었다. 원래 고정 아르바이트생인 듯한 아이들 서너 명이 편한 작업복 차림으로 대기 중이었고 그중에 효준이의 얼굴도 보였다. 하긴 그 날다람쥐 같은 성격으로 이런 일 하나 못 꿰찼을라고. 효준이가 손을 들어 인사를 하며 아는 체를 한다.

"어이 고구마! 운 좋네. 양 떼 몰이에도 투입되고."

"넌 장이 좋나 보네. 장염도 안 걸리고."

"우리 엄마가 워낙 이상한 것들로 단련을 시켜 줘서 그 정도로는 병에 안 걸리지. 너도 곧 그렇게 될 거고."

함께 분식을 먹은 아이들 중에 효준이도 있었는데 운 좋게 장염에 걸리지 않았다는 이야기를 들은 후 내 배가 아파 왔다.

딸랑— 종이 울리며 양몰이와 관광을 총괄하는 매니저 아저씨가 들어왔다. 은행에 있어야 할 경우 오빠가 배시시 해맑은 웃음을 흘리며 뒤따라 들어오자 효준이의 표정이 일그러졌다.

"아, 매니저 아저씨! 경우는 왜 데리고 와요?"

"형한테 경우가 뭐야? 자, 잠시만 주목해 보자! 오늘 기존 아이들이 많이 빠져서 너희 다섯 명, 아니 경우까지 여섯 명뿐이니까 할 일이 많다. 대신 나머지 아이들 몫만큼은 너희 아르바이트비로 빼 줄 거니까 힘들어도 오늘 내일만 열심히 견디자."

"네!"

"새로 온 온다정 학생은 하는 일이 서툴 테니까 너희들이 많이 가르쳐 주고."

"네."

그 말에 대답을 한 건 나뿐이다. 나는 내가 하는 일이 서툴다는 데 긍정을 한 셈이고 녀석들은 많이 가르쳐 주라는 말에 부정을 한 셈이다. 꿔다 놓은 보릿자루가 된 것처럼 괜히 멋쩍은 기분이 들었다.

"일단 아기 양 돌보고 축사 정리하는 일은 기존에 하던 석준이, 경태가 도맡아 하고, 건초 판매는 지윤이, 양몰이는 효준이와 새로 온 다정이, 그리고 경우가 한다."

"잠시만요!"

효순이가 매니저 아저씨를 불렀다.

"왜?"

"온다정이 무슨 양몰이를 해요? 그게 시킨다고 하루아침에 할 수 있는 일도 아니고 그냥 축사 정리나 시키고 인간적으로 경우…… 경우 형은 도움이 되는 게 아니라 방해만 되니까 은행으로 보내세요."

"은행은 오늘 쉬는 날이라 경우도 쉬는데, 꼬맹이들 손이라도 빌려야 할 판에 경우를 빼라니 무슨 배짱이냐? 그리고 내일 웨딩 촬영 도우미로 쓸 아기 양들 목욕도 있는데 그동안 양들은 누가 돌볼 건데?"

"아 진짜!"

효준이가 머리를 쥐어뜯었지만 그건 이미 어쩔 수 없다는 걸 본인도 안다는 의미지 싶었다.

"건초 판매하면서 돈나무 돈을 구별하는 일은 아직 다정이에게는 무리고."

표면적으로 내 험담을 한 건 효준이였지만 매니저 아저씨의 말도 딱히 나를 배려한 걸로는 느껴지지 않는다. 내가 이 동네 택시 기사도 마다하는 돈 쪼가리를 떼어먹을 위인으로 보이나? 아니면 아직까지 천 재노시, 만 재노시도 구별 못 하는 꺼병이로 보이나?

이곳에 한달음에 올라온 속도만큼 기분이 급속히 나빠지기 시작했다.

"자, 오늘은 예약 인원이 300명이다. 나도 입구에 계속 매여 있고 바쁘니까 위급 상황 생기거나 도움이 필요하면 일단 효준이가 그때그때 알아서 연락하고, 모든 건 자기가 판단하고 행동하고 책임지자. 믿는다. 해산!"

매니저 아저씨의 말이 끝나기 무섭게 다른 아이들은 빛처럼 사라져 버리고 나는 뿌루퉁한 효준이와 연방 헤실헤실 웃는 경우 오빠와 남게 되었다. 이효준은 탐탁지 않은 얼굴로 내게 물었다.

"너 숫자는 잘 세냐?"

"그건 왜?"

"오늘 관광객들 동선에 맞춰 울타리 안에 풀 양들이 모두 마흔세 마리야. 걔들 모두에게 식별표와 이름이 있는데 네가 그걸 기억할 리는 없고, 넌 그냥 내가 시키는 대로만 해."

바짝 약이 올랐지만 틀린 말이 아니니 토를 달 수도 없는 노릇. 뭣도 모르는 신입 주제에 괜히 나서서 일을 망치지 말고 시키는 일부터 배워 가며 열심히 하는 쪽이 나아 보였다.

"잘 배우고 따라갈 테니 시켜만 줘."

"아부는 됐고, 일단 축사부터. 그리고 경우랑 세트로 다녀."

그 말에 경우 오빠가 내게 찰떡처럼 들러붙었다. 효준은 아기 양과 어미 양이 따로 모여 있는 축사가 아닌 숫양들만 모아 둔 뒤쪽 축사로 향했다. 축사 안 여러 개의 울타리로 나뉜 공간마다 일고여덟 마리의 양들이 들어 있었다.

효준이는 문과 가장 먼 쪽에 있는 울타리의 양부터 밖으로 내보냈다. 양들은 우르르 몰려나와 들판의 풀을 찾아갔다. 그 모습이 마치 일터로 향하는 샐러리맨들의 뒷모습처럼 분주해 보였다. 양들이 샐러리맨이라면 이효준은 회사의 도어맨이랄까. 그 도어맨에게도 나름의 규칙이 있었다. 가장 덩치가 크고 힘이 센 녀석들을 먼저 내보내 제일 먼 곳까지 갈 수 있게 하고 제일 마지막으로 이제 새끼 티를 벗기 시작한 작은 녀석들을 가까운 곳에 방목함으로써 병목 현상 없이 흐름을 유지시키는 것이다. 마지막 양까지 내보내고 축사를 나오자 조금 전까지 비어 있던 들판에 양 떼들이 뛰어노는 목가적인 풍경이 펼쳐져 있었다. 그리고 그 사이를 정신없이 오가는 양치기 개 한 마리까지 그야말로 그림 속 한 장면 같은 광경이었다. 녀석은 폭주하듯 양들 사이를 뛰어다니며 맹렬히 자기 일을 만끽하는 중이었다.

"저 개는 무슨 종이야?"

"보더콜리 종, 이름은 휘슬. 근데 너보다도 똑똑할 거다."

"야!"

"잘 봐 봐. 여기서 제일 힘든 일은 저 녀석이 다하니까. 진짜 대장은 내가 아니라 저 녀석이라고."

효준이가 휘슬을 불자 휘슬이 바람처럼 움직이며 양들을 한쪽으로 몰기 시작했다. 짧고 빠른 휘슬 소리에 반응하며 임무를 완수하는 휘슬을 보니 입이 떡 벌어질 정도였다.

"그거 나도 불어 볼래."

내가 하려던 말을 경우 오빠가 가로채자 효준이가 대번에 인상을 쓰며 말했다.

"휘슬은 네 말 안 들어. 그리고 쟤는 영어로 교육받았다고."

매니저 아저씨가 없는 자리에선 곧 죽어도 '형' 자를 빼고 경우라고 부르는 녀석의 머리통을 세게 쥐어박고 싶었지만 맡은 역할이 있는 고로 오늘만은 참기로 했다. 혼나기 억울한 좋은 날을 봐서 빵 가게 사장님께 녀석의 만행을 일러바치리라.

어쨌든 개도 배운 개라 이름도 제가 온 고향에서 지어 준 멋진 영어 이름을 가진다지 않나. 휘슬이든 휘파람이든 멋진 양치기 개가 양들을 몰고 양들이 한가롭게 풀 뜯는 걸 돈을 받으며 볼 수 있다니, 아침부터 이리저리 치이고 환영받지 못하는 신세였지만 이 순간 그 모든 게 감가되는 기분이다.

"진짜 꿀 알바다! 구박받아도 좋다!"

처절한 가난도, 그 추운 겨울도 오늘의 이 풍경을 위한 시련이었다면 감사하며 살아야지. 힘든 삶 때문에 행복의 기준이 턱없이 낮은 게 얼마나 감사한가. 넙죽 엎드려 절을 해도 모자라겠구나!

그 낮은 행복감을 만끽하려는 순간 효준이가 끼어들어 초를 치기 시작했다.

"역시 넌 모든 기준이 바닥이야. 보통 여자애들은 이걸 보는 순간 양이 왜 흰색이 아니고 회색이냐고 질겁하면서 학을 떼거든. 때 끼고 떡 지고 뭉쳐서 걸레 같은 저 털을 보고도 그런 소리가 나오다니 대—단하다."

"그래, 꺅— 기겁이라도 해 줄 걸 그랬네."

할 수만 있다면 이 철딱서니 없는 이효준이란 녀석을 깡통 집에 보내 사람 만드는 데 100만 재노시라도 쓰고 싶다는 생각이 드는구나.

'너도 6평짜리 컨테이너 집에서 3년을 살면서 살 떨리게 춥고 살이 녹게 더운 날을 견뎌 보면 이 풍경이 얼마나 감사한지 알게 될 거다. 가난은 하버드 대학 교수보다 더 많은 걸 알려 주거든.'

해 주고 싶은 말은 많지만 살아온 인생사를 미주알고주알 얘기하며 '그래, 그랬구나' 할 사이가 아니니 마음속 말은 그냥 안에 담아 두었다. 녀석은 이렇다 할 대꾸 없이 뒷주머니에 꽂아 둔 망치를 꺼내 내밀며 말했다.

"망치질 많이 했다며? 똥탑도 부수고."

"그래서?"

"저 울타리 시작부터 샅샅이 훑으면서 못이 튀어나오거나 삐걱대는 부분이 있는지 점검하면서 한 바퀴 돌아."

"멀쩡해 보이는데?"

"멀쩡해 보이는데."

경우 오빠가 내 말을 따라 하며 말에 힘을 실어 줬다.

"그래 보여도 양들이 치받고 관광객들이 기대고 타고 넘어 다녀서 삐걱대는 부분이 많아. 조금이라도 벌어진 틈으로 양이 뛰쳐나가면 그 녀석 잡느라 볼 장 다 본다고."

"알았어."

"야, 고구마! 경우 잘 데리고 다녀! 걔 잃어버리면 내 손에 죽을 줄 알아. 그리고 경우! 너 얘한테 딱 달라붙어 있어."

"응."

그 말에 경우 오빠가 뒤에서 내 목을 조르듯 안았고, 나는 기겁하며 경우 오빠의 팔을 꺾어 땅에 쓰러뜨렸고, 동시에 효준이가 나를 뜯어말렸다. 경우 오빠가 겁을 먹은 듯 두 무릎을 껴안고 바닥에 주저앉아 큰 소리로 숫자를 세기 시작했다. 순식간에 벌어진 일이라 놀라긴 나 역시 마찬가지였다.

"야, 사람 잡겠다!"

"나도 놀랐다고."

"진짜 무서운 여자애네. 놀랐다고 사람한테 호신술을 쓰냐? 경우야, 얘 잘못 건드리면 너 골로 가는 거야. 알았어?"

"야!"

"진짜 무슨 여자애가 이렇게 우악스럽냐."

"경우 오빠를 데리고 도대체 일을 하라는 거야 말라는 거야?"

"딱 보면 모르냐? 너 오늘 경우 돌보는 일까지 덤터기 쓴 거야. 아, 어쩐지 너를 목장에 부른다 했어."

효준이의 말을 듣고 나니 괜히 화가 났다. 정말 이러자고 나를 부른 건가 하는 의심이 들었다. 하지만 그 누구보다 얄미운 건 바로 이효준 이 녀석이다. 정작 경우 오빠를 나에게 떠넘기고 골치 아픈 일에 손을 털려는 건 제가 아닌가. 나를 그림자 취급하는 녀석의 안하무인이 오기를 불러 일으켰다.

그래! 일당백으로 일할 테니까 두고 보라고!

망치질이라면 똥탑이 아니라 돌탑이라도 부술 자신이 있었다. 3년 동안 깡통촌에서 망치질한 똥탑이 얼마인데. 쭈뼛거리는 경우 오빠의 손을 붙잡고 울타리 끝으로 걸어가면서 내내 이를 갈았다. 하지만 울타리의 상태는 생각보다 엉망이었다.

효준이의 말대로 방부목으로 만든 울타리가 급한 경사에 세워지다 보니 여기저기 삐걱대는 곳이 많았다. 중간중간 시멘트로 민든 주춧돌의 튀어나온 철 조각이 틀어지기도 하고 이음못이 빠져 울타리가 넘어지기 일보 직전인 곳도 있었다. 개중에는 흙이 유실돼서 박아 놓은 울타리 뿌리가 드러난 곳도 있었는데 이건 좀 처리하기가 난감했다.

'효준이를 불러서 하라고 할까?'

하지만 머릿속에 떠오른 건 매니저 아저씨의 마지막 말이었다.

'모든 건 자기가 판단하고 행동하고 책임지자. 믿는다.'

이런 상황을 예상하고 효준이가 커다란 공구 가방을 준 모양이다. 귀찮은 일은 자기를 부르지 말고 내 선에서 끝내라고.

"오빠, 거기 울타리 좀 흔들리지 않게 꽉 잡아 줘."

"잡아?"

"망치질하는 동안 꽉 잡고 있어야 돼."

경우 오빠는 팔이 꺾여 풀밭에 내동댕이쳐진 후로 나를 무서워하는 기색이 역력했다. 시키는 대로 고분고분 말을 들으며 보조를 맞춰 주는 건 편했지만 효준이 말마따나 우악스럽게 굴어 미안한 마음이 들기도 했다. 내가 망가진 울타리를 손보고, 경우 오빠가 울타리를 고정하고, 우리는 환상의 이인일조가 되었다. 주변에서 긁어 온 흙으로 울타리 아래를 다지고 이음 못이 빠진 곳은 나무를 덧대어 못질을 하니 양들이 작정하고 들이받지 않는 한 끄떡없을 만큼 튼튼해졌다.

울타리를 하나하나 흔들어 점검하는 사이 어느새 점심시간이 되었다. 축사에서 긴 휘슬이 울리자 휘슬이 흩어진 양들을 한곳으로 몰기 시작했다. 양들을 축사로 몰아넣은 휘슬이 전력 질주로 우리에게 달려오더니 주위를 한 바퀴 돌며 길을 재촉하기 시작했다. 나와 경우 오빠를 집으로 돌려보내야 하는 마지막 양으로 생각하는 모양이었다. 효준이는 양들의 우리를 점검하고 문을 닫은 뒤 휘슬을 제자리로 불러 세웠다.

"밥 먹을 시간 되면 부르기 전에 째깍 달려와야지. 바쁜 휘슬이 모시러 가게 만드냐."

"손볼 데가 한두 군데가 아니라서 반도 못 봤어. 근데 점심 메뉴는 뭐야?"

먼저 와서 컵라면을 먹고 일어서던 석준이와 경태의 얼굴에 '굴러 들어온 돌 주제에 메뉴 타령은'이라는 떨떠름함이 비친다. 굴러 들어온 건 맞지만 그 이유로 원치 않는 냉대를 참는 건 적성에 맞지 않았다. 아이들이 나가고 컵라면에 물을 붓자 팅팅 불은 마음이 그대로 효준이에게 날아갔다.

"이효준, 여기 애들은 왜 날 싫어하냐?"

"왜?"

"엄연히 위원회 허락을 얻고 들어온 건데 너희들은 늘 나를 눈엣가시로 대하잖아."

"그거야 걔들 마음이지. 사람 마음까지 이래라저래라 할 수는 없잖아."

'걔들 마음'이라면 효준이 본인은 그렇지 않다는 소리일까.

"왜 싫어하는지 이유나 말해 주든가. 똑똑한 애들이라 사람들 앞에서 티 나게 왕따를 시키지는 않지만 은근히 따돌리는 것도 기분 나빠."

"사람 싫어하는데 이유는 무슨, 그냥 정이 안 가게 생긴 모양이지."

녀석이 유야무야 이야기를 덮으려는 걸 모를 만큼 바보는 아니다.

"뭐가 그렇게 마음에 안 드는데?"

이효준의 옅은 한숨은 그걸 꼭 말로 해야 아냐는 뜻이겠지만 말을 해 주지 않아 모르니 묻는 소리 아닌가. 그런 말에 상처받을 내가 아니고 상처받을까 봐 말을 아낄 효준이도 아니므로 대답을 하고 듣는 쪽이 서로의 성격에 맞았다.

"고구마, 넌 여기가 어떻게 돌아간다고 생각해? 아니, 왜 감가하는 화폐가 필요한지 그 고구마 두 박스를 없애는 동안 위원회가 생각했던 답을 얻었다고 생각하냐? 난 아니라고 본다. 다른 애들도 마찬가지고. 걔들 눈에는 넌 그냥 얻어걸려서 여기 들어온 재수 좋은 애로 보이는 거야. 네가 그냥 재미로 하고 싶어 하는 이 일도 나름의 분업 이유가 있는데 넌 그냥 점심 메뉴가 궁금한 것뿐이니 그게 한심해 보인 거겠지."

"별걸 가지고 트집이야. 이딴 일도 그냥 실업자 줄이려고 만들어 놓은 거면서 이유는 무슨 이유야."

효준이는 무식한 나 때문에 자기가 고생이라는 듯 과장되게 한숨을 쉬며 말했다.

"결과론적으론 그렇게 보여도 과정으로 보면 돈을 돌게 해야 하는 게 이유야. 아니, 밥집이 두 군데 있다고 치자. 하나는 사람이 정말 많아서 대기가 길고, 하나는 사람이 없어서 파리만 날리는데 넌 어느 집으로 갈래?"

"그야 맛있는 집이지."

"두 집이 똑같은 체인점이라고 치면."

무슨 대답을 원하는지는 잘 알겠는데 그 이유를 모르겠다는 함정이 숨어 있는 질문이니 말을 잘해야 한다.

"그러니까 사람이 많은 집이겠지. 입 아프게 계속 스무고개 할 거야?"

"그게 회전율이야. 재료의 회전율. 재료가 빨리 소진돼야 신

선한 음식이 나올 거 아냐. 회전율을 높인다고 자원의 낭비가 심해질 거라는 생각은 순환의 과정을 제대로 이해하지 못하는 바깥 사람들 얘기고, 어쨌거나 그게 우리가 돈의 수명을 정해 돈의 순환율을 높이는 것과 비슷한 이치야."

녀석이 꽤나 머리를 쓰며 설명해 준 그 말을 들으니 감가하는 화폐가 어떻게 활성화되어야 하는지 조금은 이해가 갔다. 뭐가 먼저라고 단정 지을 순 없지만 일을 하며 임금을 받고 그 돈을 쓰며 소비를 촉진하다 보면 또다시 일자리를 창출하는 구조적인 선순환이 이어진다는 의미리라.

"감가하는 화폐를 실천하자고 했던 1930년대는 대공황에 경제 침체가 깊어서 실업률이 높았지. 그래서 그걸 개선하기 위해 지역화폐나 감가 화폐를 만들었지만 우리 공동체는 그 돈의 순환율을 높이기 위해서 일자리 강화 정책을 쓰는 거야. 넌 책만 보고 공부랑 담쌓은 건 알겠는데 여기 살면서 웬만하면 이 동네 가나다는 떼고 살자. 그 정도 성의는 보여야 애들이 너를 얼치기라고 무시하지 않을 거 아냐."

"웃기셔, 따뜻한 밥 먹고 뭔 말 하는지 모르겠다."

녀석이 딱히 잘난 체를 하려고 말을 시작한 것은 아니지만 대놓고 뭔가를 알려 주려고 목에 힘을 주는 게 밥맛이라는 식으로 말이 튀어나왔다.

그때였다. 딸랑— 출입문 종이 울리며 지윤이가 사무실로 들어왔다. 늦은 식사 시간을 맞춰 왔다고 생각하기엔 심각하게 어두운 얼굴이었다.

"점심은?"

"그것보다 문제가 좀 생겼어."

"뭔데?"

"아까 건초 사 간 관광객이 준 건데 아무래도 이상해서. 혹시나 해서 바코드 대 봤더니 안 찍히더라고."

"이리 줘 봐."

효준이는 지윤이가 내민 돈나무 지폐 한 장을 받아 들고 꼼꼼히 살피더니 이내 심각한 표정이 되었다.

"어디서 바꿔 온 거래?"

"읍내 버스 터미널에서 어떤 사람이 돈나무 돈 바꿔 가라고 해서 만 원짜리 바꾼 거래."

"……."

"아무래도 지난번 그거랑 같은 거 같지? 얼룩진 부분도 비슷하고."

"위원회에 얘기했어?"

"아니, 아직."

"일단 매표소로 가서 다른 사람도 바꿨나 물어보고 바꾼 사람 돈은 모두 우리 돈으로 바꿔 줘. 있는 대로 다 걷고."

"아무래도 그때 그……."

"그놈들밖에 없잖아."

능글거릴 줄만 알았던 효준이에게서 의외의 단호함이 보였다.

"넌 내려가 있어. 이건 내가 알아서 처리할게."

지윤이가 나간 뒤에도 녀석의 굳은 표정은 되돌아오지 않았다. 내가 끼어들 문제는 아니지만 돈나무 돈이 위조지폐로 돌고 있다는 얘기라면 모른 척할 일이 아니었다.

"그거 혹시 위조지폐야?"

효준이는 골똘히 생각에 잠긴 채 대답이 없었다.

"이거 경찰에 신고해야 하는 거 아냐?"

"그럴 필요 없어. 어떤 놈 짓인지 아니까."

"누구?"

"있어. 아랫동네 양아치 새끼들!"

저렇게 차가운 얼굴을 하고 있는 녀석의 표정은 처음이다. 전에 없이 날카로운 그 표정이 돈나무 돈을 위조한다는 그 양아치들과 효준이에게 사연이 있으리라는 불길한 예감을 부추겼다.

3부

위조지폐의
출현

관광객이 빠져나간 오후가 되자 마을 이곳저곳이 더 시끄러워 지기 시작했다. 한창 저녁 준비로 바쁠 시간에 삼삼오오 모여서 심각하게 이야기를 주고받는 모습이 평소와는 다른 분위기 였다.

"다정아, 저녁 먹고 7시에 마을 회관에서 긴급회의야. 준비해."

"저도 가요?"

"너도 일원인데 가야지. 회관이 좁아서 자리가 없을 테니까 수정이는 서정이에게 맡겨 두고 너만 참석하면 돼. 너희 언니는 의무 참석자가 아니니까."

가족 대표라면 나 대신 언니가 가야 할 일이지만 사장님은 실제 입주민인 내가 가야 한다고 못을 박고 황급히 자리를 떠났다.

저녁을 먹는 내내 생각이 많아지는 만큼 입은 무겁게 달혔다. 사장님을 통해 긴급회의 소식을 들은 언니도 긴장한 표정이 역력했다. 저녁 설거지는 언니에게 맡기고 사장님과 함께 회관으로 가는 길에 회의에 참석하는 사람들을 만났다. 들어온 지 얼마 되지 않은 걸 감안해도 생전 처음 보는 낯선 얼굴이 태반이었다. 나는 그들을 모르지만 그들은 나를 뽑는 것에 찬반 투표를 했던 사람들일 테니 모르는 사람에게도 꾸벅 인사를 했다. 수십 번 인사를 하느라 담이 걸린 뒷목을 움켜잡고 도착한 회관 강당에는 이미 앉을 자리도 없이 사람들로 가득 들어차 있었고, 사장님과 나는 복도 끝에 겨우 한 자리를 비집고 들어갈 수 있었다. 오후 7시가 되자 커다란 종소리와 함께 문이 닫혔다. 느닷없는 종소리에 화들짝 놀라 주위를 두리번거리는데 사장님이 귓속말을 건네 왔다.

"여기 규칙이야. 약속 시간에 일분일초라도 늦으면 민주 시민으로서 발언권과 투표권을 박탈하는 거. 세 번 불참하면 벌점을 받아서 엄청난 벌금을 내야 돼. 제 시간 넘어서 저 문을 두드릴 바엔 아예 안 오는 게 낫다는 얘기야."

"그래도……."

"시작한다."

사장님의 말과 동시에 단상에 조합장 아저씨가 모습을 드러냈다. 아저씨는 옆에 있던 다른 직원을 돌아보며 물었다.

"몇 명인가요?"

"주민 320명 중에 18세 이상 의무 참석자 184명, 그중 179명 참석했습니다."

"사안이 심각한데 참석률이 저조하네요. 빨리 본론으로 들어갑시다. 오시기 전에 다들 어느 정도 이야기는 들으셨겠지만 읍내에서 또다시 대규모 돈나무 위조지폐가 거래되었다는 증거가 수집되었습니다."

"몇 장입니까?"

누군가 손을 들고 물었다.

"양 떼 체험장에서 거둬들인 건 일단 5천 재노시, 만 재노시 모두 서른한 장입니다만 그 외에 더 있을 것으로 추정됩니다. 자료 화면 띄워 주세요."

그 말과 동시에 강당의 불이 모두 꺼지고 조합장 아저씨 뒤로 프레젠테이션 자료 화면이 펼쳐졌다. 효준이와 아이들이 오후 내내 목장과 읍내를 돌면서 거둬들인 돈이었다.

"왼쪽이 열흘 전에 발견한 거고, 오른쪽이 오늘 발견한 위조지폐입니다. 보시면 아시겠지만 조잡한 가정용 잉크젯 프린터를 써서 색감이나 뭉개진 얼룩이 비슷합니다. 일련번호 역시 지난달에 발행된 저희 돈나무 지폐를 그대로 쓰는 걸로 봐선 동일범의 수법 같습니다."

조합장의 말 한마디에 자료 화면은 자유자재로 확대되어 뭉개진 얼룩을 자세히 보여 주었다. 그 짧은 시간 안에 이렇게 많은 자료를 준비하고 보여 준다는 게 대단하다는 생각이 들었다.

"사장님, 무슨 CSI 같아요."

"재미있는 건 지금부터야. 잘 들어 봐."

사람들이 주변 사람과 웅성거리며 이야기를 나누는 동안 조합장은 아무 말 없이 사람들의 의견을 기다리는 듯 보였다. 한 사람이 손을 들고 말했다.

"역시 그때 걔들인가요?"

"네, 역 앞 편의점에 CCTV 부탁해서 확인해 보니 맞습니다."

자료 화면으로 CCTV 영상이 떴다. 불량기가 다분한 세 아이가 관광객을 상대로 재노시를 환전해 주는 영상이었다. 동네 양아치 새끼라고 했던 효준이의 촉이 정확했던 셈이다.

"읍내 석성 고등학교에 재학 중인 3학년생인데 일전에 저희 돈나무에도 왔다가 문제를 일으켜 출입 금지 명단에 오른 아이들입니다. 대장으로 보이는 김형태라는 아이가 일을 주도한 것으로 확인되었고요. 의견들 주십시오."

몇몇 사람이 손을 들었고, 지목된 사람이 일어서서 자기 생각을 말했다.

"돈나무 화폐는 법정화폐가 아니지만 상품권이나 입장권처럼 유가증권 위조죄가 적용될 수도 있습니다. 걔들이 소년 재판으로 넘겨지더라도 처벌을 피할 수는 없을 겁니다."

"근데 애들을 경찰에 넘기면 계속 그 길로 빠질 텐데 법으로 해결하는 것 말고 다른 방법을 찾아봐야 하지 않을까요?"

"이미 전적이 있는 애들이고 마을 이장을 통해 충분히 얘기를 하고 기회를 줬는데도 두 번째예요. 이건 사사로운 정을 떠나 범죄행위로 봐야 합니다. 그 애들은 이미 거기서도 소문이 자자한 불량 학생들이라면서요. 지금 제대로 된 처벌을 내리지 않으면 더 커서 진짜 돈을 위조하겠죠."

처벌이 온당하다, 부당하다 갑론을박이 계속되자 사장님이 조용히 내 어깨를 두드리며 나오라는 수신호를 보냈다. 사장님과 나는 들어올 때처럼 출입구를 지키며 인원을 점검하는 사람에게 다시 한 번 신원 확인을 한 뒤 강당을 빠져나왔다.

"이렇게 나와도 돼요?"

"괜찮아. 어차피 저 얘기는 한 시간 안에 안 끝나. 그보다 애들이 어쩌고 있는지가 궁금하네."

"어떤 애들이요?"

"한번 가 보자."

사장님을 따라간 곳은 강당 위층에 위치한 대회의실이었다. 문을 열고 들어서자 강당에 보이지 않았던 아이들 서너 명과 몇몇 어른들이 회의실을 메우고 있었다. 그리고 놀랍게도 좀 전까지 강당의 자료 화면에서 보았던 이번 위조지폐 사건의 주범인 김형태라는 아이와 그 일당으로 추정되는 두 아이가 떨떠름한 표정으로 생중계되는 회의 화면을 바라보고 있었다. 순간 얼음이 된 건 나밖에 없었다. 이 광경을 어떻게 해석해야 할지 감이 오지 않았다. 인민재판에 끌려가기 전에 자기비판 같은 걸 하고 있으라고 여기 잡아 두는 건가?

이 광경이 나만 이상한 건지, 주위를 둘러보니 모두의 눈과 귀는 강당을 중계하는 TV 화면에 모여 있었다. 돈나무 지폐를 위조한 아이들을 소년 재판에 넘겨야 한다, 소년 재판까지는 가혹하다는 의견이 여과 없이 생중계되고 있었고, 그걸 보고 있는 당사자들의 얼굴은 배심원들의 판정을 기다리는 피고처럼 딱딱하게 굳어 있었다. 자의로 왔든 타의에 끌려왔든 처음부터 강당 토론을 보고 있었던 게 분명하다.

그런데 왜, 지금, 이곳에서? 당장 경찰에 넘겨도 모자랄 판에 왜 저 애들을 이곳까지 데려와 회의를 지켜보게 한 건지 내 상식으로는 도무지 이해가 되지 않았다.

"사장님, 이게 뭐 하는 거예요?"

"이거? 이건 우리 애들이 낸 건의안이 반영된 거야."

"누구요? 효준이랑 쟤들이 애들을 여기 데리고 와서 저걸 보게 했다고요?"

사장님은 말없이 고개만 끄덕였다. 낮에 양아치 짓거리하며 사는 놈들이라고 욕했던 녀석이 몇 시간 새 성인군자가 된 건 아닐 테고 무슨 조홧속일까 싶다.

"뭘 어째 줄까? 저걸 보고 감동이라도 받으라고? 아니면 쫄아서 달달거리며 매달릴까?"

무리 중에 가장 말 안 듣게 생긴 김형태란 아이가 비릿한 웃음을 흘리며 효준이에게 말했다.

"네가 원하는 쪽으로 해 줄게. 경찰에 넘기라면 넘기고 덮어 달라면 덮어 주고."

"씨팔, 네가 뭔데 선심 쓰듯이 결정하는데?"

김형태가 벌떡 일어나 효준이의 코앞에 얼굴을 들이미는데도 효준이는 눈썹 하나 까딱하지 않았다.

"30분 다 되어 간다. 저기서 결정을 내리기 전에 너희가 먼저 결정을 내린다면 우리는 회의에 그걸 통보할 거고 사람들은 그걸 받아들일 거야. 그런데 시간이 지나고 회의에서 너희를 경찰에 넘기자고 결정이 나면 그때는 니들이 니들 인생을 결정할 수 있는 권한이 없어질 거다."

"이 재수 없는 새끼가!"

김형태의 주먹이 효준이에게로 날아갔다. 하지만 장승처럼 서 있던 효준이가 김형태의 주먹을 슬쩍 비켜 손으로 밀어 버리자 녀석은 제풀에 고꾸라져 바닥에 처박히고 말았다. 씩씩거리는 녀석이 바닥에서 일어서려는 그 순간 커다란 회의실 문이 열렸다. 삐걱― 열린 문틈으로 앞코가 벌어진 낡은 고무신 한 짝이 들어섰다. 고무신의 주인은 산안개처럼 사라졌던 노숙자 할아버지였다. 효준이가 고개를 숙여 인사하는 모습에 경악하듯 놀라는 사람은 역시 나뿐이었다.

"오셨어요?"

"수고들 많네."

"어르신 이쪽으로 오세요."

어른들이 할아버지를 상석으로 안내했다.

"왜들 그렇게 멀뚱거리며 서 있나. TV 소리 좀 줄이고 잠시들 앉지."

할아버지의 위엄 있는 목소리에 마을 아이들마저 찍소리 내지 못하고 자세를 고쳐 앉았다.

"온다정 학생은 지붕이라도 무너지나?"

"아, 아뇨."

노숙자가 아닌 게 분명한데, 노숙자가 아니라면 이 행색은 뭐며, 그때 그 말은 또 뭐였으며, 바람처럼 사라진 그때 그 일은 또 뭐였을까? 그보다 내 이름은 어떻게 알고 부른 걸까? 의심의 눈초리를 거두지 못하고 사람들로부터 멀찌감치 떨어져 앉자 무거운 침묵이 찾아왔다.

"형태랑 애들 밥은 먹었나?"

그 말에 김형태가 의식적으로 할아버지의 시선을 외면하는 게 느껴졌다. 아무래도 할아버지와 김형태는 구면인 모양이다.

"그래, 다른 의견이 있던가?"

"……."

"결정이 난 모양이군. 알았다. 그대로 하마."

"이봐요, 이사장 할아버지! 우리는 아무 말도 안 했다고요!"

"침묵하고 행동하지 않는 것도 결정이다."

"이사장이면 다예요? 그까짓 종이 쪼가리 만들었다고 남의 인생까지 참견할 수 있다고 생각해요?"

심장이 덜컹 땅으로 떨어졌다. 녀석이 버럭 소리를 질러서가 아니라 녀석이 할아버지를 이사장이라고 불렀기 때문이다. 저 노숙자 할아버지가 돈나무를 세운 이사장이라니! 무슨 반전이 이렇게 뜬금없고 어이없고 기가 막히기까지 하나.

"효준이가 너를 데리러 갔을 때 그 이야기를 듣고 여기까지 따라왔다는 건 넌 경찰서에 갈 생각이 없다는 뜻이었겠지. 효준이가 끌고 온다고 한들 끌려올 너도 아니고. 김 선생!"

노숙자 할아버지, 아니 이사장 할아버지는 대안학교 김 선생님을 불렀다.

"애들 저녁 먹여서 집까지 태워다 줘요. 회의장에는 김형태 보호자가 와서 불법 발행한 지폐를 다 변제하고 갔다고 얘기하고."

"씨팔! 내가 보호자가 어디 있어!"

김형태의 얼굴이 붉게 타오르다 못해 폭발하기 일보 직전처럼 보였다. 할아버지는 조용히 회의실을 빠져나갔고 가장 어려운 결정은 김형태와 그의 친구들 몫으로 남겨졌다.

사장님과 나도 회의실을 빠져나와 강당이 아닌 집으로 발길을 돌렸다. 어차피 결론이 난 회의였고 정족수를 채웠고 인원 점검까지 마쳤으니 돌아가는 데 아무런 문제가 없었다. 하지만 아무래도 석연치가 않았다. 이사장 할아버지 일은 둘째 치고 김형태와 이곳 돈나무에 숨은 사연이 궁금해졌다.

"사장님 아까 걔들요, 혹시 효준이랑 예전부터 알던 사이였어요?"

"효준이가 6학년 때 이리로 전학 와서 읍내에 있는 초등학교를 다녔을 때부터 알았지."

"친구였어요?"

"친구라기보다 스파링 파트너에 가까웠을 거야. 사근사근한 서울말 쓰는 하얀 남자애라고 여기 애들이 얼마나 약을 올렸게. 남자애들이라 치고받고 그때는 말도 아니었지. 중학교부터는 공동체 안에 있는 대안학교로 들어오면서 괜찮았지만 그 1년이 참, 저나 나나 뭐 같았어. 거짓말 조금 보태면 1년 내내 싸움질만 하고 살아서 안 때리고 안 맞고 들어온 날이 없을 정도였지. 아마 읍내 나머지 녀석들도 그때 싸웠던 같은 반 친구들 중 하나일 거야."

"근데 이사장 할아버지는 김형태란 애를 어떻게 알아요?"

"형태에게 여기는 꿈동산이었으니까."

"네?"

"형태는 공동체를 만들던 처음부터 여기를 드나들었어. 이곳을 정말 좋아했지. 집에서 여기까지 걸어서 한 시간도 넘는 산길인데 그걸 매일 같이 다녔으니 그 마음이 얼마나 애틋했겠니. 자기도 돈나무에서 살고 싶다고 떼쓰고 매달렸을 정도니까."

"그런데 왜 효준이랑 사이가 그렇게 나빴어요? 돈나무 애였으면 작정하고 친해졌어도 모자랐을 텐데."

사장님의 생각이 먼 우듬지를 더듬자 그곳에 대답이라도 있는 것처럼 나 역시 그곳을 바라봤다. 사장님의 침묵은 망설임이 아니라 묵은 기억을 들춰내는 회상의 시간이었다.

"형태 아버지……. 그 아버지 때문에 발길을 끊었어. 요즘 말로는 주폭, 그때는 그냥 다들 기피했던 알코올중독자……. 자기 애를 이상한 사이비 집단에서 꾄다고 술을 마시고 찾아와서 난장판을 만들었어. 챙기지도 않는 아들을 걱정해서가 아니라 그걸 빌미로 푼돈이라도 뜯어내려고 협박을 했던 거지. 그걸 본 뒤로 형태는 다시 오지 않았고 그 뒤로 효준이랑도 사이가 나빠졌고."

그 어린 나이에 아버지에 대한 부끄러움이 얼마나 컸을까? 어쩌면 나처럼 가난과 사춘기가 동시에 찾아와서 더 힘들었을 수도 있겠다는 생각이 들었다. 하지만 이야기의 시작과 끝점이 미묘하게 어긋나 있었다.

"잠시만요, 근데 김형태 보호자가 와서 변제하고 갔다면서요? 설마 그 돈 좋아하는 주폭 아버지가 와서 변제했다는 거예요?"

"이사장님이 하신 거야. 그래서 형태가 그렇게 날뛴 거고."

"왜요?"

"희망을 준 것에 대한 책임…… 이게 이사장님의 대답이야. 형태와 그 친구들은 경찰서에 가지 않으려면 자기가 갚아야 할 만큼 일을 하러 여기 와야 할 거야."

"네에? 누가 그런 말도 안 되는 생각을 한대요?"

"그러게."

그 말을 하며 사장님 얼굴에 피어오른 미소가 의미심장했다.

"어차피 김형태 걔는 오지도 않을 텐데 이렇게 이상한 일을 벌이는 게 이사장 할아버지 생각인 거예요?"

"아니. 이건 효준이랑 다른 애들 머리에서 나온 건데 우리 애들 이런 건 기특하지 않냐? 미워했던 친구지만 끝까지 포기 하지 않고 도와주는 거. 어쩜 이렇게 멋지게 컸냐, 우리 아들."

설마요. 미친 게 아닐까 싶은데요.

차마 마지막 말은 내뱉지 못한 채 삼켰지만 입안에 산두릅 을 한 무더기 베어 먹은 듯 쓴맛이 퍼졌다. 폭풍이 몰려온다는 소식에 폭풍 전야제를 즐기는 듯한 이곳 사람들이 정상인지 그 걸 두려워하는 내가 비정상인지…… 모를 일이다.

위조지폐범과
춤을

오랜만에 이야깃거리를 만난 공동체의 토요일 밤이 늦게까지 술자리로 이어진 모양이다. 아침에 회관 앞에 수북이 쌓인 술병들이 지난밤 끝없이 이어진 토론의 열기를 대변해 주었다. 일요일 아침인데도 빵 가게는 전에 없이 한산했다. 아침 8시가 넘어 들어온 첫 손님은 장염 때문에 아르바이트를 하지 못하는 한정우라는 아이였다. 속도 안 좋다며 웬 빵이냐는 말에 정우는 엄마가 술을 너무 많이 마셔 아침을 안 준다는 서글픈 이야기를 들려주었다.

쯧쯧, 장염이 오래가겠구나. 동네 잔치했다고 수육을 주신 분식집 이모님 죄도 아니고, 공짜라고 배 터지게 얻어먹은 너희 죄도 아니고. 어쩌겠어. 그냥 날이 풀려 금세 쉬어 버린 수육이 죄지.

해쓱한 정우의 몰골이 안쓰러워 어제 팔다 남은 빵 몇 개를 따로 챙겨 주었다. 먹다 남은 수육을 먹고 탈이 난 녀석이 먹다 남은 빵을 알뜰하게도 싸 갔다. 그리고 혼잣말처럼 몇 마디를 남겼다.

"그 수육을 두 접시나 먹은 건 효준이 녀석인데, 그 새끼는 사람도 아니야."

그 말은 효준이는 오늘도 무탈하게 아르바이트를 하러 나올 것이라는 뜻이다. 싸가지를 말아먹은 효준이가 있든 없든, 위조지폐가 나왔든 말든 그럼에도 나는 또다시 목장에 출근 도장을 찍으러 가야 한다. 결근했던 네 명의 장염이 여전히 나을 기미가 없다는 소식에도 그리 기쁘지 않은 건 어제 겪었던 사건의 여파인 듯하다.

알프스 소녀 하이디를 꿈꾸며 목장 위로 뛰어가던 어제의 내가 아득하게만 느껴지는 아침이라니, 세상일 참 모르는 거구나.

오늘따라 파리만 날리는 빵 가게 아침 일을 일찍 언니에게 넘기고 목장으로 올라갔다. 끼이익— 힘없이 사무실 문을 열고 들어가는데 상당히 낯선 풍경이 펼쳐졌다. 모든 것은 어제와 똑같은데 아파 누워 있어야 할 아이들의 자리가 메워져 있다. 아니다. 그 아이들이 아니라 이곳에 있는 게 이상한 아이들이 자리를 메우고 있다. 때마침 매니저 아저씨가 들어왔다.

"애들 뭐예요?"

"오늘 대타 뛸 애들이야. 소개는 알아서 하고 일부터 나누자. 아기 양 돌보는 건 석준이, 경태가 하고 축사 청소는 거기 너희 둘 이름이 뭐지?"

어제의 위풍당당했던 위조지폐범들은 약속이나 한 듯 대답이 없다.

"까만 바람막이 둘, 너희 둘이 축사 청소! 하는 방법은 석준이랑 경태가 가르쳐 주고 일 시켜. 지윤이는 그대로 건초 판매하고, 양몰이는 효준이랑 다정이, 김형태가 한다."

"아, 왜 쟤를 우리 팀에 끼우세요?"

보다 못한 내가 들고 나섰다. 딱 하루 일을 한 주제에 효준이와 나를 '우리 팀'이라고 말하는 게 부끄러웠지만 되바라진 위조지폐범과 뭔가를 함께 하고 싶지 않았다.

"여기서 힘이 센 게 너희 셋인데 어쩌라고."

그 말에 석준이와 경태가 웃고, 효준이가 웃고, 새침데기 지윤이가 웃고, 검은 바람막이 두 녀석이 웃고, 김형태라는 녀석이 피식 비웃음을 흘렸다.

"잠시만요."

지윤이가 매니저를 불러 세웠다.

"오늘 단체 예약이 500명이라면서요. 저 혼자 건초 판매하다 보면 일손이 모자라고 또 애들이 푼 위조지폐가 더 있다는데 아무래도 누구 하나가 더 보조해 줘야 할 것 같아요."

"누구?"

"저 바람막이 둘 중 아무나요. 자기들이 만들었으면 자기네가 만든 돈은 잘 구별해 내겠죠."

어릴 때 편 나누고 유치하게 놀아 본 적이 없는 탓일까? 어떻게 악당과 친구를 구별하지 못하고 네 편, 내 편을 못 나눌까 짜증이 솟구쳤다. 그 말에 쭈뼛쭈뼛 키 작은 검은 바람막이 하나가 손을 들고 나왔다. 기가 찰 노릇은 이 웃긴 조합을 아무도 막지 않으며 오히려 합리적인 생각이라고 받아들이는 분위기라는 것이다. 답답한 마음에 책상 위에 놓인 망치를 집어 들었다.

"전 속이 답답해서 그냥 일이나 하러 갑니다."

어차피 어제 다 끝내지 못한 울타리 점검이 남았고 손볼 방부목도 있어서 얼른 일을 시작해서 잡생각을 털어 버리는 게 이로울 것 같았다.

"잠깐, 그건 내가 하고 싶은데."

김형태가 생각지도 못한 말을 하며 내 앞을 가로막았다. 어제까지만 해도 자기 인생에 참견하지 말라며 길길이 날뛰던 녀석이 아닌가.

"뭐?"

"울타리 손보는 거 내가 한다고. 여자애가 무슨 망치질이냐?"

21세기를 살면서 전근대적인 가치관을 운운하는 남자애를 마주한 순간 망치를 든 손에 불끈 힘이 들어갔다.

"고구마! 그거 쟤한테 넘겨. 나도 저 새끼랑 같이 양몰이는 하고 싶지 않으니까."

효준이가 우리 둘 사이를 중재하고 나섰다. 김형태가 손을 내밀자 나는 보란 듯이 망치를 책상 위에 던져 놓았다. 녀석이 입을 씰룩이며 욕지거리를 삼키는 모습이 보였지만 모른 척했다.

"잡담 끝! 해산!"

매니저 아저씨가 아이들을 갈라놓는 바람에 어영부영 제 일을 찾아 흩어지는 분위기가 되었다. 아이들이 각기 제 일을 찾아가고 김형태도 들판 울타리로 가 버리자 사무실에는 효준이와 나만 남게 되었다. 만만한 녀석에게 볼멘소리가 터져 나왔다.

"너, 쟤들 여기 데리고 온 거 진심이야, 아니면 선행하면 재노시 받는 뭐 그런 알바라도 하는 거야?"

"뭔 소리야?"

"싫어하는 마음은 그대로인 것 같은데 대하는 태도는 그게 아니잖아. 뭘 믿고 재들한테 이런 중차대한 일을 맡기냐고. 저런 애는 세상 무서운 법 좀 배워야 하는 거 아냐?"

"나도 몰라. 우리끼리도 한참 얘기하고 어렵게 내린 결론이니까."

"이 동네는 애나 어른이나 참 고지식하다, 고지식해!"

"일하자. 나는 축사 가서 양들 풀 테니까 넌 휘슬 목욕시켜."

"내가? 그럼 양몰이는 누가 하고?"

"오전에만 내가 할 거야. 오늘 웨딩 촬영 있다고 했잖아. 휘슬이 어제 진흙탕에 뒹굴어서 꼴이 말이 아냐. 사람들 오기 전에 몸단장 좀 하자."

"나 개 목욕시켜 본 적 없는데."

"동생 목욕시켜 봤을 거 아냐. 애들 목욕시키는 거랑 똑같아. 칭얼대고 짜증내고 장난치고 제 마음에 안 들면 손 깨물어 버리고."

마지막 말은 녀석이 농담으로 하는 소리이길 바랐다.

"참, 털은 꼭 말려라."

"네, 네."

효준이가 축사로 간 뒤 나는 사무실 밖 기둥에 묶인 휘슬을 데리러 갔다. 어쩐 일로 얌전히 기다리고 있는 휘슬의 줄을 풀며 나지막이 속삭였다.

"휘슬인지 휘파람인지 너 내 손 깨물면 가만 안 둔다."

줄을 풀자마자 낑낑대며 화장실 쪽으로 나를 잡아 끄는 게 저를 목욕시키는 줄 아는 모양이다. 커다란 대야에 물을 반쯤 받고 강아지 샴푸를 발밑에 내려놓고 수건과 드라이어까지 준비한 뒤 녀석을 화장실 안으로 끌고 들어왔다. 물의 온도를 적당히 따뜻하게 맞춘 뒤 샤워기를 녀석의 몸에 대자 낑낑대던 녀석이 일순간에 얌전해졌다. 양몰이에 지친 피로를 따뜻한 목욕으로 푸는 모양이다. 녀석은 복슬복슬한 털에 샴푸 칠을 하고 문지르는 내내 세상에 둘도 없는 온순한 개가 되었다. 사람이 쓰는 것보다 더 좋은 향이 나는 개 전용 샴푸를 쓰는 이 녀석 인생이 잠시 부러워지는 찰나, 나는 그만 정신 줄을 놓고 휘슬의 줄을 풀고 말았다. 이 녀석이 내 말을 듣고 얌전히 있는 것이라는 대단한 착각 속에 목줄마저 풀어 목을 씻기려는 그 순간, 녀석은 보더콜리 특유의 빛과 같은 몸놀림으로 화장실 문을 박차고 나갔다. 순간을 노린 듯 단 한 번도 주저하지 않는 거침없는 질주 본능과 몸 이곳저곳에 하얀 거품을 더한 그대로, 긴 털이 몸에 찰싹 들러붙은 볼품없는 모양새 그대로 녀석이 양들 사이를 질주했다.

컹컹! 나 일하러 왔다! 컹컹— 크어엉! 신난다!

휘슬이 컹컹 부르짖는 소리가 환청처럼 번역되어 들판에 울려 퍼졌다. 거품투성이 보더콜리 한 마리가 초원을 가로지르는 모습이 때마침 올라오던 관광객들의 카메라에 담겼다. 줄을 들고 휘슬에게 달려가는 혼비백산한 내 모습도 여기저기 터지는 플래시와 함께 담겼을 터였다. 하지만 아무리 쫓아가도 날랜 녀석을 잡을 길이 없었다. 도저히 녀석을 사로잡을 수 없다고 낭패감이 들려는 찰나, 누군가가 휘슬에게 몸을 날려 녀석과 한 몸이 되어 풀밭을 굴러 내려왔다. 풀과 흙과 양 똥에 뒤범벅된 건 김형태와 휘슬이었다. 으르렁거리는 휘슬이 형태를 깨물면 어쩌나 걱정되어 뛰어가는데 뒤늦게 달려온 효준이가 휘슬을 제압했다. 효준이는 모든 화의 근원이 나라는 사실을 정확히 인지하고 단번에 나를 향해 비난의 화살을 쏘았다.

"고구마 이 사고뭉치야!"

"얘가 이럴 줄 나도 몰랐다고."

"목욕시키는 동안 목줄을 묶어 놓든가 문을 제대로 닫든가, 아! 말을 말자. 상식이 있다고 믿은 내가 미친놈이지. 그리고 김형태, 휘슬이 양들 잡아먹는 늑대라도 되냐? 왜 애를 그렇게 거칠게 잡아? 얘가 다치면 어쩔 뻔했어?"

"씨팔, 잡아 줘도 욕이냐!"

김형태는 바지에 묻은 흙먼지를 털며 입을 씰룩거렸다. 더 하고 싶은 욕을 삼키느라 애쓰는 모습이다.

"고구마, 나머지 목욕은 내가 시킬 테니까 넌 양들이나 돌봐."

효준이가 휘슬을 데리고 사라지자 김형태도 씩씩거리며 다시 울타리로 돌아가 버렸고 덩그러니 남겨진 나만 괜히 멋쩍은 기분이 되었다.

효준이가 다시 휘슬을 목욕시키는 동안 나는 어쩔 수 없이 녀석의 일을 떠맡았다. 관광객이 울타리 안으로 던진 과자 부스러기들을 긁어모으고 쓰레기를 줍고 무엇보다 서로 치고받는 양의 몸싸움을 뜯어말리는 일은 생각만큼 쉽지 않았다.

뭐, 순한 양? 평화의 상징은 개뿔!

틈만 나면 머리로 들이박고 몸싸움을 하는 통에 잠시라도 눈을 떼면 수컷끼리 크고 작은 각개 전투가 이곳저곳에서 펼쳐졌다. 널리고 널린 게 풀밭이고 관광객들이 내미는 건초 더미인데 이 녀석들은 도대체 뭣 때문에 싸우는지 이해가 가질 않는다. 사람들이야 그저 몇 푼 안 되는 돈에 아등바등 목을 매고 싸우지만 양들은 무얼 더 가지겠다고 싸우는 건지. 그래도 명색이 감가하는 화폐를 지향하는 이 동네에 사는 양들은 좀 다르길 바라는 건 쓸데없는 생각이려나. 겨우내 한 번도 빨지 않은 떡 진 털옷을 입은 양 한 마리가 내 다리에 등을 비벼 대며 잡생각을 꺼 버린다.

어쩌란 말이냐. 그 녀석을 내쫓지도 못하고 멍하니 서 있는데 다른 녀석들도 내 주변으로 모여들어 숫제 양 울타리를 만들고 섰다. 집에서 기른 개도 아니건만 얘들은 어찌 이리 사람에게 치근덕거리며 안기는지, 아무래도 내가 좀 만만하다고 소문이 난 모양이다. 그러는 사이 말끔하게 목욕하고 털까지 보송보송하게 말린 휘슬이 다른 개가 된 듯한 모습으로 나타났다. 그리고 그 전 광경을 보지 못한 채 얼굴 가득 행복에 겨운 미소를 머금은 신혼부부도 약속 시간에 맞춰 모습을 드러내었다.

목장을 배경으로 웨딩 촬영이 시작되었다. 하지만 강원도의 바람 부는 목장에 얇은 웨딩드레스와 턱시도만을 입은 두 사람의 모습은 가여울 지경이었다. 시종일관 웃음을 잃지 않는 모습과는 반대로 몸은 사시나무 떨듯 떨고 있었다. 바닥에 질질 끌리는 웨딩드레스 자락을 흩날리는 신부와 어떤 표정을 지어도 어색한 예비 신랑이 양들 사이에 서서 한껏 멋진 자세를 취했다.

"자, 웃으세요! 여기 보시고!"

플래시가 수십 번 터지는 동안 어정쩡한 미소의 예비 신혼부부가 혼신의 힘을 다해 행복한 표정을 짓는다. 두 번 결혼하면 절대, 겨울 같은 봄날에 강원도 산속에서 웨딩 촬영을 하나 봐라, 입꼬리에 힘을 주고 짓는 생각이 그 표정으로 나왔을 것이다.

"이제 아기 양 준비해 주세요."

사진작가의 외침에 효준이가 대기 중이던 아기 양을 신부에게 안겼다. 메에— 메에— 발버둥 치며 우는 아기 양을 안은 신부의 이마에 굵은 힘줄이 생겼다. 씻긴다고 씻겼지만 양 특유의 체취와 보기보다 묵직한 무게가 신부의 얼굴에 '낭패감'으로 스친다. 신랑과 신부가 함께 양을 안아 양쪽에서 뽀뽀하는 클라이맥스에서 양은 고개를 쭉 빼고 더 큰 소리로 울기 시작했고 그걸 보고 있는 효준이와 형태와 나는 웃음을 참느라 고개를 푹 숙이고 말았다.

사진작가 아저씨가 눈치를 주자 효준이가 손가락으로 입을 막았다. 가뜩이나 추위와 양 때문에 고생인 두 사람을 두고 웃다니. 뒤늦게야 조금 미안한 마음이 들었다.

사진작가가 위치를 바꾸는 사이 나는 몇 개 챙겨 두었던 핫팩 두 개를 신랑 신부에게 건넸다.

"이거 등에 붙이세요. 따뜻할 거예요."

신부의 친구가 핫팩을 신부의 등에 붙여 주는 사이 신랑은 자기 핫팩을 신부의 볼에 대어 주었다. 그것도 모자라 신부의 언 손에 입김을 호호 불어 녹여 주었다. 깨를 볶는구나. 좋겠다. 혼잣말을 중얼거리는데 주머니 속에 무언가가 쑥 들어왔다. 효준이의 핫팩이었다. 녀석은 제 핫팩을 넣어 준 채 말도 없이 사무실로 돌아가 버렸다.

재노시의 한계

웨딩 촬영을 끝으로 우리의 오전 일과도 끝이 났다. 하지만 끝없이 밀려드는 관광객들 틈에서 느긋하게 점심을 먹을 시간은 없었다. 결국 우리는 순번을 정해 돌아가며 10분 안에 식사를 마치는 것으로 합의를 봤다. 그리고 그 첫 주자로 자의 반 타의 반 김형태가 뽑혔다.

"사무실에 컵라면 쌓아 둔 거 있어. 하나 먹고 10분 안에 튀어와. 다음은 온다정."

"10분 안에 무슨 밥을 먹으라고!"

김형태가 목에 핏줄을 세우고 항의하자 효준이가 대꾸했다.

"쉬는 시간에 매점 가서 라면 먹고 빵까지 해치우는 10분이랑 여기 10분이 뭐가 다르냐?"

필요할 때 조금의 주저함도 없이 날리는 저 촌철살인은 따로 연습을 하는 게 아닐까 싶다. 그 말에 형태 녀석은 혼자 구시렁거리며 사무실로 향했고 나는 시계를 보고 주린 배를 쓰다듬으며 혼잣말을 했다.

"1분이라도 늦어 봐라!"

"어이 고구마!"

"왜?"

"넌 15분이다."

"오— 난 여기 사람이라고 봐주는 거야?"

"아니. 다 먹고 나오기 전에 내 라면에 물 좀 부어 주고 오라고."

이효준은 배려에 정떨어지는 이유를 달아 고마움을 느끼지 못하게 만드는 재주가 있었다. 김형태가 먼저 식사를 하게 한 건 혼자 외지인인 녀석을 배려한 것이었지만 형태 녀석이 그걸 위하는 걸로 받아들일 리가 없겠지. 그럼에도 내가 저 뻐딱한 말투에서 배려를 읽을 수 있다는 건 한솥밥 먹은 세월의 힘인 건지 독심술을 하게 된 건지.

길게 드리워지는 산 그림자와 함께 긴 하루의 끝이 찾아왔다. 일찍 해가 지는 산의 특성상 관광객들은 5시가 되기도 전에 모두 돈나무를 빠져나갔다. 양들을 우리에 넣고 저녁을 먹고 뒷정리를 하고 내려오니 마을은 칠흑 같은 어둠에 뒤덮여 있었다. 효준이가 회관에 들러야 한다는 말에 파김치가 된 몸을 이끌고 회관 사무실로 향했다. 사무실에는 먼저 일을 끝낸 김형태와 검은 바람막이 둘이 먼저 도착해 있었다. 녀석들은 위원회에 갚아야 할 빚이 남아 있었다. 얼마 후 하루 종일 매표소를 지켰던 매니저 아저씨가 들어왔고 가치 조합장 아저씨도 오셨다.

"오전 9시부터 6시까지, 점심도 제대로 못 먹고 일한 아홉 시간을 시급 만 재노시로 이틀, 그리고 빠진 나머지 아이들 몫까지 일한 걸 다섯으로 나눠서 계산했다. 일단 석준, 경태, 지윤이, 효준이, 그리고 다정이까지 카드 가져다 대라."

공동체에서 발급한 체크카드를 단말기에 가져다 대자 버스카드 충전하듯 금액이 찍히고 입금이 확인되었다. 돈은 현찰로 받든지 은행 계좌로 받든지 그도 아니면 바로 카드에 충전하든지 세 가지 방법이 있는데 아이들은 쓰기 편하게 카드에 바로 충전하는 방법을 선호했다.

"너희들은 나 좀 보자!"

기다리고 있던 조합장 아저씨가 사고뭉치 녀석들을 따로 불렀다.

"너희는 우리와 계산할 게 따로 있지? 여기 너희들이 물어야 할 7만 재노시씩을 제하고 나머지 2만 재노시다."

아저씨가 돈을 내밀자 아이들이 쭈뼛거리며 서로 얼굴을 바라봤다. 그저 자신들이 저지른 사고를 몸으로 때운다고 생각하다가 남는 돈을 받는다는 게 멋쩍은 모양이다.

"이걸로 뭘 하든 상관 안 하겠지만 위조만은 하지 마라. 내가 너희 일련번호는 특별히 수첩에 다 적어 놨으니까."

김형태가 코웃음을 치며 말했다.

"사람 엿 먹이는 것도 가지가지네. 이게 돈이에요? 종이 쪼가리 가지고 밖에 나가서 뭐하라고요?"

"이 쪼가리 들고 요 앞 빵 가게에 가 봐. 그 돈으로 정말 빵을 살 수 있나 없나. 그 옆에 있는 기념품점에 가서 머그컵이랑 인형을 살 수 있나 없나 직접 해 보면 되잖아."

"그리고 스탬프인가 뭔가 찍으러 때마다 여기 오라고?"

김형태의 말을 듣고 맞는 말이라고 맞장구를 치는 건 나뿐인가 보다. 나 역시 재노시가 돈나무 공동체의 지역화폐라 이 공동체 안에 머물러 쓸 수밖에 없다는 게 불편하다고 생각하고 있었다. 게다가 감가 화폐라 정해진 기간 안에 쓰지 않으면 액면가가 줄어드니 빨리 써야 하는 불안함이 있다는 걸 감안하면 김형태가 저렇게 나오는 게 괜한 트집은 아니었다.

"언젠가는 읍내에서 쓸 수 있는 방법이 생길 수도 있겠지. 그 언제가 어느 천년이냐고 또 묻는다면, 그냥 매주 여기로 빵이나 사러 오면 되는 거고. 참, 너희 출입 금지도 풀렸다."

풀긴 뭘 풀어요! 아니야, 그 종이 쪼가리 구겨 버려 김형태! 꾸깃꾸깃 구겨서 땅바닥에 패대기치고 나가 버리라고!

속으로 한바탕 난장을 피워 주길 열심히 응원했지만 형태는 내 예상과는 달리 그 돈을 주머니에 찔러 넣은 채 사무실을 나가 버렸다. 나머지 녀석들도 쭈뼛거리며 돈을 챙겨 들고 녀석의 뒤를 쫓아갔다.

정말 빵을 사러 오진 않겠지? 설마······.

다른 아이들은 오늘 번 돈으로 뭘 할까 자기들끼리 이야기하느라 바빴고 조합장 아저씨도 일련번호를 적어 두었다는 엄포와는 달리 김형태 무리를 신경 쓰는 기색이 없다. 나를 제외한 누구도 녀석들이 저 돈을 어떻게 쓸지, 또 어떤 사고를 칠지 진심으로 궁금하지 않은 모양이다. 휘슬의 목줄을 풀어 시장 한가운데 놓아둔 것처럼 찜찜한 사람은 나뿐이었다.

급식실의
채식주의자

이곳에 들어온 지 어느덧 100일, 돈나무의 녹음이 꽃처럼 피어나는 푸르른 6월이 찾아왔다. 하지만 나는 돈나무 사람들만 앓는다는 돈나무 병에 걸리고 말았다. 돈나무 병의 다른 이름은 금요병! 주말은 전쟁이요, 월요일은 평화로운 휴식의 시작, 주말을 앞둔 금요일은 이상한 금요병이 생기는 날로 내 생체 시계가 변하기 시작한 것이다. 일요일 저녁만 되면 학교에 갈 수 있다는 생각에 이상하게도 머리가 맑아지고 마음이 편안해져 왔다.

사람들에 치이는 주말이 싫어지는 돈나무 금요병에, 학교에 놀러 가고 싶어 하는 돈나무 학교 증후군이라.

사람 사는 사소한 규칙 몇 개만 바꾸어도 이렇듯 다른 세상인데 어쩌자고 저 바깥세상에서는 그 규칙에 목을 매고 살았을까 싶다. 물론 돈나무의 학교를 학교라 부르기에 그 농도가 살짝 못 미치다 못해 색깔조차 다른 것은 사실이다. 이곳의 대안학교는 학교라기보다 현장학습장 같다는 표현이 더 맞을 정도로 주입해야 할 '지식'은 없고 체험해야 할 '경험'만 즐비하다. 그 경험조차 원치 않던 아이들마저 딴짓의 무료함에 지칠 때쯤 호기심이 생기고 공부에 스리슬쩍 발이라도 담가 보는 게 이곳의 가장 큰 장점이다. 무언가를 하고 싶은 욕구와 알고 싶은 호기심을 빼앗겨 버렸던 지난날을 돌이켜 볼 때, 강요하지 않고 호기심이 생길 때까지 지켜보기만 하는 교육 방식은 잊고 있던 학습 본능을 일깨워 주었다. 밖에서 불어넣는 주입식 외부 동기보다 제 안에서 폭발하는 내적 동기를 이끌어 내는 이곳의 교육은 이상하게도 밥 짓던 할머니의 뒷모습으로 연결된다. 재미있는 책을 읽어 주다 결정적인 순간에 책을 덮고 밥해야 한다며 슬그머니 엉덩이를 빼시던 할머니 덕분에 내가 얼마나 기를 쓰며 한글을 배웠던가.

돈나무의 대안학교는 내가 하고자 하는 일을 수수방관함으로써 나를 기다려 주었다. 늘 이런 식이다. 싫어하는 걸 강요하지 않을 테니 좋아하는 것도 스스로 찾아봐라. 수업 시간에 딴짓을 하는 것도 네가 선택한 수업이다. 이러니 학교에 가는 걸 싫어할 리가 없지 않나.

오늘도 나는 그 성원에 힘입어 1, 2교시 수학 시간에는 3, 4교시 목공 수업에서 만들 탁자를 상상하는 딴짓을 하며 보낼 예정이고, 오매불망 기다려 온 목공 수업에서는 그 탁자를 완성할 계획이다. 이 목공 수업에 쓸 목재를 사느라 이미 1분기 용돈의 대부분인 25만 재노시를 썼다는 건 언니에게는 절대 비밀인 채로. 돈을 헤프게 써서가 아니라 내 힘으로 충분히 그만큼의 돈을 벌 수 있다는 자신감 때문이란 걸 아직 이곳의 노동을 제대로 경험하지 않은 언니에게 설명하는 것이 조금 힘에 부치는 일이어서다. 세 겹짜리 휴지 한 장도 뜯어서 낱장으로 쓰는 언니에게 선순환의 개념을 이해시키기엔 내 설득의 힘이 부족한 탓이다. 생필품과 부식에 대한 지출이 많았지만 그 사이 아르바이트를 하며 모은 돈이 어느새 75만 재노시로 불어 있었다. 생산과 소비, 교환과 분배가 활발하게 순환하는 이곳의 생리를 이해하면서 과소비가 아닌 필요한 소비의 미덕을 서서히 터득해 가는 중이다.

목공 수업은 늘 시간이 빨리 흘러갔다. 시작하고 얼마 지나지 않아 시계를 들여다보면 벌써 마칠 시간이 되어 있었다. 종이 울려도 못 듣는 게 어제오늘의 일이 아니었다. 배꼽시계가 밥을 달라고 아우성이다. 부랴부랴 사포질을 하고 니스까지 바른 뒤 그늘진 곳에 탁자를 옮겨놓자 점심시간이 훌쩍 지나 있었다. 대부분의 아이들은 점심 식사를 하러 식당으로 갔지만 아직도 몇몇은 배고픔도 잊은 채 자신의 일에 몰두 중이다.

예쁘구나. 좋아하는 일에 심취한 모습이.

그나저나 황금 같은 점심시간이 20분이나 지나 버렸다. 분진기로 작업대 주변을 정리하고 옷을 턴 뒤 식당으로 달려갔다. 이미 늦은 터라 제대로 된 반찬이나 남아 있을지 걱정하며 전력 질주로 급식실로 향했다. 숨을 헉헉대며 식판과 숟가락을 챙기고 밥과 반찬을 담으려는데 배식 줄에 학생이 아닌 낯선 사람이 끼어 있었다. 하얗게 센 머리카락을 아무렇게나 묶은 말총머리와 닳고 닳아 솔기까지 해어진 개량 한복 차림의 이사장 할아버지였다.

어쩐 일로 학교 식당에 오셨을까? 주변에서 식사를 하는 아이들 그 누구도 이사장 할아버지를 보고 놀라지 않는다. 갑작스런 이사장 할아버지의 출현에 당황한 사람은 나뿐이다. 할아버지가 고기를 피해 카레를 담는 동안 나는 할아버지의 줄을 건너뛰어 대충대충 반찬을 챙겨 자리에 앉았다. 밥과 반찬을 입안으로 꾸역꾸역 밀어 넣으면서도 시선은 시종일관 할아버지에게로 향했다. 배식 그릇 앞에서 한참을 고민하며 반찬을 고르던 할아버지가 주변을 둘러보더니 곧장 내게로 걸어왔다. 할아버지의 식판이 내 앞에 놓이자 입안에 있던 멸치들이 일렬종대로 빳빳하게 늘어선 기분이 되었다.

"앉아도 되니?"

"……네."

"고맙다."

넓고 넓은 식당에서 굳이 내 자리 앞에 앉으실 거면 딱히 무슨 할 말이라도 있으실 줄 알았더니 아무 말 없이 식사에만 열중이다. 무슨 생각에서 이리 오신 건지, 도대체 그 차림새로 어디를 그렇게 바람처럼 쏘다니시는지, 할아버지의 정체는 머털이의 스승님 정도 되시는지 궁금한 질문이 산을 이뤘지만 쓸데없는 참견은 금물이다. 수많은 잡생각이 까끌까끌한 밥알과 함께 목구멍으로 넘어왔다. 아닌 척해도 할아버지를 슬쩍슬쩍 곁눈질로 바라보게 되는 건 나도 어쩔 수 없는 일이다.

"그렇게 뚫어지게 보면 뭐가 나오나……."

"네? 아니 전 그냥……. 죄송해요. 보려고 본 게 아니고 그냥 어쩌다가."

"그래, 여긴 지낼 만하냐?"

"네. 좋아요."

"뭐가 제일 좋냐?"

"뭐…… 돈 쓰는 재미요?"

눈먼 돈을 지양하는 이곳에서 돈 쓰는 재미라니. 이상하게 들릴 얘기를 미리 걸러 내는 재주가 없는 탓이다.

"그게 지원금을 많이 받아서가 아니라, 그냥 제가 번 돈으로 사는 게 좋다는 뜻이에요. 돈이 돈을 낳는 게 아니라 시간과 노동이 돈을 낳는다는 뭐, 그런……. 아무튼 벌써 75만 재노시나 모았거든요."

"글만 잘 쓰는 게 아니라 말재주도 좋구나. 일전에 네가 썩어 가는 고구마를 깡통촌 물물 시장에서 순환시킨 보고서가 아주 좋더구나."

"언니 생각이었어요. 전 삶자고 했거든요. 삶아서 먹고 힘을 내서 그만큼의 일을 하고 일당을 받은 걸로 고구마를 샀다고 할 생각이었어요."

"네 언니는 그걸 물물교환으로 순환시킨 거고 너는 노동력으로 순환시키자고 한 거니 여기 재노시에 담긴 뜻과 크게 다르지 않지."

그 말을 듣고 보니 고구마가 또 다른 재화가 되든, 노동이 되든, 시간이 되든 공동체가 원한 재노시의 기능에 부합했을 거라는 생각이 들었다. 그 생각의 끝에 또다시 입 밖으로 꺼내지 못한 수많은 이야기들이 떠올랐다.

그런데 할아버지는 왜 이런 곳을 만드셨나요? 푸리에조차
기다리다 죽어 버렸다던 그 엄청난 투자금은 어디서 온 거죠?
이탈리아 아시시의 프란체스코 성인처럼 어느 날 갑자기 모든
것을 가난한 이들에게 기부하고 신의 뜻에 가까이 다가가고자
했던 거라면요. 그 대의에 저 같은 아이를 이곳에 오게 하는 것
도 포함되나요? 형태에게처럼 제게도 꿈동산을 주고 싶어서였
나요?

듣지 않아도 답을 알 것 같다. 어쩌면 내가 이렇게 많은 질
문을 가진 아이여서일지도 모를 일이다. 어디서나 순응하지 않
고 마음속으로 이렇게 많은 질문 폭격을 퍼붓고 있다는 걸 할
아버지가 알아차려서 틀 안에 생각을 우겨 넣고 절단하는 저
세상에서 나를 구해 주신 건지도.
"그런데 식사는 언제 초대해 줄 거냐? 빵 가게 사장님이 네
가 식사를 대접하고 싶다고 했다던데."
"아니 그건, 그때 할아버지가 노숙……."
말을 말자. 식사 얘기를 했다면 내가 할아버지를 노숙자로
봤다는 얘기도 하셨을 테고, 빵 가게 사장님이 처음부터 할아
버지가 이사장인 걸 알면서도 모른 척한 걸 지금이라도 알아차
린 게 다행이니까.
"말이 나온 김에 이번 주 토요일은 어떠냐?"
"저 아르바이트 있을 거 같은데요."

"자유의지인데 빼도 아무도 뭐라고 안 할 거다."

식사 대접도 제 자유의지니 초대하지 않는다고 아무도 뭐라고 안 했으면 좋겠어요.

주뼛거리며 대답을 피하는 사이 할아버지가 말했다.

"불쌍해 보일 때는 괜찮은데 이사장인 걸 알면서 어려워진 거구나."

"아니에요, 그런 거. 그냥 좀 괜한 말을 한 거 같아서요."

할 말은 많지만 말을 할수록 내가 손해라 입을 다물어야 하는 고통스러운 침묵이 찾아왔다.

"일전에 네가 쓴 편지 말이다. 당돌하고 거칠었지만 꽤나 진심이 느껴져서 좋더구나. 그런데 다른 지원자들도 이런저런 속사정이 있었지. 너와 수정이를 뽑은 진짜 이유는……. 이런, 시간이 늦었구나. 천천히 먹고 와라."

그 말만 남기고 할아버지는 밖으로 나가셨다. 말해 줄 수 있지만 이 자리는 아니라는 뜻이다. 어안이 벙벙한 채 입만 벌리고 있는데 뒷줄에서 키득키득 웃음소리가 들렸다. 숨죽인 채 처음부터 끝까지 몰래 듣고 있던 효준이였다.

"걸려들었네."

"뭘?"

"할 일 없는 이사장님 실험."

"상관하지 말고 네 일이나 해."

"아니, 내가 궁금해서. 스펙이 넘치다 못해 들어오고 싶어서 돈나무 회칙까지 줄줄 꿰는 애들도 있는데 왜 너처럼 모자라도 한참 모자란 애를 뽑으신 건지 궁금해. 특채로 사람 선발하는 건 전적으로 이사장님 권한이라고 하지만 단 한 번도 그걸 재량으로 쓰지 않으셨던 분이 왜 그러셨는지 모르겠다고."

"그냥 눈감고 제비뽑기하셨나 보지 뭐. 근데 나 특채였어?"

"독일에서 경제학을 공부하고 교수까지 했던 사람이 제비뽑기하셨을 리는 없지. 너희 입소 투표는 1차에서 부결됐어. 반대와 찬성이 너무 팽팽하게 대립되는 데다 기권표도 많아서 할배가 직권 상정해서 처리한 거야."

앞이 벌어진 하얀 고무신을 신고 다 떨어진 개량 한복을 입고 다니는 저 할아버지가 경제학 교수였다는 걸 어찌 믿을까. 게다가 우리가 할아버지의 낙하산이라.

"돈이 늙어 간다는 감가 화폐를 만든 것도 다 이사장 할배 생각이었어. 게젤*이랑 슈타이너**인가 뭔가 하는 죽은 경제학자에게 홀려서 이런 이상한 동네를 만든 거지."

효준이의 말을 들을수록 할아버지는 더욱 수수께끼 같은 인물이 되었다.

"할배는 웬만해선 사람들이랑 겸상 안 하는데 밥상 들어올 때 먹는 게 좋을 거다. 아무튼 내가 고급 정보를 하나 주자

---

* 실비오 게젤(Silvio Gesell, 1862~1930): 화폐를 연구한 벨기에 출신 독일의 재야 경제학자. 기존 화폐를 해방시켜 유통 속도를 높이고 구매력을 증가시키는 자유 화폐 학설을 주장하였다. 그가 제안한 감가 화폐(aging money)는 마이너스 이자로 돈의 축재를 막고 교환 기능을 극대화하는 것이다. 훗날 케인스에 의해 재조명되며 케인스 이론에 지대한 영향을 미쳤다.
** 루돌프 슈타이너(Rudolf Steiner, 1861~1925): 독일계 오스트리아인으로 철학자이자 사회개혁가이자 인지학(人智學)의 창시자이다. 예술, 학교 교육, 의학에 이르는 광범한 문화 운동에 앞장섰다. 인지학을 실천한 발도로프 교육, 생명역동농법의 기본 틀을 마련하고 괴테의 자연과학 연구가로 바이마르에서 괴테 전집 편찬에 힘썼다.

면……."

효준이는 고급 정보라고 사람을 홀려 놓고 내가 바투 다가 가자 입을 꾹 닫아 버렸다.

"왜, 뭐?"

"정보도 곧 돈이거든."

"너 여기서 마이너스인 거 유명하던데 이런 식으로 돈 벌려 고?"

"들고 있어 봤자 늙어 버리는 돈을 뭐하러. 그거 말고 쿠폰 이나 하나 끊자."

순한 양만 사는 것 같은 이 공동체에 이런 하이에나 같은 녀 석이 있다는 게 놀라울 따름이다.

"언제든 내 소원 들어주기 쿠폰! 지난번 네가 빚진 한 시간 도 포함해서 어때?"

"인생 진짜 쉽게 산다, 너!"

"네가 그 이사장 할배한테 어떻게 보이느냐에 따라 앞으로 돈나무 안에서 네 생활이 어떻게 되느냐가 결정될 텐데 할 거 야, 말 거야?"

"대신 시답잖은 거면 국물도 없을 줄 알아!"

그렇게 으름장을 놓으면서도 귀를 쫑긋 세웠다. 녀석은 입 가에 피식 웃음을 띠다가 이내 진지한 얼굴로 말을 이었다.

"할배, 이상한 채식주의자야."

"이상한 채식주의자는 또 뭐야?"

"있어. 불살생에 야채와 과일만 먹고 불교에 사이나교에 토 착 신앙까지 짬뽕된 이상한 이사장 할배의 신조. 아무튼 살아 있는 것을 죽이지 않고 훔치지 않고 거짓말하지 않고 철저히 금욕주의로 살아가는 뭐 그런 지향이야. 어려운 말은 네가 골치 아플 거고 그냥 먹는 것으로부터 초월해서 살아간다고 대충 이해하고 넘어가."

"따뜻한 밥 먹고 뭔 소리야? 먹는 것에 뭘 초월해? 도대체 뭘 먹는다는 거야?"

"그냥 까다로운 채식주의자랑 밥 먹는다고 생각하면 돼. 참, 할배는 그걸 남에게 강요하지는 않으셔. 다만 보고 있으면 속이 터질 뿐이지. 그리고 식사에 나도 초대해 줘라."

녀석이 말한 고급 정보를 고급 두통거리로 받아들일 수밖에 없는 내 처지가 한심했지만 어쩌랴. 이사장 할아버지의 식사 제안을 거절할 군번이 아닌 것을. 효준이의 꿍꿍이는 이사장 할아버지와의 식사 자리에 자신을 끼워 넣겠다는 것이고 나는 그 장광설에 휘말린 것이다. 시키지도 않았는데 괜한 짓을 했구나. 자책이 파도처럼 밀려들고 있다.

죽은 경제학자의
살아 있는 돈

이곳이 죽은 경제학자에게 홀려 만든 마을이라? 게젤인가 슈타이너인가 100년 전에 죽은 내 조상도 아닌 노란 머리 조상의 유지를 받들어서?

효준이가 해 준 말들이 머릿속을 더 복잡하게 만들었다. 수업 시간 내내 생각이 가출해 돈나무 숲속을 헤매고 있는 중이다. 수업 시간에 딴짓하는 것이야 늘 하던 대로지만 필수 과목으로 책정되어 있는 택견 시간에 정신을 팔았다간 매타작을 당하기 십상이다. 아무래도 어리벙벙한 표정으로 품밟기를 하는 게 생각과 몸을 분리시키는 준비운동쯤 되는 모양이다. 돈나무의 시조와 이사장 할아버지의 이상한 식성을 떠올릴 때마다 멍청한 생각들이 다리 사이로 빠져나갔다. 발은 분명히 품자를 밟고 있는데 모양새는 영구가 개다리 춤을 추는 형상이다.

준비운동이랍시고 품밟기 몇 번을 한 뒤 뒷자리에 나가떨어지자 고수들의 합이 이어졌다. 물론 나는 이제 겨우 택견의 걸음마인 품밟기를 시작한 터라 다른 아이들이 겨루는 걸 지켜만 보는 게 일이었다. 택견 선생은 효준이와 또 다른 아이를 앞으로 불러내었다. 참으로 요상한 일은 몸으로 하는 운동만큼은 이 동네 안에서 효준이를 따라갈 아이가 없다는 점이다. 녀석은 제 머리에서 한 뼘이나 큰 아이를 상대로 방망이를 휘두르듯 후려차기를 날리고, 발바닥으로 복장지르기를 하고, 뛰어올라 어깨를 차는 두발 쌍걸이까지 종합 발질 선물 세트를 선보였다. 그때 택견 선생이 내 이름을 대차게 불렀다.

"온다정, 또 생각이 어디로 달아났냐?"

"네? 아니요."

"썩 나오자."

엉겁결에 일어나 택견 선생의 개량 한복 옆에 쭈뼛한 채로 섰다.

"혼내다라는 말은 그 사람 안에 들어 있는 혼을 꺼내 준다는 의미가 들어 있다. 멍하게 갇혀 있는 혼을 꺼내 흔들어서 생각을 맑게 해 준다는 뜻이다. 효준이는 이리 와서 겨루기로 다정이 혼을 꺼내 주자."

효준이가 숫제 겨루기 자세로 앞에 와 서자 다급한 마음에 선생님의 소매를 붙잡고 늘어졌다.

"선생님, 품밟기도 제대로 못하는데 제가 어떻게 저 후려차기를 상대해요?"

"네가 백지니까 시켜 보는 거야. 아무런 기술도 없고 배움도 얕은데 몇 달 동안 본 건 있으니까 어떻게든 효준이 기술을 본능적으로 막아 내겠지. 참, 성차별 이런 거 없다."

혼을 꺼내 주는 게 아니라 혼쭐을 내주는 거겠죠. 그걸 효준이 손을 빌려 코를 푸시려는 거고요!

내뺄 새도 없이 효준이가 활개젓기를 하며 나왔다. 그래도 '한집에서 한솥밥 먹으며 지낸 세월이 있는데, 나는 이제 막 걸음마를 하는 아이 같은 상대인데' 하던 마음은 녀석이 기합을 넣는 소리에 사라져 버렸다. 효준이의 발길질에 등을 얻어맞고, 후려차기를 당하고, 발바닥으로 복장지르기를 당하고, 연거푸 칼잽이를 당하고도 한참 만에야 택견 선생이 겨룸을 중지시켰다. 혼은 쏙 빠져나와 어디로 사라졌는지 찾을 길이 없었다. 휘청대며 제자리로 돌아가려는데 아이들이 나에게 박수를 쳤다. 그 와중에 내가 녀석의 발질을 가새질러막기로 막았다는 것이다. 물론 기억 속에 없는 일이다. 하지만 신성 택견꾼으로 택견 선생의 눈에 들었음은 물론이고 앞으로 종종 불려 나가 겨루기 상대가 되어야 할 것이란 슬픈 예감이 들었다.

그냥 흠씬 두들겨 맞을걸. 어쩌자고 본능대로 발버둥을 쳤을꼬?

택견 선생은 멍 자리에 약값이라도 던져 주듯 "온다정이는 타고난 택견꾼이야, 앞으로 기대가 크다!"라는 이상한 혼잣말을 하며 수업을 마쳤다.

맞은 상처를 주무르며 기름을 쏙 짜낸 깻묵이 되어 집으로 돌아왔다. 한참 동안 약통을 뒤졌는데도 등짝에 붙일 만한 파스 한 장이 보이지 않았다. 별별 사람 다 있는 이 동네에 아직 약사님은 들어오지 않으셨는지 변변한 약 하나 구하려면 읍내까지 가야 한다. 그냥 달걀이나 굴리고 참을까?

하지만 생각할수록 억울한 일이라 결국 이 학교 폭력 가해자의 부모를 찾아갈 수밖에. 때마침 효준이 엄마가 내가 일하는 빵 가게까지 찾아오셨다.

"사장님, 집에 파스 없어요?"

"약통에 없데?"

"없던데요."

"팔에 웬 멍이니?"

"아, 택견 시간에⋯⋯."

효준이 한 짓이라고 한 마디도 하지 않았지만 사장님은 없는 효준을 향해 이를 갈았다.

"효준이 이놈이 다 쓴 모양이네. 사다 놓으라고 그렇게 말을 했는데도 말을 귓등으로 듣는다니까."

그러게요. 효준이에게 얻어맞은 저를 위해 그 파스가 꼭 필요한데요.

"다정아, 미안한데 읍내 약국 가서 파스 좀 사다 줄래? 가는 김에 우체국 가서 택배 하나만 부쳐 주고."

"손님 올 시간인데요?"

"혼자 있어도 돼. 가서 읍내 구경 좀 하고 바람도 쐬고, 알았지?"

사장님이 택배를 핑계로 자유 시간을 주신 것을 모를 리 없지만 냉큼 고개를 끄덕였다. 굳이 따지자면 합의금이 아닌 합의시간인 셈이다. 아르바이트에 묶인 탓에 주중에 읍내에 나가는 것은 이곳에 온 뒤 처음이다. 만화방으로 달려가서 만화책이나 실컷 보고 싶은 마음이 굴뚝같지만 일단은 무거운 택배를 우체국에서 보내는 것이 먼저다. 사장님의 택배는 서울에서 대학을 다니는 딸을 위한 마른반찬들이라 새거나 찢어지지 않게 단단히 밀봉한 뒤 꼼꼼하게 테이프를 발랐다. 택배를 부친 뒤 홀가분한 마음으로 우체국을 나서 만화방으로 왔지만 입구에서 발걸음이 멈춰졌다. 내 주머니 속의 돈은 2만 재노시나 되었지만 택배를 부치고 남은 바깥 돈은 고작 천 원뿐이다. 읍내에서는 내가 가진 돈나무 돈을 바꿀 곳이 한 군데도 없다. 아, 너무 앞뒤 없이 와 버렸어. 혼자 툴툴거리고 정처 없이 길을 걸어가는데 등 뒤에서 털털거리며 다가오는 경운기 소리가 들렸다. 시속 5킬로미터쯤으로 달리는 경운기가 요란한 트로트 음악을 왕왕거리며 내 곁을 지나갔다. 무심코 경운기를 바라보다 기억 속의 누군가가 떠올랐다. 내 기억을 바로잡지 않아도 된다면 경운기를 끌고 가는 아저씨는 일전에 우리를 돈나무 공동체까지 태워다 준 택시 기사 아저씨였다. 하지만 아무리 봐도 농사일을 하고 돌아가는 시골 농부의 행색인데.

"저…… 안녕하세요?"

"누구?"

"지난번에 돈나무까지 태워 주셨는데요."

"아, 그래?"

"아저씨 지난번에 택시 운전하시지 않았어요?"

"어, 음……."

내가 얼굴을 알아보는 게 반가운 눈치는 아니었다. 하지만 경운기가 탈탈거리며 달리는 속도와 내가 걸어가는 속도가 비슷해서 아저씨가 내 오지랖을 피할 재간은 없어 보인다.

"근데 택시 일은 안 하세요?"

"택시 노는 날 농사를 짓는 거지. 택시 끌고 나가 봐야 손님도 거의 없어 기름만 날리는 장사야. 그나마 주말에 돈나무 관광객들 실어다 주고 버는 게 쏠쏠하니까."

"그런데 왜 돈나무 돈은 안 받는다고 했어요?"

그 말에 아저씨는 정곡을 찔린 듯 잠시 머뭇거리더니 괜히 시선을 피하며 말했다.

"뭐, 귀찮게 뭣하러 받아."

"귀찮아도 돈나무로 오는 관광객들 상대로 운행하면서 그 돈을 받는 것도 괜찮잖아요?"

"괜찮긴 뭐가……."

하고 싶은 말을 꾹꾹 참고 있는 표정이 역력했다. 나는 그저 그 말이 봇물처럼 터질 순간을 기다릴 뿐이다. 말을 끌어 올릴 마중물을 혼잣말처럼 내뱉었다.

"쏠쏠하다고 하셨는데……."

곧 기사 아저씨의 얼굴이 붉으락푸르락해졌다.

"그 돈이 쏠쏠하긴 얼어 죽을 쏠쏠이냐? 내가 주식이랑 펀드 반 토막은 내 봤어도 멀쩡한 현금 반 토막은 머리털 나고 금시초문이다. 그 돈은 안 받는 게 아니라 못 받는 거야. 기사 생활 10년에 택시비로 쌀에, 담배에, 외국돈에, 카지노 칩까지 받아 봤어도 애들 장난 같은 돈을 받기는 거기가 처음이야. 해괴망측한 그 종이 쪼가리를 어디에 쓰라고!"

아저씨는 그동안 쌓인 불만이 많은지 해묵은 감정까지 꺼내 불만을 토로하기 시작했다.

"뭐, 소꿉놀이도 아니고 스탬프를 찍어 준다고? 그걸 찍으러 너희 마을까지 올라가야 하고 그냥 둬도 돈이 쪼그라든다질 않나. 아닌 말로 그걸 받아 주는 미친 가게라도 있어 봐, 내가 열을 내나, 안 내나!"

"아저씨 말씀이 일리 있네요. 반 토막은 아니지만 그럴 수도 있겠어요."

'얘가 뭘 잘못 먹었나. 누구 역성을 들고 그래?'

아저씨의 떠름한 표정이 모든 것을 말해 준다. 내가 자신의 말을 지지해 준 게 이상하다 못해 꿍꿍이로 보이는 모양이다. 온 지 얼마 되지 않아 이곳 사정을 모르고 하는 말이려니 혀를 끌끌 차고 싶은 마음도 보인다.

"그러니까요. 읍내에 연계된 가게가 있으면 관광객이 거치는 이곳에 도움되고 주민들 여건도 좋아질 텐데 말이죠. 왜 그런 생각을 안 했을까요?"

"그짝은 다들 외국 물 먹은 가방끈 긴 사람들이라는데 우리 같이 흙 파서 먹고 사는 무지렁이 농사꾼들 상대를 하겠어?"

수긍하는 태도 때문인지 한결 수그러진 목소리였다. 하지만 아저씨 말과는 달리 돈나무가 읍내 주민들과 경계를 두고 섞이지 않으려는 의도는 아닐 것이다. 지난 6년간 저 공동체 안의 문제를 해결하는 데만도 머리가 아팠을 텐데 차마 그런 부분까지 내다보지는 못했을 것 같다는 동해 앞바다 같은 이해심이 펼쳐졌다. 누군가 그런 이야기를 꺼냈을 법도 한데 아무래도 돈나무 아이들과 읍내 아이들의 사이가 껄끄러워 그동안 교류가 없었을 것이란 추측이 들었다. 사람 사귀는데 아이들만 한

오작교가 없다던 할머니 말씀도 떠올랐다. 효준이나 다른 아이들이 읍내 사람들의 이야기를 전해 주었다면 이런 해묵은 감정으로 쌓이지는 않았으련만, 녀석들, 생각보다 뒤끝이 있는 건가? 남들처럼 입시에 찌들면 이런 오지랖을 펼치지도 않을 텐데 역시 들끓는 청춘을 온갖 잡생각을 하며 보내는 탓이려니 싶다.

어스름 저녁이 되자 한 달에 한 번 있는 월례 회의가 소집되었다. 늦으면 좋은 자리를 잡기 힘들다는 것을 몇 달 동안 몸으로 배운 터라 저녁상을 치우자마자 회관에 자리를 잡으러 나섰다. 지난번 긴급회의는 갑자기 소집되었지만 오늘은 매달 첫째 주 월요일에 열리는 정기 회의라 입주민 모두가 참석해야 하는 날이다. 세 번 불참하면 엄청난 불이익을 받는다는 사장님의 말씀대로 병원에 입원 중인 사람과 그 보호자를 제외한 전원이 참석했다. 안건이 상정되고, 토론하고, 해결책이나 제안을 제시하고, 전체 돈나무 회계를 약식 보고하고, 다시 질문하고 답하는 따분한 한 시간이 흘러갈 때쯤 뒷자리에서 딴짓하고 있던 우리에게 발언권이 넘어왔다.

"거기 뒷줄에 조는 학생 대표! 월례 보고 없습니까?"

늘어져 있던 효준이가 정신을 수습하고 발딱 일어나더니 횡설수설 대답했다.

"도, 동의합니다. 좋습니다."

아이들 몇몇이 키득거리자 보다 못한 지윤이가 빈 종이에 '청소년 월례 보고'라는 말을 휘갈겨 건넸다.

"아, 저희는 학교에 지출 보고서 다 올렸는데요."

"그럼 건의 사항은?"

"없습니다."

"침 닦자, 효준아."

"네."

건의 사항이 없다는 효준이의 말에 발동이 걸리기 시작했다.

안 돼! 괜한 참견 하지 말자, 온다정. 넌 아직 여기 조합원 명부에 잉크도 안 마른 신참이라고! 괜히 나서서 문제 일으키지 말자. 으— 하지만 돈나무 바깥은 여기에 말하고 싶은 불만이 한가득하잖아.

다시 회의가 이어지고 회의장 안은 이야기를 나누는 사람들로 수런거리기 시작했다. 근질거리는 입이 제일 만만한 효준이를 물고 나섰다.

"이효준, 뭐 하나만 묻자."

"또 뭐?"

"낮에 읍내 주민을 만나서 얘기를 좀 하다가 돈나무 돈이 해괴망측한 종이 쪼가리라는 소리를 들었거든. 스탬프를 찍어야 하고, 그걸 하러 돈나무까지 올라와야 하니 귀찮고 성가신 돈이라 불만이라고."

"바른말 했네."

"그게 아니잖아. 만약 읍내에 있는 어떤 가게에서 우리 돈나무 돈을 받아 주고 바꿔 주는 역할까지 한다면 서로서로 좋은 거 아냐? 나도 오늘 읍내 갔다가 돈을 못 바꿔서 허탕 쳤어. 게다가 우리를 가방끈 길어서 자신들과 상종하지 않는 인정머리 없는 사람들이라고 생각하던데?"

이야기를 꺼낸 김에 끝까지 가야 한다. 나는 효준이와 아이들에게 시선을 돌렸다.

"뭐, 어른들은 그렇다 치더라도 너희들은 여기 애들과 6학년을 같이 보냈다며? 같은 초등학교를 졸업한 동창이라면서 이건 뭐 갱단 대 갱단 같은 분위기이고, 아닌 말로 인사라도 하고 지낼 정도였으면 돈나무 위조지폐범을 잡는 건 우리가 아니었겠지. 애초에 걔들이 그런 시도를 했겠어?"

너무 많이 나갔고 주제넘었음을 안다. 그렇지만 이런 대화를 나누라고 멍석을 깔아 준 회의장 안이니 이제 와서 나를 나무랄 도리가 없다는 것도 안다. 할 말을 찾지 못한 아이들의 무거운 침묵 속에 효준이가 입을 열었다.

"우리가 그런 걸 안 해 봤을 거 같아? 여기 고랭지 배추를 함께 재배하고 판로를 개척해서 그걸 돈나무 돈으로 팔자는 말을 안 해 봤을 거 같냐고? 감가하는 돈 얘기를 하니 미친 사람 취급을 한 게 누군데 이제 와서 불편해서 못 받는다고? 불만이라고? 웃기시네."

"잠깐만!"

갑자기 나타난 이사장 할아버지가 효준이의 말을 가로막았다. 할아버지는 또 언제 오셔서 남의 말을 엿듣고 계셨을까?

"다정 학생, 그런 얘기를 누구랑 했나?"

"지난번에 여기까지 태워 주셨던 택시 기사 아저씨랑요."

할아버지가 잠시 생각을 정리하는 시간 동안 아이들의 표정이 생각을 대신했다. 할 만큼 했고, 읍내도 돈나무가 잘되는 만

175

큼 반사이익을 누리고 있으니 우리로서도 딱히 잘못하는 것은
아니라는 조그만 위안 정도.

"그게 한 6년 정도 됐지?"

"……."

모두의 침묵이 모두의 동의는 아니지만 사람들은 이사장 할
아버지의 말에 담긴 뜻을 알고 있었다.

"그런데 한 번의 실패가 모든 실패라고 단정 지으면 아깝지
않겠니? 나는 시간의 문제라고 봤다. 우리를 천천히 지켜보면
서 서서히 마음을 열 수 있을 거라고 생각했는데 그 시간이 이
렇게나 흘렀구나."

잠잠히 듣고 있던 효준이가 상기된 표정으로 소리쳤다.

"그게 무슨 말씀이세요? 누구 마음을 열어요? 읍내에 돈나
무 돈이 들어갔다가 더 많은 위조지폐가 만들어지면요? 우리
덕에 그렇게 많은 관광객이 찾아오는데도 고마워하기는커녕
늘 이상한 소문만 흘리고 다니는 게 그 사람들이잖아요. 이제
와서 필요하다고 손을 내미는 게 괘씸하잖아요. 위조지폐가 떠
도는 걸 뻔히 알면서도 나 몰라라 방치한 사람들이라고요."

가슴속에 피어난 의심은 조그만 불씨에도 활활 타오르고,
새겨진 적개심은 쉽사리 지워지지 않는다. 효준이의 마음은 전
쟁 같았던 6학년에 그대로 머물러 있는 모양이다.

"전 이사장님 말씀에 공감합니다."

또 다른 목소리가 끼어들었다. 이사장 할아버지의 말에 찬
성한 사람은 다름 아닌 빵 가게 사장님이었다.

"엄마!"

효준이의 격앙된 외침에도 사장님의 이야기는 계속되었다.

"오늘 빵 가게에 지난 분기에 발행된 6만 재노시가 들어왔어. 여기서 일을 한 읍내 아이들 몇몇이 빵을 사러 왔더라. 스탬프를 찍기 전에 딱 맞춰서. 효준이 네가 또 위조할 거라고, 헐값에 팔아 치워 푼돈이나 받으려고 할 거라던 그 돈을 아이들은 제 값대로 쓰고 갔다는 얘기야. 누구나 시행착오를 해. 실수할 수 있는 기회를 빼앗는 것도 차별이야."

우리의 이야기는 금세 회의 전체 안건으로 번져 나갔다. 빛보다 빠른 속도로 새로운 이야기를 끌어 올리는 사람들의 능력이 놀라울 정도였다. 한 시간이면 끝날 거라던 회의가 어느덧 9시로 이어지고 있는데도 회의는 끝이 날 줄 몰랐다. 여기저기서 뜨겁게 의견을 나누고 토론하는 사람들의 열기가 이상하리만치 활기차 보였다. 그 불을 지핀 게 나였지만 정말 이해되지 않는 광경이다. 올해부터 읍내에 가게를 내고 물건을 팔아서 돈나무 돈을 함께 쓰게 하자, 읍내 아이들에게 돈나무 공동체의 교육 프로그램을 열어 주자, 일손 부족으로 고생하는 농가에는 일손을 빌려주고 돈나무 돈으로 지불하게 하자 등등 구체적인 이야기가 오가며 격렬한 토론장으로 탈바꿈할 때쯤 나는 지끈거리는 관자놀이를 누르며 조용히 밖으로 빠져나왔다. 어차피 이쯤에서 빠져도 이미 달아오른 토론장이 나 하나 때문에 식지는 않을 것 같았다. 회관 밖 의자에 앉아 밤하늘을 올려다보니 쪽빛 하늘에서 별이 쏟아질 듯 빛나고 있었다. 그 그림 같은 풍경 속으로 아니꼬운 목소리가 끼어들었다.

"회의장 안에 똥 무더기를 만들어 놓은 장본인이 혼자 고고

하게 별 구경이나 하고 계시네."

어느샌가 따라 나온 효준이가 이죽거리는 소리였다.

"나도 머리 아파."

"도대체 생각이 있는 거야, 없는 거야? 그런 말도 안 되는 소리를 해서 벌집을 쑤셔 놓고 어쩌자는 거야?"

"누가 쑤셔도 곪아 터질 벌집이던데 뭘."

"네 그 잘난 척 때문에 어떤 일이 일어날지 짐작도 못 하잖아. 돈나무는 규모가 커질수록 오염될 거야. 외부 사람들이 유입될수록 바깥 돈이 다시 돈나무 경제를 지배하게 될 거라고. 우리는 우리만으로도 충분히 잘 해낼 수 있어! 바깥 사람들은 우리가 왜 감가하는 화폐를 만들어 이런 시스템을 구축했는지에는 눈곱만큼도 관심 없고 자기들 돈 더 버는 데만 관심 있는 돈벌레들이야!"

격앙된 효준이의 목소리에 돈나무 공동체를 걱정하는 녀석의 진심이 묻어났지만 그렇게 감싸고돈다고 좋은 해결책이 될 리 없다는 건 나도 다른 어른들과 같은 생각이었다. 일어나지도 않을 일을 걱정하며 몸을 사리는 건 평소의 이효준답지 않은 일이다.

"겪어 보지 않고 모를 일이잖아."

"겪어 봐야 아는 건 멍청한 거지!"

효준이는 그 말만을 남긴 채 어둠 속으로 걸어갔다. 사력을 다해 반대하는 녀석의 진의를 이해하면서도 착잡했다. 변화를 두려워하는 기성세대도 아닌 또래 효준이가 돈나무를 활성화시키는 걸 반대한다는 게 조금은 씁쓸해서였다. 그제야 녀석에게 하고 싶은 진짜 이야기가 생각났다. 그 변화 의지와 관용이 없었다면 나 같은 아이가 돈나무에 들어올 수 있었겠느냐고. 부결되었다던 우리 자매의 1차 투표에 너도 반대표를 던졌냐고. 그 말을 묻고 싶었지만, 녀석은 이미 멀어져 버렸다.

4부

수정이의 비밀

학교에서 아이들이 나를 스쳐 가는 바람으로 대하는 게 내 착각은 아닌 것 같다. 아무도 말을 걸지 않고, 아무도 눈길을 마주치지 않은 채로, 이상하게도 투명 인간이 되는 벌을 받는 기분이다. '멋모르고 나대는 풋내기'에 대한 이곳 아이들의 냉랭함에 나는 자꾸만 작아지고 있다. 하지만 돈나무 어른들의 분위기는 용광로처럼 달아올랐다. 아이들의 냉기류와는 달리 돈나무 어른들은 읍내 마을과의 교류로 남북 이산가족 상봉에 준하는 훈훈한 화해 모드를 형성하고 있었다. 갑자기 추진되기 시작한 읍내와 돈나무 돈 연계 프로젝트는 곧 실무 회의로 이어지며 읍내에 돈나무 돈을 받는 가게를 만드는 것으로 물꼬를 트고 있었다.

발언권을 얻는다는 게 이렇게 무서운 일일 줄이야. 이 모든 것을 시작한 나조차도 어안이 벙벙한데 내가 풀무질한 불이 활활 타오르는 걸 지켜보는 아이들의 싸늘함이야 두말할 필요가 있겠나. 하지만 원래 다정다감한 성격을 표출하고 살던 내가 아닌 고로 아이들의 냉대는 오히려 약간의 해방감과 자유를 주었다. 이리저리 무리 속에 끌려다니는 것보다 퇴출에 가까운 따돌림 속에서 그 어느 때보다 말을 아끼고 생각에만 집중할 수 있는 자유로운 시간이 주어졌다. 그런데 그 자유를 훼방하는 단 하나의 골칫거리가 있었다. 치마가 부쩍 짧아진 언니도 골치지만 학교가 끝나면 바람처럼 사라지는 수정이도 자꾸만 신경 쓰이는 문젯거리였다. 어디로 가는지, 어디서 무얼 하는지 말도 없이 사라졌다가 다 늦은 저녁 무렵에 흙강아지 꼴을 하고 들어오는 걸 혼낸 게 한두 번이 아니었다. 열 살에 사춘기인가? 나름대로 엄마의 자리로 가서 고민해 보았지만 역시 답답한 노릇이다. 언니가 없는 평일 동안 아르바이트 핑계로 수정이를 방목하다시피 하는 죄책감이 마음을 짓눌렀다. 아무리 생각해도 이 문제의 해결사는 한 사람뿐이다. 이 난관을 해결할 가장 좋은 구세주가 돈나무 안의 자타 공인 만능 해결사로 불리는 효준이라는 것을 인정할 수밖에.

저녁을 먹고 쭈뼛거리며 집 근처를 배회하다가 녀석의 작업실 문을 삐꺽 열고 들어갔다. 소리가 들렸을 텐데도 뒤도 돌아보지 않는 것을 보면 발자국 소리로 영양가가 없는 손님이란 걸 알아차린 모양이다.

"저기…… 바빠?"

"또 뭐?"

"아니, 뭐 부탁 좀 하려고."

"부탁 같은 거 안 들어줘. 다른 사람 노동력은 시간 내고 사든가 돈 내고 그 시간을 사든가."

"그래, 그 시간 좀 사자고."

손에 낀 목장갑을 뺀 효준이가 짝다리로 선 채 나를 바라봤다.

"또 뭔데?"

"아니, 수정이 말이야. 요새 수정이가 자꾸 어디를 갔다 오는 모양인데 나한테 말도 안 하고 비밀도 생긴 것 같거든."

"열 살이면 언니한테 시시콜콜 이 말 저 말 할 나이는 아니 잖아."

"그래도 어딜 가서 뭘 하는지는 알아야 하잖아. 혹시라도 위험한 데를 가는지 위험한 사람을 만나는지. 여기선 내가 보호자인데 수정이가 몇 시간 동안 사라져서 뭘 하는지도 모르는 게 불안해."

"뒤를 캐라?"

어렵게 가지를 붙인 말들을 다 잘라 내고 몸통만 남기는 게 재주는 재주다 싶다.

"난 아르바이트에 묶여 있고 또 여기는 네가 더 잘 아니까."

"알았어. 가 봐."

"한다는 거야?"

"꼬맹이 뒤만 캐서 뭐 하는지 알려 주면 되는 거잖아."

시간을 청구해서 올리라는 괜한 말은 하지 않았다. 굳이 상기시켜 주지 않아도 제 밥그릇은 제가 알아서 내밀 녀석이었다.

효준이에게 사설탐정 노릇을 시키고 이틀 뒤, 아이들을 하교시키고 집으로 돌아오니 수정이는 또 가방만 던진 채 바람처럼 사라져 버린 뒤였다. 무거운 마음을 안고 빵 가게로 내려오니 계산대에 지윤이가 서 있었다.

"웬일이야?"

"효준이가 오늘만 너 대신 여기 맡아 달라고 했어."

"나 대신?"

"너 숲속에 있는 굴피집으로 오라던데?"

"지금?"

"가 봐. 기다리고 있을 거야."

원래 뜬금없는 녀석이지만 아닌 밤중에 홍두깨도 아니고 갑자기 굴피집이라니. 굴피집은 마을에서 조금 떨어진 곳에 위치한 이사장 할아버지의 별장이 아닌가. 할아버지가 하안거인지 동안거인지에 들어가는 몇 달을 제외하곤 관광객들에게 굴피집 체험으로 제법 인기 있는 곳이지만 직접 들어가 본 적은 없었다. 뭔가에 홀린 듯 참나무 숲으로 가니 입구에 지게를 멘 효준이가 나를 기다리고 있었다.

"빨리도 온다."

"지윤이는 뭐고 여긴 또 뭐야?"

"수정이 뭐 하는지 궁금하다고 했지?"

"설마? 벌써 알아낸 거야?"

"이거 들고 따라와."

녀석은 잘 벼린 낫 하나를 내밀고 앞장섰다. 7월 한여름 땡볕에 지게 메고 낫 들고 꼴이나 베러 가자는 건 아닐 텐데 효준이는 또 가타부타 말이 없다. 길도 아닌 수풀을 낫으로 베며

10분쯤 올랐을까, 재잘거리는 아이들 목소리가 들려왔다. 엄마는 유치원생 수십 명의 새카만 뒤통수 속에서도 나를 찾아냈다고 했다. 나는 그 재잘거리는 목소리 중에 수정이의 깔깔거리는 목소리를 걸러 낼 수 있었다. 그런데 그 해맑은 웃음소리가 이상하게도 위안이 되었다. 나쁜 꾐에 빠진 건 아닐까 하는 괜한 걱정이 사라져 버렸기 때문만은 아니었다. 내가 시행착오를 겪는 동안 수정이 역시 이곳에 적응하는 것을 힘들어했고 간간이 지친 표정이 스칠 때면 심장이 뚝— 바닥으로 떨어지는 기분이었다. 하지만 지금 수정이의 목소리는 그 어느 때보다 밝다. 그 목소리를 듣는 순간 눈물 쏙 빼게 혼을 내야겠다는 마음이 사라져 버렸다.

이 녀석들 여기서 흙강아지 놀이를 하고 있었네.

이런 나의 예상은 수풀이 몇 꺼풀 걷히고 참나무 벌목 현장이 드러나는 순간 완전히 빗나갔다. 이미 여러 그루의 참나무 껍질이 발리어 벌건 속살을 드러내고 있었고 그 곁에 이사장 할아버지와 수정이, 수정이의 단짝 정미, 말썽쟁이 승우도 함께였다. 갑자기 나타난 효준이와 나를 본 아이들이 얼어붙었다. 아이들은 놀고 있었던 게 아니라 일을 하고 있었던 모양이다. 손에 낀 커다란 목장갑과 그 손에 들린 굴피들이 아동 노동력 착취 현장을 알려 주었다.

"너희들 여기서 뭐 하는 거야?"

"언니는 빵집 아르바이트 할 시간이잖아!"

말머리를 돌리는 건 잘못했을 때 도망갈 구멍을 찾는 수정이의 전매특허였다. 내 시선이 굴피를 다듬고 있는 굽은 등으로 향했다. 효준이가 불쑥 내 앞에 끼어들어 이사장 할아버지의 낫을 빼앗아 들었다.

"할배, 또 굴피 지붕 만들다가 누굴 골로 보내시려고. 초딩 데려와서 일 시키다가 위원회에서 알게 되면 또 징계 먹어요."

말은 그따위로 통명스럽게 하면서 어느새 목장갑을 끼고 참나무 하나에 들러붙은 효준이였다. 수정이는 나르고 있던 굴피 더미를 슬그머니 땅에 내려놓고 있었다.

"수정아, 너 이거 한다고 그렇게 말도 없이 내뺀 거였어?"

"할아버지가 이거 도와주면 워터 파크 보내 준다고 하셨어. 우리는 굴피 나르고 뒤틀리지 않게 돌로 누르는 것만 했어."

그 워터 파크에 홀라당 넘어간 정미와 승우도 혼이 날까 봐 엉거주춤 모양새로 워터 파크에 홀렸음을 인정하고 있었다. 이사장 할아버지와 아이들의 정신세계가 일렬종대 도토리 키 재기로 서 있다. 하지만 그런 이유로 아이들을 데려오셨을 분이 아니라는 걸 안다. 그럼에도 가타부타 말씀이 없다. 우리는 오해를 말로 해명하지만 할아버지는 시간이 흘러 자연스레 이해되는 쪽을 택하시니까.

"할아버지, 일손이 필요하시면 위원회에 얘기해서 정식으로 요청하시면 되잖아요. 왜 코흘리개들을 데려다가 일을 시키세요?"

"일 시키는 거 아니고 놀게 하는 거다."

"그래도 사람들이 뭐라고 하면 어떡해요?"

"목장에서 양들 돌보는 것도 놀이가 아니라 돈벌이고 은행에서 스탬프 찍어 주는 그 재미있는 일도 돈벌이라고 못 하게 만들었으니 애들이 얼마나 심심하냐."

"그건 할아버지가 그렇게 만드신……."

말을 내뱉고 나서야 아니구나 싶었다. 방금 그 대답이 아니란 걸 증명하지 않았나. 방목되듯 자유로운 이곳 아이들이 유일하게 할 수 없는 놀이가 돈을 버는 일이라는 건 금기에 가까운 이곳의 규칙이다. 그 말은 이곳의 터를 닦은 건 할아버지일지라도 지금의 규칙을 정한 건 조합원들이었다는 뜻이기도 했다. 돈을 받고 일을 하는 세계의 울타리가 너무 명확한 탓에 아이들이 발붙일 곳이 없다는 것이 이 돈나무의 단점임을 간과하고 있었다. 이곳에서 아이들은 소비의 한 축이지만 생산과 노동의 대상은 아니었다. 어린아이들은 돈과 관련된 모든 노동에 참여해서는 안 된다는 지나친 자기 검열……. 생각이 꼬리를 물고 있는 사이 물오른 나무를 물색하던 효준이가 나를 돌아보며 말했다.

"온다정, 낮질 좀 해라."

"내가 왜?"

효준이의 말에 목에 핏대부터 세운 건 그저 자동 반사였다.

"돈 좀 그만 벌고 너도 그냥 노는 일 좀 하라고."

돈이나 벌라고 할 줄 알았던 녀석이 의외의 말을 했다.

"굴피 따는 건 위험하니까 넌 그냥 굴피집 들어가는 입구 풀이나 베라. 너희들은 그 풀을 지게에 실어다가 누렁이 꼴 먹이고. 알았어? 참, 누렁이 꼴 많이 나른 사람한테 아이스크림 선물!"

그 말에 아이들이 또 신나는 놀잇거리를 만난 듯 얼굴 한가득 함박웃음을 띠었다. 아이들은 뿌리째 풀을 뜯어 꼴 무덤을 만들기 시작했고 효준이는 이사장 할아버지를 대신해 반쯤 잘라 놓은 굴피를 손으로 뜯었다.

　"벌써 지붕 없을 때가 되었어요?" "비 새는 데가 있어서 고치는 김에 내년에 쓸 굴피를 장만하려고." "집에 누름돌로 쓸 돌 몇 개 구해다 놨어요." 효준이와 이사장 할아버지의 대화를 보건대 처음부터 이러자고 나를 데려온 모양이다. 이런 걸 알면서 이효준 저 녀석은 처음부터 말을 안 했던 건데 화가 나기는커녕 피식 웃음마저 새어 나온다.

　굴피집 입구가 무릎 위까지 수북이 자란 풀들로 막혀 있었다. 길을 내며 풀을 베기 시작하자 아이들이 꽁무니에 달라붙어 서로 그 풀을 가지겠다고 옥신각신이었다. 녀석들은 풀 한 줌에 낄낄대고 발을 데굴데굴 굴러 댔다. 풀을 훔쳐 가는 고사리 손들의 장단을 맞춰 주느라 허리 한번 못 펴고 낫질을 하니 사람이 드나들 만한 길이 생겨났다. 효준이가 메고 온 지게에 꼴로 쓸 풀을 담고 나자 녀석과 이사장 할아버지의 굴피 채취도 어느덧 막바지였다. 풀물이 밴 목장갑을 벗고 땀을 닦다가 아이들이 매양 그렇듯 나도 흙강아지 꼴이 되어 버렸다. 오늘로 수정이 더러운 옷 타박은 끝이 났고 아이들의 아이스크림 내기도 끝이 났다. 애초에 누구 하나 편을 들면 남은 두 녀석이 대성통곡할 꼴 싸움은 결국 효준이가 세 녀석 모두에게 아이스크림을 약속하는 걸로 일단락되었다. 굴피 따랴, 펴서 말리랴, 오래된 굴피집 점검하랴 제일 힘든 일을 한 효준이는 아무

말 없이 무거운 지게를 진 채 길을 나섰다. 나는 아이들과 할아버지를 앞세운 채 어둑해진 숲길을 내려왔다. 할아버지의 낡은 랜턴에 의지해 여섯 명이 발을 맞추어 가는 그 길에 어린 일꾼들이 제 새경을 달라고 떼를 써 댔다.

"워터 파크 언제 가요?"

"할아버지 언제요?"

꼬맹이들의 고용주가 고개를 돌려 내게 물었다.

"다정 학생, 언제 시간이 되지?"

"설마 쟤들 데리고 놀러 갔다 오는 아르바이트를 하라고요?"

온몸이 손사래를 쳐 댔다. 그건 물놀이가 아니라 애들 도우미, 그냥 도우미도 아닌 극기 도우미를 하는 거라고!

"보호자로 동행해 주면 좋을 텐데."

"사람한테 치이고 재미도 없는 데를 왜 가요? 그냥 여기 계곡에서 놀라고 하세요."

"다정 언니, 나 긴 슬라이드 진짜 타 보고 싶었어."

그 말에 수정이가 눈을 반짝이며 내 팔에 매달렸다. 그 눈빛에 마음이 흔들렸다.

그런 눈으로 보지 마. 너는 내가 아는 애들 중에 세상에서 가장 불쌍하고 가난한 열 살이라고.

해 보고 싶은 것도 많고 가 보고 싶은 곳도 많았을 내 동생은 깡통집에서 살던 3년 동안 뭘 하고 싶다는 말조차 꺼낸 적이 없었다. 친구들이 가는 해외여행도, 물놀이도, 놀이공원도 가고 싶다고 투정 한번 부려 본 적이 없는 아이였다. 긴 슬라이

드라는 걸 타 본 적이 없긴 나도 마찬가지였지만 나는 돈이 드는 놀이를 재미없는 것이라 세뇌시키며 살아왔다. 그렇다고 한들 열 살이 하고픈 버킷 리스트를 지워 주는 건 이사장 할아버지가 아닌 어설픈 엄마 노릇을 하던 내가 했어야 할 일이다. 그 마음까지 헤아려 준 이사장 할아버지에게 넙죽 절이라도 해야 할 판에 돈까지 받는 워터 파크 도우미 노릇을 마다할 수가 없지 않나. 결국 고마움을 대신할 말이 떠올랐다.

"알았어요. 갈게요. 근데 할아버지, 정말 식사하실 거예요?"

"나랑 먹으면 불편할 텐데."

"근데 왜 식사하자고 조르시는데요?"

할아버지는 대답 없이 또 빙그레 웃기만 했다. 여기 사는 동안 제대로 된 답을 들을 것 같지 않다.

"토요일, 물리기 없기예요."

앞서 걸어가시던 할아버지가 조용히 고개를 끄덕였다. 그 끄덕임에 웃음이 달려 있었는지는 어두워서 잘 보이지 않았다.

한국의 워런 버핏이
그냥 노숙자 할아버지

결국 토요일을 식사 초대 날로 잡은 그날, 밤이 깊도록 많은 생각이 대나무 숲에 이는 바람소리처럼 나를 떠나지 않았다. 윙윙— 쉭쉭— 제각각 복잡한 이야기가 되어 머릿속을 뒤죽박죽으로 만들었다. 이런저런 잡생각에 골머리를 앓으며 잠을 이루지 못하고 있는데 휴대폰에 문자 메시지 알람이 울렸다.

— ㄴㅇ호 온 학생, 취침 중인가?

세상과의 유일한 소통 창인 2G폰에 닿은 48호 은행원 아저씨의 목소리다. 언니와의 연락을 위해 거금을 들여 마련한 중고 휴대폰이었다. 아저씨는 별다른 내용 없이 우리가 떠난 후 도착한 우편물들을 모아 정리해 놓았으니 보내 줄 주소를 가르쳐 달라고 했다. 궁금했던 깡통촌 사람들의 소식도 덧붙여 전해 주었다. 19호 성주 할머니가 폐렴으로 입원하셨다가 무사히 퇴원하셨고, 23호 진구는 앞니가 빠져서 웃는 얼굴이 코미디언

빰을 친다고 했고, 예진이 예은이 쌍둥이는 크게 싸운 뒤 절대 같은 옷을 안 입기로 했단다. 그리고 우리가 살았던 20호에 새로운 사람이 들어왔다는 놀라운 소식도 전했다. 사업을 했다던 그 남자는 "내가 얼마나 잘나가던 사람인데, 이딴 동네 들어올 사람이 아닌데"를 외치며 밤이면 밤마다 고성방가를 하는 통에 조용하고 의좋던 동네가 시끌벅적하다는 말을 보탰다. 이런 거지 같은 깡통집에 어떻게 사람을 살라는 거냐는 20호 사람의 넋두리를 전하며 은행원 아저씨는 깡통집의 일원으로서 분개했다. 사람은 옛사람이 최고라며 사람들이 우리 온 자매를 그리워한다는 말에 아주 잠시 깡통촌이 그리워졌다.

— 그런데 그곳은 이곳과 달리 살 만한 세상인가?

내가 두고 떠나온 세상이 여전히 사람이 살 만하지 않은 삭막한 곳이란 걸 상기시켜 주는 아저씨의 문자에 잠시 옛 기억이 떠올랐다. 가난이 우리 삶을 평가하던 깡통집에서의 삶이 그렇게 사람답지 않았던가. 대답을 망설이는 사이 48호 아저씨의 또 다른 문자가 도착했다. 아저씨는 세상 사람들이 궁금해하는 이곳 돈나무 공동체의 시시콜콜한 이야기가 듣고 싶다고 했다. 사람 살 만한 세상이라 부러워하는 이곳에서 내가 어떤 일들을 겪었는지 근간의 일들을 짧은 문자 메시지로 압축해 아저씨에게 보냈다. 아저씨는 후원금이 매분기마다 수십만 원씩 계좌로 이체되고 연 8퍼센트씩 감가한다는 사실보다 내가 이곳 이사장 할아버지와 점심 식사를 한다는 사실을 더 놀라워했다. 보이지 않지만 아저씨의 놀란 표정이 짧은 문자 메시지 속에 녹아 전해지는 것 같았다.

— 무 ㅓ라고? 누구?

맞춤법을 틀린 적이 없는 국어 교과서 같은 아저씨가 문자 패드를 잘못 눌러 보낼 만큼 당황한 게 틀림없다.

— 이사장 할아버지요.
— 너, 네가 식사할 사람이 도대체 누구인지는 아니?
— 이사장인 줄은 꿈에도 몰랐죠. 처음엔 노숙자 할아버지인 줄 알았어요.
— 그 사람이 한국의 워런 버핏이라고 소문난 석현중 교수야. 모르긴 몰라도 초창기 우리나라 증권가에서 가장 큰 돈을 번 게 그 사람일 거야. 워런 버핏이 오마하에서 두문불출하고 있다가 가끔씩 점심 식사 자리를 경매에 부치는데 그 돈이 자그마치 350만 달러였다고. 넌 그런 사람에 준하는 인물과 식사를 하는 거라고!

350만 달러가 얼마인가 환율을 곱하고 있는 사이 성마른 아저씨의 답변이 창에 떠올랐다.

— 39억!

메시지를 기입하던 손가락과 눈동자가 일순간에 멈춰졌다.

— 그 이사장이 자기와의 점심 식사를 기부에 부치면 최소한 천만 원은 받을 거라는 소문도 있었어. 만약 그런 일이 생긴다면 애널리스트 열 명이 100만 원씩 갹출해 그 자리를 사겠다고 공표한 적도 있었대.

아저씨의 말이 사실이라면 나는 괜한 일이라고 툴툴될 것이 아니라 넙죽 절을 해도 모자랄 판이었다. 돈나무 공동체에 입성한 것보다 더 큰 행운을 잡았다는 아저씨의 말이 괜한 말 같지 않았다.

— 다정아, 이제 너를 온다정이라고 하지 말고 한국의 39억 소녀라고 불러야겠다.

39억 소녀? 내가 그런 이름으로 불리는 게 맞는 건가? 이상한 일이다. 한 번도 본 적 없고 짐작조차 할 수 없는 돈의 가치로 불리는 게 정말 행복한 일인가.

노란 대문집 할머니와
민화투를

내가 이사장 할아버지와 점심 식사를 한다는 소문은 돈나무 안에서도 으뜸가는 화제였다. 마을 사람들은 만천하에 공표된 식사 자리를 의아하게 생각했다. 돈나무를 만드신 뒤 이사장님은 단 한 번도 공동체 사람들과 사적인 자리를 갖지 않았다는 소문이 사실이라면 돈나무 역사 이래 최대의 사건이라 불릴 만했다. 더불어 사람들은 그 자리에 초대할 수 있는 초청객 명단 작성이 내게 일임되었다는 사실을 더 놀라워했다. 왜 나를 선택하셨는지 물어보아도 대답 대신 선문답을 하실 분이니 애초에 묻는 것을 포기했다. 그날 이후 나는 태어나서 처음으로 청탁이란 걸 받게 되었다.

"우리도 1년에 몇 번 뵐까 말까 한 분이라서 말이지. 어떻게, 두 자리만 안 될까? 안 되면 한 자리라도."

정에 읍소하는 사람이 있는가 하면,

"온 자매들 여기 들어올 때 생활비 지원하는 거 내가 밀어붙였어요. 그 식사 자리 얻은 게 내 덕인 셈이지."

협박 같은 생떼를 쓰는 사람도 있었고,

"한 자리에 10만 재노시 어때?"

돈으로 협상하려는 조금 더 현실적인 사람도 있었다. 100명을 거절하려면 100가지 이유가 필요하겠다는 생각에 머리가 아파 왔다. 막무가내로 엉기는 사람들로부터 도망치느라 진이 다 빠졌다. 머리가 쪼개질 것처럼 아프지만 두통을 핑계로 해야 할 일을 미룰 수는 없는 노릇이니…….

왜? 나는 얼어붙은 똥탑도 부수고 울타리도 고치는 강철 같은 애라고 이효준이 소문을 냈으니까. 갑자기 일손이 필요한 땜질 아르바이트 자리에 늘 나만 부르는 건 녀석의 입김 덕분이다. 두 배의 시급을 받지만 두 배의 육체적 피로가 수반되는 일에 나를 추천해 주는 걸 감사하다 해야 하는 건지 욕을 해야 하는 건지. 참 여기에 위원회의 순환 보직도 여전히 진행형이라 회관으로 가서 새로운 아르바이트를 받아야 하는 숙제도 남아 있다. 물론 때깔 좋고 심신 단련에도 좋은 양 떼 몰기, 건초 주기, 관광객 안내하기 같은 일은 이미 마감되었고 힘을 쓰거나 눈코 뜰 새 없이 바쁜 빵 가게 아르바이트 일 같은 어려운 일들만 늘 사람을 구하는 중이었다. 그런데 오늘은 전에 없던 이상한 아르바이트 자리 하나가 올라와 있었다.

"저기요, 민화투 치는 것도 아르바이트예요? 이건 뭐예요?"

그 말에 회관 행정 담당이자 집이 땅콩 모양이라 땅콩댁으로 불리는 아주머니가 웃으며 말했다.

"아, 그거? 말 그대로 적적하신 어르신이랑 민화투 쳐 드리며 말동무해 드리는 거야. 그걸 아르바이트로 올리신 할머니가 있으셔서. 농장 일보다야 힘은 덜 들지."

"근데 그런 좋은 자리가 왜 아직까지 나가지 않았을까요?"
라는 미심쩍은 나의 질문에 땅콩집 아주머니의 웃음소리가 커
졌다.

"이야, 다른 애들은 한번 해 봐야 그 이유를 아는데 역시 다
정이 촉은 대단한데?"

"그러니까 이게 안 나가는 이유가 있다 이거네요."

"애들 입장에서야 어르신 이 말, 저 말 다 장단 맞춰 드리고
꾸지람 같은 간섭까지 듣는 게 싫은 거지, 뭔 다른 이유가 있겠
어."

할머니의 잔소리로 단련된 걸로 따지면 나를 따라올 사람이
없으니 이 아르바이트에 최적화된 사람은 나다. 빵집 아르바이
트는 언제든 할 수 있고 위원회에서도 순환 보직을 계속하라고
하니 좀 더 새로운 일을 해 보는 게 좋을 것 같았다.

"그거 제가 할게요."

"오케이, 낙찰! 그럼 3시에 저 위쪽 노란 대문집으로 가. 거
기 인산 할머니께 말씀드려 놓을게."

내 덕에 어려운 숙제를 해결한 것 같은 아주머니의 시원한
표정을 보자 뭔가 찜찜한 일에 걸려들었다는 뒤늦은 후회가 들
었다. 하지만 무얼 하든 이곳에서의 돈은 똑같은 돈이니까!

아이들 하교 시간 전까지 두 시간 반 남짓한 시간이 남았으
니 두 시간 동안 민화투 치기로 2만 재노시를 버는 셈이다.

땅콩집 아주머니가 말한 노란 대문집을 찾는 것은 어렵지
않았다. 울타리 안에 온갖 꽃들이 피어 있어 동화에 나올 듯한

예쁜 집이었다. 열어 놓은 창문 틈으로 살랑거리는 레이스 커튼조차 예쁘고 사랑스러웠다. 조심스레 벨을 누르고 주변을 두리번거리는데 하얀 면사포를 쓴 듯한 백발의 할머니가 문을 열어 주셨다. 할머니가 나를 보더니 미소를 지으며 말했다.

"네가 온다정이니?"

"아, 네, 안녕하세요."

"들어와라."

쭈뼛거리며 들어간 거실은 깨끗하고 아늑했다. 몇 달 동안 가구를 만지며 눈을 키운 덕분에 집안 곳곳에 놓인 가구들이 모두 섬세한 수공예품이라는 걸 알 수 있었다. 아기자기한 가구에 할머니의 온화한 취향이 느껴졌다.

"수제작한 가구인가요?"

"아들이 만든 거란다. 뭐 마실 것 좀 주랴."

"네…… 아, 아니요."

백발이 주는 묘한 위엄이 나를 얼어붙게 만들었다. 이름이 인산인지 고향이 인산이라 인산 할머니라 부르는지 알 수 없는 인산 할머니는 방긋 미소를 지으며 부엌 쪽을 손가락으로 가리키셨다.

"냉장고 열어서 먹고 싶은 거 아무거나 꺼내 먹으렴."

"감사합니다."

별 생각 없이 열어 본 냉장고 안은 별별 먹을 것들이 가득했다. 수정이가 먹고 싶다고 노래를 불렀던 딸기와 망고와 오렌지가 비닐도 뜯지 않은 그대로 들어 있었다. 노랗게 익다 못해 검은 점이 생기기 시작한 바나나 한 다발도 식탁 위에 놓여 있었다.

집도 예쁘고 냉장고도 먹을 걸로 넘쳐나는데 정작 먹을 사람이 없는 쓸쓸한 집이구나. 빨리 안 먹으면 다 썩을 텐데. 우리 집이었다면 먹성 좋은 이효준에 온수정에 나까지, 과일이 남아나질 않는데…….

"먹고 싶은 거 있으면 집에 가져가렴."

"정말요?"

"그래, 뭐든 꺼내 먹으렴."

"저 그럼 믹서 좀 쓸게요."

그리하여 검은 점이 생기기 시작한 바나나와 썩어 가는 딸기와 망고가 한데 섞인 혼합 과일 주스 두 잔이 우리 사이에 놓였다. 나머지 과일은 몽땅 갈아 큰 병에 따로 담아 챙겨 두었다.

"이건 뭐니?"

"냉장고에 있던 과일로 만든 주스예요. 드셔 보세요."

"음— 맛있구나. 이름이 뭐냐?"

"어…… 과거는 묻지 마세요 주스?"

그 말에 할머니가 크게 웃으셨다. 주스 한 잔에 서먹서먹했던 분위기가 사르르 녹아내리는 기분이었다. 할머니는 거실에 마련된 두툼한 모포를 펼치고 손때 묻은 화투장을 놓았다. 우리는 마치 늘 해 오던 일을 하는 것처럼 패를 섞어 나눠 들고 민화투를 쳤다. 그림을 맞추는 민화투는 초등학교 때 했던 색칠 공부 시간만큼 정말 재미도 없이 흘러갔다. 아이들이 왜 이 민화투 아르바이트를 싫어했는지 이제야 이해되기 시작했다. '어떤 일'을 하느냐만큼 '누구'와 하느냐가 시간의 질과 재미를 결정한다는 걸 지금에서야 느끼는 중이다.

"넌 여기 어찌 왔니?"

"저요?"

난데없는 질문에 머릿속이 복잡해졌다.

"어려운 질문인가?"

"아뇨. 전 그냥 언니가 장학금을 받는데 운이 좋아서 동생이랑 함께 입소하게 되었어요. 작년에 할머니가 돌아가시고 저희 자매밖에 없거든요."

"그런다고 부모 없는 아이들이 모두 이곳에 들어오는 건 아닌데 말이지. 특별한 이유가 있지 않았을까, 그런 생각이 들 수도 있었겠구나."

할머니의 날카로운 지적에 할 말이 없어졌다. 언젠가 이효준도 똑같은 질문을 한 적이 있었다.

"언니 장학금을 취소하지 말라고 편지를 썼는데, 지금 생각해 보니 좀……."

"좀 뭐?"

"좀 말도 안 되는 편지였는데 어떻게 받아 주신 걸까 싶네요."

그새 할머니는 패를 착착 붙여 싹쓸이를 해 가셨다. 정신을 차리고 보니 할머니의 무릎 앞에 청단과 홍단과 초단과 고도리들이 모여 있었다. 고스톱으로 따지면 엄청난 점수로 돈을 딸 판이다.

"저, 그럼 짝 맞추는 민화투 말고 고스톱으로 하면 어떨까요? 그게 시간 때우기에 더 도움이 될 것 같은데요."

"그럼 열 올라서 안 돼. 감가하는 화폐를 쓰자고 모인 사람이 고스톱을 하면 이상하잖아. 민화투는 한 장이 그냥 한 장이지만 고스톱은 홍단 하고, 청단 하고, 고도리까지 하면 사채놀이나 다름없잖니. 치매 예방하려다 혈압 올라 죽을지도 몰라."

말은 일리가 있었지만 하시는 행동이 말과 다르신 게 문제라면 문제겠죠.

"치매 예방할 것 같았으면 혼자 낱말 맞추기나 하지. 굳이 이렇게……. 이런, 또 붙었네!"

할머니가 돈 대신 쓰기로 한 내 바둑돌을 싹쓸이해 가시고 또 손에 착착 감기게 패를 섞는 중에도 생각은 다른 곳을 헤매었다. 1차 투표가 부결되었음에도 직권 상정으로 우리를 입소하게 만든 이사장님의 의도는 무엇이었을까?

"왜 저만 특채였을까요?"

혼란스러운 생각이 불거져 나왔다. 제대로 된 답을 찾기 전에는 이 질문이 멈출 것 같지 않았다.

"빨리 치자. 할머니 내일모레면 팔순이야. 너 기다리다가 숨 넘어가겠다."

징검다리 건너듯 하나씩 생각을 건너뛰는 사이 할머니의 패는 착착 짝을 찾아 무릎 앞으로 모여들었다.

"너 민화투 많이 쳐 봤구나."

"네. 할머니가 작년에 돌아가시기 전까지 종종 했어요."

"세상에서 제일 어려운 게 이기는 것보다 티 안 나게 져 주는 건데 어찌 그걸 잘하나 싶더라니. 편지에 적힌 네 마음을 읽고 널 뽑았다더니 참말이구나."

'져 드리는 게 아니라 진짜 지고 있어서 에라 모르겠다는 마음에 다 내어 드리는 건데요.'

이 말이 입 밖으로 나올 때는,

"별 말씀을요. 할머니가 정말 대단하신 것 같아요. 타짜도 울고 가겠어요."라는 다분히 느끼한 접대성 인사말로 둔갑했다.

"이사장님이 종이랑 사람 꿰뚫어 보는 데는 일가견이 있으시지."

"전 그냥 감가하는 돈이 이상하다고 썼어요. 좀 상식 밖인 거 같다고."

"상식이란 건 그냥 사람들의 편한 생각이야. 편하게 입고 벗을 수 있는 기성복 같은 거지. 다른 사람들이 결론 내어 준비한 생각대로 움직이면 얼마나 편하냐. 그 생각 그대로 입었다가 벗었다가. 그 바람에 돈이 이자를 불리는 게 당연하다는 지독한 독재적 상식을 입었고 돈 때문에 사람을 죽이고 살리는 저 바깥세상 패션이 된 거고. 아이고, 이제 화장실 좀 가야겠다."

뭔가에 홀린 듯 할머니가 남긴 말을 곱씹어 보다가 시계를 올려다보았다. 할머니가 잠시 자리를 비운 그 시간이 약속한 두 시간이라는 걸 깨달은 뒤 나는 쥐가 난 다리를 두드리며 노란 대문집을 나왔다. 무언가 대단한 이야기를 들은 것 같은데 도대체 그게 뭔지 모르겠다는 궁금증을 안고.

하지만 그 묵직한 생각이 심연으로 내려가기도 전에 수많은 사람들이 알은체를 하며 인사를 건네 왔다. 빵 가게까지 10여 분을 걷는 동안 나는 오랜만에 마실을 나온 동네 어르신인 양 인사를 받았다. 심지어 수풀 속에서 튀어나와 인사하는 꼬맹이도 있었다. 사람들은 내가 식사 자리에 누굴 초대하는지 끊임없이 물어 댔고 아직 정하지 못했다는 대답에 부푼 기대를 걸었다. 돈나무 신출내기의 이사장 할아버지 식사 초대는 이스트를 넣은 빵처럼 부풀어 올라 온 동네에 팔려 나갔다. 청탁이란 하는 입장만큼 받는 입장도 곤욕이었다.

그날 저녁 나는 초대할 사람의 이름을 적을 빈 종이를 앞에 두고 앉았다. 사장님이 전해 준 이야기에 따르면 돈나무 안 사람이든 바깥 사람이든, 나이며 성별에 상관없이 내가 원하는 사람을 부를 수 있다고 했다. 하지만 원탁형 식탁에 앉을 수 있는 사람이 여섯 명인 데다 음식을 해 주기로 약속한 사장님을 생각해선 그 이상을 부르는 건 무리일 것 같았다. 제일 만만한 언니가 학과 MT 때문에 참석할 수 없다는 걸 확인하자 나와 이사장님을 제외한 네 명의 이름이 커다란 구멍처럼 느껴지기 시작했다. 남은 시간 동안 누굴 부를지 결정해서 통보하고, 또 한편으로는 그들의 동의를 얻어야 한다. 학교 친구들은 나를 멀리하고 있고, 만만한 친인척도 없다. 게다가 식사에 초대한 사람들은 서로 불편하지 않은 사이여야 한다. 역시 돈나무 안 사람들만 부르는 게 제일 좋겠지.

그나마 한 가지 좋은 소식은 효준이가 그 고민을 도와주기 시작했다는 점이고, 나쁜 소식은 초대 명단에 자신을 넣으라고 협박하기 시작했다는 점이다. 성향으로 따지자면 이효준도 나 못지않게 제 생각대로 할 말, 안 할 말, 못할 말을 가리지 않는 심지 굳건한 아이인 데다 어느 면에선 더 고분고분하지 않다는 게 문제건만. 녀석은 내가 갚아야 할 쿠폰을 빌미로 당당하게 자기 자리를 요구하고 나섰다.

"들었냐고? 내 자리 꼭 비워 두라고."

멍한 내 얼굴이 미덥지 못한지 숫제 귀에 대고 소리를 질렀다. 내가 가져온 주스까지 제 것인 양 마시며 일장 연설을 하기 시작했다.

"여긴 모든 일이 시간에 따른 등가야. 고로 너랑 밥 먹어 주는 것도 등가의 시간이야. 영광인 줄 알아라."

"알바는 알바로 갚는 거지, 식사로 갚는 게 아니잖아. 그리고 그 주스 내가 만든 거야. 내 거라고!"

"아, 어쩐지 마시면서 배가 아프더라."

묻지도 않고 남의 주스를 마시면서 저런 뻔뻔함이라니! 밥을 먹어 주는 하해와 같은 은덕을 영광으로 알라니! 그날 아이들하고 도우미로 녀석을 부려 먹으며 그 한 시간을 채우는 게 아니었다는 뒤늦은 후회가 밀려왔지만 달리 대안이 없었다.

결국 나를 빼고, 제 발로 들어온 효준이를 빼고, 이제 세 사람. 하고 싶다는 사람 넘쳐나는 이 동네에서 그들 모두를 이해시킬 기준으로 사람을 뽑는 게 이토록 어려운 일이 될 줄 그 누가 알았을까. 초청 명단을 두고 머리를 쥐어뜯고 앉아 있는 게 가여워 보였는지 결국 사장님이 한 마디를 보태셨다.

"다정아, 뭘 그리 어렵게 생각해. 그냥 쌍쌍으로 가."

"무슨 쌍쌍이요?"

"너랑 효준이를 십대를 대표하는 남녀로 치고 이사장 할아버지 비슷한 연배의 할머니를 모시면 되잖아. 또 중년 부부 한

쌍을 초청하는 것도 좋고. 그럼 삼대가 모이는 자리 같으니까 분위기가 가족 같겠지."

"아—"

사장님의 조언을 듣자 사람들의 청탁을 완곡하게 거절하면서 식사 명단을 완성할 합당한 이유가 떠올랐다. 일단 이사장 할아버지 연배를 고려해 인산 할머니의 자리를 정하고 남은 두 자리를 돈나무 부부 가운데 골라 말끔하게 손을 털려고 하는데 뜻하지 않은 골칫거리가 끼어들었다. 그 자리를 두고 48호 아저씨의 사력을 다한 청탁이 밤낮없이 이어진 것이다. 내가 이사장 할아버지와 식사한다는 사실을 안 순간부터 아저씨는 필사적이었다. 하지만 아저씨는 외부인이라 다른 사람들의 동의를 얻어야 하고 그보다 더 큰 문제는 내가 아저씨를 잘 알지 못한다는 점이었다. 게다가 함께 참석하고 싶다는 아저씨의 친구까지 더하면 아무래도 불편한 자리가 될 것 같다는 생각이 마음을 붙잡았다.

내가 쉽게 결정을 내리지 못한 채 주저하자 아저씨는 그동안 모았던 돈나무 공동체의 자료집을 이메일로 보내 주었다. 그리고 자신이 얼마나 돈나무에 큰 애착을 가지고 있는지 설명하려고 애썼다. 합당한 이유라고 보기 힘들었지만 딱히 거절할 이유도 찾지 못했기에 결국 시간에 쫓겨 아저씨를 초대 명단에 넣었다. 내가 찾지 못한 명분은 돈이 대신했다. 이 돈나무 공동체의 이름과 가장 모순되는 이자를 불리는 '바깥 돈', 펀드 매니저로 잘나가는 아저씨의 친구가 빈곤 퇴치 기금으로 100만 원을 기부하고 함께 참석하는 조건은 그럴듯한 명분이 되었다.

돈이란 모호한 가치들을 일렬로 세워 순서를 매길 때 더할 나
위 없이 좋은 잣대가 되었고 결정하기 어려운 일들을 쉽게 결
정하게 만들어 주었다. 나는 힘든 고민보다 인산 할머니가 우
려했던 상식의 편리를 따랐다.

　나와 검은 헬멧 이효준, 인산 할머니, 석현중 할아버지, 그
리고 48호 아저씨와 펀드 매니저라는 그의 친구! 마침내 여섯
명으로 구성된 원탁의 식구가 정해졌다. 빈곤 퇴치에 쓰일 돈
이 선한 의도를 대변한다는 내 착각이 어떤 결과를 가지고 올
지는 꿈에도 알지 못한 채.

미네르바 현자와의
점심 식사

쏜살같던 시간이 발목에 납추를 매단 듯 더디게 흘렀다. 토요일이 되길 손꼽아 기다린 건 돈나무에 들어오고 처음 있는 일이다. 오랜 기다림 끝에 마침내 운명의 토요일이 밝았다. 관광객들로 붐비는 여느 토요일과 다름없는 날이었지만 공동체 안의 공기가 여느 때와 달랐다. 훈훈한 듯 긴박했고 들뜬 듯 경직되어 참나무 숲조차 다른 냄새를 풍기는 듯했다. 공동체 사람들의 모든 이목이 집중된 오후 12시, 약속 시간 20분을 남겨 두고 인산 할머니와 이사장 할아버지가 도착하자 약속 시간보다 일찍 식사 자리가 마련되었다. 아침부터 미리 와서 공동체 이곳저곳을 둘러본 48호 아저씨와 그의 친구는 말할 것도 없고 늘 기름때 묻은 셔츠와 청바지 차림이었던 효준이도 웬일로 말끔한 재킷과 바지를 입고 나왔다.

"오랜만입니다."

"집에만 있느라 격조했어요."

인산 할머니와 이사장 할아버지 사이에선 정다운 인사들이 오갔고 우리는 뒤에서 두 사람의 대화가 끝나길 기다렸다.

"이 자리에 인산을 부른 걸 보면 온다정 학생이 사람 보는 눈이 있나 봅니다."

"뭘 알고 그랬을까마는 저도 신통하네요."

"우리가 사람 보는 눈도 나쁘지 않다는 뜻인가 봅니다."

"다른 분들도 계시니 식사부터 하시지요. 그 참에 다정이 신통력도 시험해 보고요."

분명히 나를 두고 하는 말인데 당최 무슨 소리를 하시는지 알 길이 없다. 미루어 짐작하자면 두 어르신은 이미 오래전부터 알고 지낸 사이라는 뜻이겠고 빵 가게 사장님의 쌍쌍 조언은 내가 아닌 두 분을 배려한 것인지도 모를 일……. 효준이가 입술을 옴지락거리며 내게만 들릴 듯한 목소리로 말했다.

"인산 할머니도 네가 초대했어?"

"초대했으니까 오셨지."

"오— 고구마, 소 뒷걸음질로 쥐 잡는구나."

"왜, 뭐가?"

"고장 난 시계도 하루에 두 번은 맞는다더니 가만히 있어도 얻어걸리는 재주는 타고났네."

인산 할머니를 초대한 게 무엇에 얻어걸렸다는 건지. 녀석은 정작 중요한 대목은 쏙 빼놓은 채 뭔지 모를 기대에 한껏 들떠 있었다. 반면에 48호 아저씨와 그의 친구 회색 양복 아저씨는 이사장 할아버지를 만난 뒤 식은땀까지 흘리며 경직된 모습이었다. 좋아하는 연예인을 만난 소년 같은 모습이라니. 여길 오려고 문자 메시지를 쉰 통이나 보낼 만큼 투지 넘치던 사람이 참.

우리가 둥근 식탁에 둘러앉자 샐러드와 야채 수프 같은 가벼운 음식이 식탁 위에 차려졌다. 각자 자기 앞에 있는 음식을 먹으며 자연스럽게 자기소개를 하는 분위기가 되었는데 애석하게도 연소자를 우대하는 식이라 첫 화살이 효준이와 나에게 날아왔다. 효준이가 오빠라고 우기는 바람에 부득불 내가 소개를 시작했고 다소 긴장된 인사말과 일상적인 날씨 이야기가 오갔다. 이야기의 주축은 인산 할머니와 이사장 할아버지였고 나머지 사람들은 그저 그들이 이끄는 대화에 약간의 살을 얹으며 경청하는 분위기였다. 하지만 워런 버핏의 점심 식사를 기대하고 온 듯한 48호 아저씨와 회색 양복 아저씨는 무심하게 오가는 세상 사는 얘기들, 이를테면 올해 공동체 간장 된장을 어떻게 담그고 체육대회 단체복을 맞출 것인가 말 것인가 따위의 신변잡기적인 이야기를 들으며 연신 초조해하는 분위기였다. 이야기가 끊겨 버려 어색한 분위기가 감돌자 때맞춰 주요리인 보쌈과 불고기가 들어왔다. 물론 할아버지를 위한 맞춤 채식 잡채도 따로 준비되었다. 하지만 할아버지는 혹시 섞였을지도 모를 고기를 찾아 열심히 잡채 속을 헤집으셨다.
"왜요? 고기가 들었어요?"
인산 할머니도 이사장 할아버지와 함께 잡채 헤집기에 나섰고 그걸 보고 있는 내 속도 헤집어졌다. 인산 할머니는 다른 음식 그릇을 할아버지 쪽으로 밀며 말씀하셨다.
"그럼 파전이라도 잡숴 보세요."

"해물이 들어가서."

세 살짜리 어린애 입맛 맞추는 게 이것보다 힘들까 싶다. 육식을 경계하는 할아버지는 한 상 가득 차려진 음식 앞에서 젓가락을 든 채 아무것도 집지 못하셨다. 그 모습을 본 인산 할머니의 손이 또다시 바빠졌다.

"그럼 이 냉채라도 드셔 보세요. 아니 여기도 해파리가 들어갔네. 아이고 어쩌나, 양 가게 사장이 힘들게 준비한 것들인데."

"양 가게가 아니라 아기양 빵가게인데요."

보다 못한 효준이가 제 엄마의 가게 이름을 퉁명스럽게 정정하고 나섰다. 인산 할머니에게 한 말이었지만 입맛 까다로운 이사장 할아버지에게 화살이 날아갔음이 분명했다. 효준이가 짚지 않았다면 그 말이 내내 입안을 맴돌았을 테니 이 모난 녀석을 데리고 온 게 이런 면에선 다행이라는 생각이 들었다. 할아버지의 까다로운 입맛을 제 엄마 음식을 타박하는 걸로 해석한 효준이가 접시까지 먹을 듯 게걸스럽게 먹어 치우는 동안 또다시 이야기의 맥이 끊겨 버렸다. 보다 못한 내가 슬쩍 화제를 돌렸다.

"생선이나 우유 정도는 먹는 채식주의자도 있다던데요."

이럴 때 쓰자고 데리고 온 효준이 옆구리를 푹 찌르며 맞장구 좀 치라고 눈짓을 해도 녀석은 나 몰라라 먹는 데만 골몰이다.

"다양하지. 나처럼 계란조차 먹지 않는 사람도 있고."

"그럼 먹을 게 뭐가 있어요? 과일이랑 야채만 먹고 어떻게 살아요?"

"남들이 먹는 걸 먹지 못한다고 불쌍한 건 아니란다."

돈이 늙어 가는 이 이상한 공동체를 만든 할아버지의 정신 세계가 범상치 않다고 생각했지만 이런 특이한 식성을 가진 건 더 범상치 않아 보인다. 하고 싶어도 차마 하지 못한 마지막 말이 입가에서 근질거리는데 모난 돌 효준이조차 입을 꾹 다물고 그 말을 참는 모습이 역력했다. 그래서 다른 사람들과 식사를 안 하셨던 거군요. 제가 할아버지였어도 그런 식사 자리는 피했을 거예요.

"차라리 단식하는 게 낫겠네요."

초면에 하기엔 무례한 말이 회색 양복 아저씨의 입에서 튀어나왔다. 하지만 이사장 할아버지는 아무렇지 않은 얼굴이다.

"그래요. 그런 생각이 들 때가 많지."

"언젠가 TV에서 자이나교에 관한 다큐멘터리를 본 적이 있는데 출가한 수도자들은 자기가 앉을 자리를 쓸 조그만 빗자루를 들고 다닐 정도던데요. 거기에 비하면 과하진 않지만요."

회색 양복의 이야기는 그걸로 끝이었다.

"뜬금없이 빗자루는 왜요?"

나의 일차원적인 물음은 모두가 이해했다고 고개를 끄덕이며 흘러가는 이상한 분위기를 감지한 까닭이다. 이사장 할아버지의 심오한 정신세계가 점점 더 이상한 쪽으로 사람들을 끌고 가는 듯해서 제동을 걸었다.

"혹시나 모르고 앉았다가 깔려 죽을 벌레들이나 미물을 치우는 거지. 벌레들이 깃들어 살까 봐 자기 머리칼까지 뽑아 버릴 정도로 지독한 고행이어서란다."

48호 아저씨의 친절한 답변이 이어졌다. 고행으로 따지면 유리걸식하는 사람 같은 할아버지도 만만찮지 않나. 깡말라 뼈에 들러붙은 가죽처럼 보이는 할아버지의 몸이 지독한 고행 그 자체이니까. 수도승으로 따지자면 할아버지도 만만치 않을걸. 나는 또 제멋대로 지레짐작하며 어설픈 동정심을 앞세워 그를 이해하려고 한다. 구도의 삶을 사는 애절한 사연, 그것이 무엇인지 가늠조차 못 하면서.

갑자기 사위가 어둑해지며 유리창을 때리는 굵은 빗방울 소리가 들렸다. 오후부터 시작된다던 비였다.

"우기가 시작되려나."

장마가 아닌 우기라는 할아버지의 표현이 묘하게 들렸지만 아열대성 기후에 점점 가까워진다는 우리나라 날씨를 생각해 보면 과한 표현도 아니라는 생각이 들었다. 창밖을 보던 인산 할머니가 조용히 물었다.

"하안거에 들어가시는 셈인가요?"

"한두 달 골방에 박혀 미뤄 두었던 책이나 읽으며 칩거나 해야죠."

남들은 피서다 휴가다 여름이 오기만을 기다리는데 그 여름을 헌납하고 골방에만 틀어박혀 지낸다는 게 내 상식으로는 도무지 이해되지 않는다. 땀띠가 나는 여름철에 곰처럼 동면이라도 하시려나.

"할아버지 정말 집 밖으로 한 발짝도 나오지 않는 거예요? 겨울 곰처럼요?"

"겨울잠 대신 여름잠 자는 셈이지. 가을에나 보자꾸나."

"재노시가 훅 떨어져 있을 텐데요."

그럴 의도는 아니었지만 할아버지가 아닌 돈의 안위를 묻는 말이 불거져 나왔다.

"뭐든 제가 온 그곳으로 돌아가는 게 당연한 거니까 늙으라면 늙어야지. 그걸 거부하면 사람 고유의 성정이 사라지는 거야. 사람은 늙고 죽어서 완성되는 거란다."

그 말이 할아버지의 유언 같아 어쩐지 으스스한 기분이 들었다. 얼어붙은 분위기를 감지한 인산 할머니는 할아버지의 말을 유쾌하게 받아넘기며 웃었다.

"늙으면 죽어야지 하는 게 3대 거짓말이라던데요. 나머지는 뭔지 모르니 묻지 마세요."

인산 할머니의 말에 경직됐던 분위기가 녹아내렸다. 하지만 이사장 할아버지의 질문은 인산 할머니가 아닌 48호 아저씨와 회색 양복 아저씨에게로 향했다.

"영원히 청춘에 머문다면 그 불안하고 생기 넘치는 청춘이 그토록 아름답지 않겠죠. 늙어 가는 것도 아름다움인데 그 섭리를 거스르는 가장 큰 원흉이 돈이잖습니까. 지금의 돈은 신의 섭리를 벗어난 뱀파이어나 다름없이 끝없이 생명을 빼앗으며 인간성을 상실한 채 살아가니까요. 사람들은 그게 돈이 가지는 이자라는 이상한 속성 때문이라고는 생각하지 않고 가난이 그저 개개인의 문제일 뿐이라고 치부해 버리죠. 그래서 더 큰 문제는…… 온다정, 이효준 뭐겠니?"

"뭐, 뭐요?"

넋을 놓고 이야기를 듣던 나는 얼빠진 대꾸를 하고 말았다.

"저 사람은 돈 있는 부모 밑에 태어나지 못했구나, 사람들은 그걸 비난하지는 않잖아. 오히려 부모로부터 무언가를 상속받는 걸 옹호하지. 미국이 어마어마한 상속세를 매기는 이유는 그 출발이 부당하다는 걸 전제하는 거야. 돈이 이자를 가지는 속성에도 그 부당함이 숨어 있고."

이효준은 입을 굳게 닫고 깊은 생각에 빠진 얼굴이었다. 평상시의 방정맞은 얼굴은 온 데 간 데 없이 진지한 표정이다.

"우리가 바깥세상의 그 불편한 상식을 어떻게 바꿀 수 있겠니?"

"부모님한테 돈을 물려받지 못하게 만든다면 전 찬성이에요. 상속세를 어마어마하게 물려서 금수저를 없애 버려야 돼요."

나중에 이 질문을 곱씹으며 생각해 보니 나는 아주 엉뚱한 대답을 한 셈이었다. 할아버지는 이자를 없애 늘어 가는 돈을 법정화폐와 상생하게 만들자는 의도로 하신 말씀이었는데 나는 상속에 대해서만 열을 올린 것이다. 모두가 웃었고 뒤늦게 질문의 요지를 파악한 나는 얼굴이 발갛게 달아올랐다. 사실 세상 모든 사람의 출발선을 한 줄로 만들지는 못하더라도 얼추 삐뚤빼뚤 비슷한 선에 맞출 수 있는 게 모든 상속의 폐지라는 생각을 한 적이 있었다. 돈에 억하심정이 맺힌 나로서는 한 개인의 재산이 그의 죽음과 동시에 무로 돌아가게 만들어야 마땅하다는 생각이 들었다. 그렇게 유형의 재산이 사회로 환원되어 사회 곳곳에 쓰임새 있게 쓰인다면 세상의 불평등이 해소될 거라는 단순한 생각이었다.

"상속세를 강화하는 것도 하나의 방법이지만 그보다 더 근본적인 대안도 있지. 시스템을 바꾸기 위해 조그마한 상식을 고치고 상식을 고치기 위해 제도와 규칙을 조금씩 바꾸면 가능한 일이란다. 호주에서 은행에 돈을 맡기려면 어떤 일이 벌어지는지 알아? 보관료를 받는단다. 물론 이자를 주는 적금도 있지만 일반 계좌는 한 달에 5달러 정도 계좌 유지비를 받아. 우리와는 다른 상식이지."

"돈을 물건처럼 생각해 보관료를 받는다는 뜻일까요?"

내 궁금증에 이사장 할아버지는 적절한 비유를 들어 주셨다.

"차주 입장에서 커다란 화물차를 빌려주면 차량 렌트비를 벌지만, 그 차 자체가 화물이 되어 버리면 화물 보관료를 내야 하는 거지. 화물차라는 돈이 투자의 대상이 되지 않고 굴러가지 않는다면 화물차로서의 역할을 다하지 못한 거니까. 조만간 마이너스 성장 시대를 맞게 되면 신자본주의에 대한 회의론으로 번지겠지."

그 난해한 이야기 속에 무언가 번뜩이는 것이 있었다. 그 기이한 번뜩임은 조용히 이야기를 경청하던 회색 양복 아저씨의 입에서 칼날이 되어 날아왔다.

"어르신의 말씀은 결국 감가하는 화폐가 이 모든 해결책이 될 수 있다는 말씀이신가요?"

"만병 통치약이란 없습니다."

"신자본주의든 뭐든 화폐 질서의 몰락을 기다리시는 분 같아서요."

분위기가 점점 살벌해지기 시작한다. 회색 양복이 계속 엉덩이를 들썩이고 48호 아저씨가 연신 냉수를 들이켜는 걸 보면 지금 이런 식의 대화가 불편한 게 나만은 아니라는 뜻이다.

"두 분 얘기를 더 듣고 싶네요. 두 사람은 어떻게 이곳에 올 생각은 했나요?"

"저는 여기 온다정 양과 같은 상상동에 살아서 다정 양의 초대로 오게 되었습니다."

초대해 달라고 문자 메시지 수십 통으로 들들 볶은 과거사치곤 너무 짧은 대답이지 않을까 싶지만 어쨌든 끝말은 맞으니 반쯤 고개를 끄덕였다.

"그렇군요."

"참, 할아버지! 아저씨가 여기저기 안 보는 책들 모아서 100권 기부해 주셨어요. 안 쓰는 세탁기랑 전자레인지도 가져다 주셨고요."

"안 쓰는 게 아니라 못 쓰는 거야. 고쳐서 쓴다길래 가져왔다만 괜히 쓰레기를 준 게 아닌가 걱정된다. 차라리 새것으로 사 올 걸 후회하던 참이다."

이곳 사람들에게 가전제품 고치는 건 누워서 떡 먹기라는 효준이 말을 믿고 받은 물건이지만 하나같이 연식이 오래되어 제대로 작동할 것 같지는 않았다. 그럼에도 위원회에서는 48호 아저씨의 중고 가전제품 기부를 두고 이야깃거리가 넘쳐났다. 아니 '일거리가 넘쳐났다'로 정정해야겠다. 이곳은 구식 중에서도 돈 되는 구식을 좋아하는 이상한 사람들의 집합소 같다. 낡아서 폐차 직전인 차를 수리해서 영화 제작사에 빌려주고 돈을 번다는 조합장 아저씨도, 고장 난 가전제품만 수리하는 효준이 같은 이상한 애도 능력자로 대우받는 곳이라, 2G 중고폰을 쓰는 나를 기이하다 여기지 않는다. 이상하리만치 새로운 것, 새로운 소비에 관심이 없는 사람들이다.

"다정아, 그거 하다가 안 되면 다 버리라고 해. 그 시간에 새 것을 사는 게 더 이익이야."

"그래도 아깝잖아요."

"얼리어답터가 신기술 발전의 선두 주자라는 거 아니? 계속 새로운 걸 쓰고 시도해야 기술력도 발전하는 거야."

그 말에 효준이가 차가운 목소리로 대꾸했다.

"그거 아세요? 죽은 고래의 배 속을 갈라 보면 그 속에 엄청난 플라스틱 쓰레기가 들어 있는 거. 다음 세대를 생각하지 않고 계속 무분별하게 만들어 내기만 하고 소비하는 지금 세대는 인류 최악의 세대라는 건요? 그런 물질적 풍요를 누려 온 건 아저씨 다음 세대인 우리와 까마득한 아래 세대가 누릴 권리를 대출받아 사는 것과 마찬가지 아닌가요?"

애는 왜 애먼 사람에게 날을 세우는 걸까? 틀린 말은 아니지만 초면인 식사 자리에서 주고받을 이야기가 아닌 것을. 훈풍이 불던 자리가 또다시 시베리아 벌판이 되어 버렸다.

우리를 죽였던
로투스 펀드

그릇이 비워지고 새 음식이 차려지는 동안 긴 침묵이 찾아들었다. 모두가 다른 생각을 하며 식사를 하는 탓인지 묘한 긴장감마저 느껴졌다. 침묵을 깨고 회색 양복 아저씨가 다시 말문을 열었다.

"석현중 교수님, 뭐 좀 여쭤 봐도 됩니까?"

"교수 그만둔 지 꽤 됐습니다. 촌 늙은이한테 궁금한 게 뭐든 물어보세요."

회색 양복의 표정이 갑자기 진지해졌다. 그 질문을 위해 100만 원을 지불했으니 저렇게 신중하게 뜸을 들이는 게 당연할지도 모른다. 오랜 망설임 끝에 회색 양복의 무거운 입이 열렸다.

"이사장님은 돈나무를 외국의 지역통화를 본떠 만드셨다고 하셨는데 그럼에도 감가 이율은 양들이 태어나고 죽는 이상한 계산 방식으로 정하셨잖아요. 사회적 금융으로 유명한 독일의 GLS 은행은 예금자 스스로가 자신이 투자할 프로젝트를 직접

정하고 예금 이율까지 정할 수 있기 때문에 3분의 1이나 되는 예금자가 아주 낮거나 무이자를 선택합니다. 예금자가 철학자가 되게끔 하는 은행이죠."

"윤리적 금융인 셈이죠."

"그 기반은 결국 사람들의 합리보다 이상을 위해 모이는 사람들의 근간을 믿어서가 아니겠습니까?"

그 말에 할아버지는 천천히 고개를 끄덕였다.

"돈나무는 아니라는 말이고요."

그 말을 시작으로 누구도 예상하지 못한 이야기가 전개되었다.

"네. 본인도 아시는군요. 이곳은 생각이 끼어들 틈 없이 너무 빨리 지어졌죠. 돈나무의 초기 이자율은 사실 이사장 한 사람의 독단으로 결정되다시피 정해졌고 이곳의 모든 규칙 또한 그랬었죠. 제가 알기론 온다정 학생도 이곳에 이사장님 특채로 입학했고요. 투자금의 출처에 대해서 아무것도 밝히지 않고 그저 나를 믿고 따르라는 그 한 마디에 많은 지성들이 당신의 고매한 지성과 철학을 믿고 따라온 거죠. 돈나무는 완성됐지만 사람들을 믿지 못했던 선생님의 이상은 실패라고 봐야 되지 않겠습니까? 이 돈나무 공동체는 아이들의 진학률이 아니면 내세울 것 없는 그저 소규모 자급자족 생활 공간일 뿐입니다. 실제로 이사장님의 감가 화폐가 이곳으로 사람을 끌어모은 게 아니라 아이들이 다시 빛나는 세상 밖으로 나가며 이룩한 숫자들이, 해외 명문대 진학률이 사람들을 끌어모으고 있지 않습니까?"

도대체 무슨 이야기를 하는 거야? 그 말에 깜짝 놀라 들고 있던 숟가락을 내려놓은 것은 나뿐만이 아니었다. 효준이도, 인산 할머니도 회색 양복 아저씨의 말을 듣는 동안 얼어붙은 듯 움직이지 않았다. 하지만 회색 양복은 오랫동안 벼른 칼을 꺼내 들듯 신랄한 비판들을 원탁에 쏟아 내었다.

"일전에 인터뷰에서 젊은 시절에는 토마스 모어의 유토피아를 실현하고 싶었다고 하셨죠. 감가하는 화폐로 건설하려는 이상은 물질로 평가받지 않고 여섯 시간의 노동 시간으로 인간의 존엄성을 유지할 수 있다고 했는데……. 근데 너무 멀리 가셨어요. 일단 발밑에 놓인 주춧돌부터 점검하고 가야 하지 않습니까? 저희가 반빈곤 단체에 기부한 100만 원이란 돈이 어떻게 흘러가는지 알려 주는 것처럼 이곳 돈나무를 만든 돈이 어디서 온 건지 이곳 사람들도 알 권리가 있겠죠."

그는 자신이 기부한 돈의 크기가 할아버지가 이 무례한 답에 대답해야 할 의무임을 힘주어 말했다.

"듣고 싶은 대답은 이미 가지고 있는데 없는 사람한테 그 답을 내놓으라면 어쩌나."

"교수님 선문답은 여전하시네요. 그런 말재주가 젊은 피를 들끓다 죽게 만든다는 걸 모르십니까? 선생님의 그 입에서 나오는 썩은 이상주의가요."

금방이라도 폭풍우가 몰려올 것처럼 주변이 밤처럼 어두워졌다. 회색 양복에 이어 48호 아저씨의 말이 이어졌다.

"당신은 열렬한 반사성Reflexivity이론의 지지자이죠. 관찰하는 행위가 관찰당하는 대상에 영향을 준다는 칼 포퍼*의 이론을 자신의 철학으로 삼아 감가하는 화폐를 만들었다고 주장하지만 사실 이건 유대 금융 마피아로 불리는 조지 소로스의 철학이기도 해요. 돈이 이자를 불린다는 집단적 상식이나 통념이 시간이 지나면서 비판에 의해 무너지면 새로운 이론이 그 상식을 대체할 거란 믿음으로 이 공동체를 만든 거예요. 이를테면 게젤과 슈타이너가 못다 이룬 감가하는 화폐의 21세기 버전을 다른 이들에게 던져두고 스스로 완성되어 가는 걸 보고 싶었던 겁니다. 작가가 캐릭터를 만들고 그 캐릭터들이 글을 쓰게 만드는 것처럼."

48호 아저씨는 앞서 말한 유대 금융 마피아라던 조지 소로스를 할아버지와 동일시하는 것 같았다. 그렇지 않고서야 이렇게 악의적인 말을 그 사람의 면전에서 분개하듯 쏟아 낼 수는 없는 일이다.

"재미있는 이야기는 지금부터입니다. 1997년 말레이시아에서 헤지펀드가 거대 투기 자본을 빼 갈 때, 내 아버지는 그곳에 적을 둔 채 무역업을 하는 일개 중소 기업인이었어요. 저는 제대 후 갓 복학해 새벽 6시에 일어나 뭐든 할 수 있다고 믿는 덜 여문 이십대였고요. 아시아가 휘청거릴 때 많은 회사와 가정이 파탄 났고 커다란 빚을 떠안게 된 사람들이 죽어 나갔죠. 몇 년 후 똑같은 방식으로 당신이 만든 로투스 펀드가 소액 투자자들의 자본을 빼 갈 때도! 그 투자자들 속에 재기를 다지며 전 재

---

* 칼 포퍼(Karl Raimund Popper, 1902~1994): 오스트리아 태생의 영국 철학자이다. 과학 철학뿐 아니라 사회와 정치 철학에서도 많은 저술을 남긴 20세기 가장 영향력 있었던 과학 철학자로 꼽힌다.

산을 투자한 내 아버지도 있었습니다!"

이 사람의 눈빛이 이렇게 핏빛이었던가. 회색 양복의 하얀 눈동자에 날이 선 핏줄기들이 숨겨 온 그의 고통을 드러내며 이사장 할아버지를 공격하고 있었다. 회색 양복은 숫제 협박조였다. 벌겋게 상기된 얼굴만큼 그의 목소리도 커져 갔다.

"피도 눈물도 없이 벌어들인 돈! 헤지펀드 로투스의 대표인 당신과 그 돈이 이 돈나무를 만들었다는 걸 언제까지 속일 수 있다고 생각합니까?"

이사장 할아버지는 침묵했고 다른 모든 이들은 충격받은 얼굴로 두 사람을 바라볼 뿐이었다.

"뒤늦게 이런 감가 화폐니 뭐니 뜬구름 잡는 소리를 해서 그때 본인이 일으킨 흙탕물을 가라앉히려는 참회라면 방향과 시간이 너무 틀어져 버렸습니다. 그런데 왜 세상은 당신에게 죄를 묻지 못했을까? 수많은 회사를 무너뜨리고 수많은 가정을 파괴하고 그 가정의 아이들을 학교가 아닌 길거리로 내몰고 굶주리게 만든 원흉이었던 당신에게 왜 아무도 죄를 묻지 않았을까? 그 돈의 신분이 이곳에서 모두 세탁되었기 때문이죠."

조용히 그의 이야기를 듣던 석현중 할아버지의 입이 무겁게 열리기 시작했다.

"그래요."

그 말 한마디에 회색 양복의 분노가 치밀어 올랐다. 그는 이사장 할아버지에 대한 증오를 숨기지 않고 드러냈다.

"그래요? 겨우 그 말 한마디뿐이라고? 당신이 20년 전에 절단 내 버린 한 남자가 살아 있다면 당신과 똑같은 나이란 것도 아시나? 우리 아버지가 살아 있었다면 당신 같은 늙음을 맞이했을 거라는 생각이 드니 피가 거꾸로 솟구치는군."

모든 사람들의 칼날 같은 시선이 석현중 할아버지에게 쏟아지는 그 순간 인산 할머니가 벨을 눌렀다. 잠시 후 빵 가게 사장님이 오셨다.

"음식이 다 식었네. 다시 데워 줄 수 있나?"

"네."

빵 가게 사장님과 아르바이트를 하는 효준이의 누나가 접시를 내 가는 동안 아무도 입을 열지 않았다. 이윽고 이사장 할아버지가 아닌 인산 할머니가 무거운 입을 열었다.

"거기 선생, 아까 하던 이야기 내가 이어서 해도 될까요? 석현중 이사장이 로투스 펀드를 만들었다는 말을 어디서 들었어요? 로투스 펀드는 개개인이 모여 비밀리에 운영되던 기금이라 외부에서 알기 힘들었을 텐데."

"숨기고 싶은 사실일수록 이자처럼 불어나죠. 로투스 펀드의 대표 트리니티가 석현중 이사장이라는 건 해체된 로투스 펀드의 자금이 이 돈나무 공동체를 만드는 데 쓰인 걸로 증명을 하신 셈이죠. 이곳의 돈은 말년의 면죄부고 이사장 당신은 국제적인 사채업자 그 이상도 이하도 아닙니다."

회색 양복의 차가운 대꾸에 할머니의 고개가 끄덕여졌다.

"그렇군요. 그렇게 알려질 수도 있네요."

인산 할머니의 말을 듣는 순간 모든 감각이 마비된 듯 얼어붙어 버렸다. 돈나무가 정말 로투스 펀드의 돈으로 만들어진 게 맞다는 뜻인가? 인산 할머니도 그걸 알고 있었고?

"그런데 그 대표가 여자일 거라는 의심은 안 해 본 거군요. 명확한 사실 관계를 확인도 하지 않고 사실인 양 말하는 그 지루한 얘기를 들어 주느라 이 좋은 식사 자리를 망치고 있고."

"무슨 소리입니까? 석현중 이사장이 로투스의 대표가 아니라면 도대체 누가!"

그 남자의 시선이 가리키는 곳으로 내 시선이 옮아갔다. 이미 인산 할머니 본인의 입으로 로투스 펀드의 대표가 여자라고 말했다는 걸 기억한다면 이 자리에서 그 말의 무게를 책임질 사람은 단 한 명뿐이었다.

인산 할머니의 이야기가 차분히 이어졌다.

"나도 그쪽처럼 과거 얘기를 해 볼까 하는데 먼저 양해를 구할게요. 이 식사 자리와는 어울리지 않는 얘기니 불편한 사람은 지금이라도 나가셔도 됩니다."

보이지 않는 피비린내가 진동하고 있었지만 그 누구도 자리에서 일어나지 않았다.

"한 젊은 남자가 있었어요. 마흔이면 인생의 정점에 서서 제가 살아온 날과 남은 날을 굽어보며 평온을 찾을 나이죠. 지금 내가 마주하고 있는 여러분처럼요. 남자는 가구를 판매하는 작은 회사를 꾸려 본인이 직접 가구를 만들었는데 손재주와 새벽 4시에 일어나는 성실함 덕에 세상이 말하는 성공만큼은 아니어도 스스로 만족하는 삶을 살았어요. 그런데 이 남자의 치명적인 흠은 수천 억, 수 조 규모를 짐작할 수 없는 국제금융 시장의 큰손을 제 어미로 두었다는 거였어요. 땀 한 방울 없이 눈덩이 같은 돈을 굴려 돈이 돈을 긁어모으게끔 하는 어미는 가업을 이어받지 않고 좀스러운 가구 공방에 틀어박혀 톱질이나 하는 아들이 성에 차지 않았던 거겠죠. 아까 말한 광풍이 불어닥쳤을 때 아들의 가구 회사도 풍전등화처럼 흔들렸어요. 만기로 돌아오는 어음을 막지 못하게 되자 그는 처음으로 제 어미를 찾아갔지만 어미는 돈을 주지 않았죠. 그 돈을 주지 않아야 좀스러운 일을 때려치우고 가업을 이어받게 될 것이라고 믿었던 거죠. 하지만 절망에 다다른 남자의 선택은 어미의 생각과 달랐어요. 남자는 자신이 책임져야 할 무게를 태산처럼 짊어지고 15미터 다리 위에서 뛰어내렸어요. 돈으로 살 수 없는 무언가를 잃어 봐야 소중한 걸 알죠. 나도 당신처럼……."

아버지를 잃은 아들과 아들을 잃은 어머니의 눈빛이 극렬하게 부딪쳤다. 이야기가 전혀 예상치 못했던 방향으로 흘러갔다.

"이 공동체를 제안한 건 석현중 이사장이었어요. 안타깝게도 돈을 버는 능력만 있었던 나는 그 돈을 감가시키는 능력을 갖지 못했거든. 게젤과 슈타이너가 이룩하고자 했던 이상향이 뭔지는 몰랐지만 100년 전 나치 정권이 슈타이너와의 전쟁을 선포하며 그를 암살하려고 했다는 건 흥미롭더군요. 세상을 전복시킬 만한 사상이었기에 나치의 눈에 거슬렸겠죠. 그와 동시대를 살았다는 게젤이란 경제학자가 100년이나 앞서 나 같은 자본가적인 금리 생활자를 비판했다는 것도 묘하고."

"……."

"다시 말해서 당신이 그렇게 비난하고 싶은 로투스 펀드의 트리니티는 나라는 거예요."

데워 온 음식은 하염없이 식어 가고 있었고 그 누구도 물 한 모금 마실 수 없는 분위기였다. 아저씨가 이 자리를 원한 이유를 속인 것만큼 자신의 존재와 돈나무 공동체의 설립 이유를 제대로 설명하지 않은 인산 할머니와 이사장 할아버지에게 화가 났다. 내가 기쁜 마음으로 받아 챙긴 30만 재노시의 기원이 그 망할 헤지펀드에서 비롯된 것이라면 나는 우리 가족을 깡통촌으로 몰고 부모님을 죽음으로 몰고 간 로투스 펀드의 젖으로 배를 불리고 있었던 것이다! 자리에서 일어선 순간 무릎에 얌전히 포개어져 있던 냅킨이 땅바닥에 떨어졌고 그 조그만 움직임에 사람들의 시선이 내게 모였다.

"여기가 로투스 돈으로 만들어진 데였어?"

"온다정!"

효준이가 나를 부른 것은 말리기 위함이 아니었다.

"슬슬 짜증이 나려고 하던 참인데 가려면 같이 가든가!"

효준이 역시 의자를 박차고 일어나 곁에 섰다.

"다들 자기 얼굴을 숨기고 만난 자리에 저만 맨 얼굴로 나와 실실거리다 바보가 된 거 같아요. 할아버지, 인산 할머니, 저희 부모님이 어떻게 돌아가셨는지 아세요?"

지금 할아버지의 굳은 입술은 '그렇다'를 말하는 것 같다.

"그걸 알면서도 저를 이곳으로 부르셨나요?"

"그래."

"로투스 펀드의 죗값을 감해 주는 걸로 이 자리까지 올 수 있었는데 저만 몰랐네요. 로투스는 내가 여기 온 걸 지난날 죄를 용서하는 걸로 받아들인 거겠죠. 암묵적 동의 그딴 걸로. 그걸 이제 알겠어요."

"다정아!"

48호 아저씨가 벌떡 일어나 파리한 얼굴로 나를 붙잡았다. 그것이 아저씨가 할 수 있는 최소한의 예의이고 미안함의 표시라는 걸 알지만 더 이상 이곳에 머물고 싶은 생각이 없어졌다. 이 행동이 졸렬해 보일지라도 나는 그 손을 뿌리쳐야 했다.

"아저씨는 이러자고 사람의 선의를 이용하세요? 아저씨 같은 사람이 선의를 이용할수록 세상에선 선의라는 게 씨가 말라 버린다는 걸 아셔야죠. 저를 속이고 할아버지를 만나러 온 걸로 따지면 로투스 펀드로 만들어진 이곳의 도덕성을 비난할 자격이 있나요? 그리고 할아버지! 제가 받은 돈나무 후원금의 시초가 로투스였다는 걸 왜 밝히지 않으셨어요? 로투스 때문에 집도 직장도 모두 잃은 뒤 우리 엄마 아빠가 어땠는 줄 아세요? 그 돈을 갚겠다고 1톤 트럭을 몰고 나선 새벽 장삿길에 사고를 당하셨다고요."

한번 터져 버린 눈물이 봇물처럼 쏟아져 내린다. 점멸하는 노란 신호등이 내게 갈 것인지 멈출 것인지 결정하라고 재촉했다. 지금 내 목소리를 내지 않으면 응어리진 무언가가 평생을 따라다닐 납덩이가 되리란 서글픈 예감이 들었다. 나를 지켜 주는 울타리라고 생각했던 그 무엇이 무너져 내리는 기분이다.

"돈에 이름표가 있다고 하신 분이 할아버지시니까요. 저한테 로투스라는 이름표 강요하지 마세요!"

48호 아저씨가 할 말을 잃은 사이 회색 양복이 자리에서 일어서더니 차가운 목소리로 말했다.

"온다정 학생, 이 이야기는 어른들끼리 조용히 마무리하고 싶은데 잠시 자리를 비켜 줄 수 있을까?"

식사 자리를 망치고 있는 것은 단연코 나였다. 주책없이 흘러내린 눈물을 닦고 나가려는데 이사장 할아버지의 목소리가 나를 붙잡았다.

"이봐요, 선생! 주객이 전도되었군. 이 자리를 마련한 사람은 온다정 학생이니 손님으로 최소한의 예의도 지킬 수 없으면 선생이야말로 일어서는 게 좋겠소."

"……."

회색 양복의 시선이 테이블 끝에 못 박힌 듯 고정된 채 움직이지 않았다. 조용히 자리를 지키고 있던 인산 할머니가 무릎에 얹어 두었던 냅킨을 식탁에 올리며 말했다.

"미안합니다. 나도 주인이 없는 식사 자리에 있고 싶지는 않군요."

회색 양복은 시선을 회피한 채 대답이 없었다. 인산 할머니는 그를 돌아보며 말했다.

"위원회에 말해 둘 테니까 식사 기금은 다시 받아서 가세요."

말의 잔상보다 더 빠르게 인산 할머니의 모습이 문 밖으로 사라졌다. 나가겠다고 선언한 나보다 먼저 인산 할머니가 떠나며 분위기는 더 급속도로 냉각되었다. 뒤를 이어 이사장 할아버지가 조용히 자리를 떠나셨고, 효준이와 나, 48호 아저씨와 회색 양복만이 식어 버린 음식을 지키고 섰을 뿐이다. 두 어르신이 떠나고 나자 사태를 파악한 48호 아저씨가 뒤늦게 사과를 건넸다.

"……미안하게 됐다."

"사과는 받지만 남은 밥을 아저씨랑 같이 먹고 싶지는 않네요. 아저씨뿐만이 아니라 로투스 돈으로 지은 이 밥을 먹기 싫다는 뜻이기도 해요. 안녕히 가세요."

터덜거리는 발을 끌고 참나무 숲길을 걷는데 몸이 땅속으로 가라앉는 기분이 들었다. 아침까지만 해도 돈나무 안의 모든 사람들이 부러워했던 사람이었는데 지금의 나는 이 돈나무 안에서 가장 비참한 사람이 되어 버렸다. 석현중 교수를 만나기 위해 나를 이용한 48호 아저씨나 그의 친구나 나를 속인 석현중 교수나 인산 할머니를 떠올릴수록 참담함이 깊어졌다. 어쩌자고 이런 식사 자리를 마련했던 걸까? 어쩌자고 그렇게 미워했던 로투스 펀드의 방식대로 식사 자리를 경매 부치듯 넘겨서 돈을 벌었던 걸까? 기부금이란 이름으로 돈을 벌어들인 그 마음으로 로투스를 비난할 자격이 희석되었다는 게 가장 속상하고 참담했다. 무엇보다 이사장 할아버지가 로투스 펀드 때문에 파탄난 수많은 가정과 그 아이들 가운데 왜 하필 나를, 우리 자매를 이곳으로 불러들인 건지 이해가 가지 않았다.

멍한 눈앞에 빵 봉지 하나가 나타났다. 효준이가 가게에서 가져온 빵이었다.

"아 씨! 밥도 제대로 못 먹고 먹다 체하고 최악이다. 이거라도 먹어."

"됐어, 자기 엄마 가게라고 아무거나 대충 들고 온 주제에 선심은."

"아들 알바 땡땡이쳤다고 위원회에 고발한 사람이 우리 엄마인데 딱 보면 견적이 안 나오냐? 빵집 아들이 돈 내고 사 온 빵이라고."

지금 내가 느끼는 이 감정이 허탈함인지 헛헛한 배고픔인지 나 역시 분간이 가지 않던 참이었다.

"모르는 것 없는 이효준 선생, 뭐 좀 묻자. 넌 이걸 알고 있었어? 로투스가 이 돈나무를 만들었다는 걸 처음부터 다 알면서 그 자리에 앉아 있었던 거야?"

발뺌이나 할 줄 알았던 녀석이 어쩐 일로 고분고분하게 고개를 끄덕이며 말했다.

"좀 이상해서 여기저기 뒤져 보긴 했어. 로투스 돈으로 여길 만든 건 어렴풋이 알았는데 너희 집이 로투스 헤지펀드 때문에 그렇게 된 줄은 몰랐어. 그래도 조지 소로스에 비하면 로투스는 껌이지. 어쨌든 개과천선했잖아."

효준이마저 의심했던 돈나무 공동체의 근본과 돈의 출처를 왜 나는 한 번도 의심하지 않았을까? 머릿속 이상만으로 이 넓은 땅을 사고, 집을 짓고, 학교를 세우고, 양을 키워 왔다는 순진한 믿음에 짜증이 솟구쳤다.

"머리 아파. 이제는 로투스라는 이름조차 입에 담기 싫어."

"너 도서 부장이었다며? 공부는 싫고 책 읽는 건 좋아서 성적은 나쁘고 범죄소설 첫 장을 읽으면 살인자를 알아맞히는 이상한 애라고 소개서에 썼잖아. 피한다고 답이 있냐?"

하다 하다 남의 소개서까지 훔쳐보는구나. 나는 효준이에게 눈을 하얗게 흘기며 물었다.

"그건 누가 말해 줬는데?"

"들은 게 아니라 로투스 펀드 추적하면서 관리자 모드 뚫고 들어가서 본 거야."

오토바이만 손보는 게 아니라 컴퓨터 프로그램도 손보는 녀석인 모양이다.

"그런데 인산 할머니가 그 헤지펀드 대표였다는 거네. 우리 집 망하게 하고 부모님 돌아가시게 만든 그 펀드가."

"나도 자세한 얘기는 처음 들었어. 아무튼 트리니티가 한 10여 년쯤 전까지 동아시아 쪽에서 꽤 규모가 큰 헤지펀드를 운용했다는 거밖에. 코리아의 조지 소로스라고 불릴 정도였는데 어느 날 모든 기금을 청산하고 은둔하다가 뚱딴지같이 이 돈나무 공동체를 만들었다는 정도만 알아냈으니까."

인산 할머니를 이해하기도 전에 미워할 이유를 찾아 버린 것 같다.

"로투스가 갑자기 해체되고 사라진 것에 대해서 말이 많았어. 그 많은 돈이 어디로 갔을까? 세상은 그걸 제일 궁금해했지. 그 돈이 다른 곳도 아니고 감가하는 돈을 만드는 돈나무로 온 것은 나도 의외라고 생각하지만. 그렇다고 해도 이사장 할아버지가 네게 잘못한 것은 없잖아. 오히려 네 사정을 알고 기회를 준 게 이사장 할아버지잖아. 로투스 펀드로 이곳이 조성된 걸 숨긴 건 어쩔 수 없는 일이었을 거야. 너에게도, 돈나무 조합원 모두에게도."

하지만 너무 늦은 말이었다.

"이제는 다 싫어. 사람도 돈도."

효준이는 내 말에 숨은 뜻을 알아차린 얼굴이었다. 하지만 아무것도 묻지 않은 채 돌아갔다.

떠나려는
비겁한 용기

돈나무를 떠나겠다고 했을 때 언니나 빵 가게 사장님은 아무 말이 없었다. 로투스 펀드의 실체를 알고 혼란스러워하던 언니는 갑작스러운 내 결정을 반대하면서도 막지 못했다. 수정이에게는 아무 말도 하지 않은 채 그저 숨길 도리밖에 없었다. 떠나겠다는 내 의지가 너무 확고한 탓에 그 누구도 쉽게 막아서지 못했다. 다만 수정이까지 데리고 가는 것은 빵 가게 사장님이 반대할 뿐만 아니라 내 자신조차 원치 않는 일이라 사장님께서 수정이를 잘 돌봐 주신다는 약속을 감사히 받아들였다. 그리하여 운명이라고 달려들던, 피한다고 피했던 그 길이 나를 불렀다. 돈나무를 떠나기로 결정한 뒤 망설임 없이 희정이 엄마에게 전화를 걸었다. 언니가 가려고 했던 무상시市 공장에 취직이 되고 기숙사 입소가 확정되자 나는 미련 없이 짐을 쌌다.

하지만 돈나무 안에서 내 탈퇴는 그리 큰 이슈가 되지 못했다. 강원도 내 여러 시에서 한꺼번에 발견된 가짜 돈나무 돈 때문에 공동체가 발칵 뒤집어지고 그 일로 경찰 조사까지 받게 되면서 돈나무 안이 그 어느 때보다 시끄러웠기 때문이다. 위조지폐의 출현에 전국의 이목이 공동체에 집중되었다. 돈도 아니고 유가증권도 아닌 이상한 돈을 발행하는 곳으로 언론의 집중포화를 받기 시작하면서 이상한 소문이 떠돌았다. 은행권에서 돈나무를 견제하기 위해 흘린 악의성 루머라는 말도 있었고, 관광객을 빼앗긴 주변 지역에서 일부러 위조지폐를 찍어 낸 것이라는 출처를 알 수 없는 이야기도 들려왔다. 뿌리를 알 수 없는 소문은 점점 커져 갔다. 한국은행이 지권 발행의 독점을 침해했다고 공동체를 고소할 것이라는 뉴스가 오르내렸고 공동체는 지권이 아니라 증서라고 항변하는 인터뷰를 내보냈다. 결국 제일 먼저 도마에 오른 것은 얼마 전 돈나무 돈을 위조했던 김형태와 그의 친구들이었다. 아이들이 경찰에 체포되자 이사장 할아버지가 직접 경찰서를 찾아가 그날의 일을 해명했다. 덕분에 할아버지의 하얀거는 시작도 하기 전에 끝이 나 버렸다.

얼마 후 위원회 사무실에 검찰들이 들이닥치던 날, 나는 돈나무를 떠나왔다. 지폐를 찍는 기계와 컴퓨터를 지키기 위해 공동체 사람들이 몸으로 조합 문을 가로막고 있었고, 들어가려는 사람들과 막으려는 사람들 사이에 격렬한 몸싸움이 벌어졌다. 옷이 뜯기고 머리카락이 뜯기고 몇몇은 흙바닥에 나뒹굴며 아수라장이 되는 사이 이사장 할아버지가 나타났다. 할아버지는 사람들을 설득해 직접 조합 문을 열었고 검찰청 사람들은 사무실 안의 서류들을 싹쓸이하듯 상자에 담기 시작했다. 나는 덤덤히 그 광경을 지켜보다 돌아섰다. 식사 자리에서 있었던 사건을 알지 못하는 몇몇은 그저 어려울 때 발을 빼고 도망가는 아이라고 욕하기도 했지만 그런 말에 신경 쓰고 싶지 않았다. 달랑 옷가지 몇 개만 챙긴 짐 가방을 들고 돈나무 입구까지 내려오는데 그 앞에 효준이가 오토바이를 세운 채 나를 기다리고 있었다.

"타이밍 한번 죽이네. 꼭 이럴 때 가야겠냐?"

"너야말로 이럴 때 깐족거려야겠냐?"

"타라."

"왜?"

"일전에 식사 시간 다 못 채운 거라고 생각하든가."

"됐어."

"그럼 가방이라도 실어. 터미널까지 데려다 줄게."

효준이는 내 대답을 듣지도 않고 가방을 빼앗아 들었다. 하지만 나는 녀석이 든 가방을 도로 빼앗아 들었고 우리는 가방을 두고 옥신각신 싸움을 벌였다.

"됐다고!"

"아, 진짜 고집불통 벽창호 같은 게, 꽉 막힌 밤고구마 주제에 갈 거면 돈나무가 잠잠해질 때 떠나든가. 지금 떠나면 뭘 모르는 사람들이 뭐라고 하겠어?"

"그딴 게 무슨 상관이야? 어차피 여기 들어오기 전에는 모두 모르던 사람들이잖아. 그리고 어찌 됐든 손가락질받을 만한 곳이잖아!"

"로투스가 기부한 돈을 받은 게 그렇게 손가락질받을 일이야? 죄라면 가난하면서도 잘 산 죄밖에 없어. 세상은 그게 두려운 거고! 감가하는 돈을 쓴다고 무정부주의고 범법자냐?"

"잘난 척 그만해. 무정부주의니 뭐니 말 같잖은 소리 지껄이지 마. 결국 돈 많은 사채업자 면죄부 만들어 주고 얻은 이름표잖아. 300명 모두가 이사장 할아버지와 인산 할머니 장단에 신명 나게 놀아난 거지. 여섯 시간만 일해도 모두가 먹고살 수 있는 유토피아? 웃긴다고 해. 조그만 바람에도 휘청이는 저런 곳이 유토피아야?"

녀석이 상처 입은 어린아이 같은 표정으로 내게 물었다.

"그럼 넌 어땠는데? 여기 있는 지난 반년 동안, 로투스라는 이름을 듣기 전까지 넌 어땠냐고!"

"나도 묻자! 돈나무가 오염된다며 네가 반대했던 김형태와 내가 뭐가 다른데? 내가 여기 오는 걸 누구보다 반대했던 사람이 너였다며! 알고 보면 네가 제일 나쁜 놈이잖아."

마지막 말은 진심이 아니었지만 녀석의 마음을 산산조각 찢어 놓았다. 줄을 붙잡던 효준이의 손이 툭 떨어져 나갔다. 입술을 깨물고 돌아선 그 순간, 나는 오랫동안 이 순간을 후회하게 되리란 걸 알 수 있었다.

5부

그물망으로 만든
돈의 공장

새벽 늦게 잠든 탓에 알람을 끄기 위해 손을 뻗는 것도 힘들다. 겨우 정신을 차리고 일어나 보니 알람과 휴대폰 벨소리가 이중주로 울려 대고 있었다. 골이 땅하도록 울리는 건 명애의 휴대폰이었다. 아침 7시에 울리는 전화는 아주 다급하거나 잘못 건 것일 텐데 짧게 울렸다 꺼지고 잠잠한 걸 보면 다급한 쪽은 아닌 모양이다. 이도 저도 아니면 다급하지 않으면서 제대로 건 전화이겠지만 그저 식구들 안부 인사려니 하며 관심을 끊었다.

긴장했던 순간이 지난 자리에 직업병이 돋아났다. 잠시 만진 명애의 새 휴대폰이 디스플레이, 터치스크린, 카메라, 무선 섹션 등으로 차례차례 분해되어 머릿속에 입력되었다. 내가 조립하고 명애가 액정 화면을 닦고 조장이 검수를 한, 지난달에 출시된 수십만 대의 휴대폰 중 하나라 이제는 눈을 감고도 그속을 알 수 있을 정도다. 우리의 한 달치 월급과도 맞먹는 저 비싼 휴대폰을 사면서 명애는 이렇게 말했다.

'돈 버는 족족 가족들한테 보내는데 고마워하지도 않고, 큰 딸은 죽었는지 살았는지 신경 쓰지도 않는 엄마 아빠한테 뭘 바라고 공순이가 된 건지. 지난달부터 월급 반만 보내고 내가 사고 싶은 거 사고, 먹고 싶은 거 먹는 중이야.'

　명애의 말은 슬펐지만 목소리만은 애처롭게도 밝았다. 스무 살, 다른 아이들이 대학생이 되어 인생의 황금기를 보내는 동안 명애와 나는 하루의 열 시간을 이 휴대폰 제조 공장에서 보낸다. 공장 직원들 중에서도 가장 막내에 속하는 나는 휴대폰의 주요 9개 부품을 조립하는 과정 중 회로 기판을 연결하는 파트에서 근무하는데 마이크로 칩을 전자 기판에 넣고 실납을 녹여 고정하는 일을 하는 곳이다. 며칠만 배우면 이내 숙달되는 단순노동이지만 감정 없이 반복되는 노동은 나를 기계로 만드는 기분이다.

　명애는 곤히 자는 나를 깨우지 못하고 먼저 일을 하러 간 모양이다. 명애가 일하는 라인은 내가 일하는 곳에서 불과 몇십 미터 떨어진 곳에 있지만 놓고 간 휴대폰을 가져다 줄 수는 없다. 근무 시간에 대화가 금지돼 있고 원칙적으로 작업장에 휴대폰을 소지하는 것 역시 금지되기 때문이다. 고강도 집중력을 요하는 일에 불량품을 최소화하기 위한 회사의 방침이라며 방진복에는 휴대폰을 넣을 주머니조차 달려 있지 않다. 어차피 마스크까지 끼면 누가 누구인지 알아볼 수도 없으니 명애에게 휴대폰을 가져다 주는 건 애초부터 쓸데없는 짓이다. 하지만 명애는 늘 손에서 그 휴대폰을 놓지 않았다. 명애의 눈과 귀를 사로잡는 것은 휴대폰이 옮겨 주는, 우리와 상관없는 세상

밖 소식이다. 그들의 행복한 이야기를 한껏 흡입하고 고립된 동굴 같은 작업장으로 들어가는 데 위안을 삼을 뿐이다. 나는 명애와 반대다. 휴대폰의 전원을 늘 꺼 놓는 나는 한시라도 빨리 이 세상과 단절되어 작업장 안에 들어가고 싶은 마음이다. 명애가 입에서 단내 난다고 하는 그 단순노동을 하는 동안만큼은 머릿속에 돈나무에서의 시간이 사라졌기 때문에, 열 시간의 작업 시간 동안 돈나무에서의 모든 추억들과 사람들과 그곳의 바람이 내 곁에 머물지 못했다. 갱도 같은 작업장에서 나와 기숙사로 돌아오는 어두운 골목길, 유난히 쓸쓸해 보이는 가로등 어귀에서 돈나무는 늘 나를 기다리고 있었다. 손과 눈이 아무 것도 쫓지 않고 모든 긴장이 사라져 버린 머릿속으로 행복했던 그때의 기억과 그리움이 매일매일 이자처럼 붙어나 나를 따라 왔다.

잔업을 포함해 열네 시간 동안의 하루 일과가 끝났다. 기진 맥진 물을 먹은 솜뭉치가 되어 방으로 돌아왔지만 얼굴과 손에 달라붙은 작업장 먼지를 씻는 게 우선이다. 그냥 잤다가 다음 날 피부에 발갛게 발진이 난 뒤로 아무리 피곤해도 씻는 것을 잊지 않았다. 하지만 평소라면 한산했을 공동 샤워장이 야간 잔업을 마친 사람들로 11시가 넘도록 북새통이었다. 몸의 짠 내만 덜어 내고 누우니 시계가 11시 45분을 가리킨다. 하루에 서 딱 15분이 모자란 하루, 내가 온전히 누릴 수 있는 오늘 하루의 시간인 셈이다. 그걸 보고 옆자리 명애가 휴— 낮은 한숨을 쉬며 말했다.

"그래도 오늘은 오늘을 안 넘겼네. 무슨 잔업 기계들만 모아 놓은 거 같아. 야간 잔업을 시킨다고 하는 애들이나 위에서 하란다고 시키는 팀장들이나."

"난 세상 사람들이 더 이상해 보이는데."

명애의 움푹 꺼진 눈이 물끄러미 나를 보았다.

"우리가 바쁘다는 건 세상 사람들이 그만큼 새 휴대폰을 산다는 소리인데 멀쩡한 휴대폰을 왜 새 휴대폰으로 바꾸는 건지 모르겠다고."

"약정 할인 기간이 지나면 잔고장이 많아지잖아. 연애의 감정도 3년을 못 넘긴다는데 휴대폰도 딱 그맘때 질리게 만들었나 보지. 최첨단 기술이 못 할 게 뭐겠어."

"나야 모르지. 그만큼 좋은 휴대폰을 써 본 적이 없으니까. 참, 근데 아까 전화벨 계속 울리던데 급한 전화 아니야?"

"급한 전화 맞아. 집에서 돈 떨어졌다고 돈 보내라는 급한 전화."

아무렇지 않은 듯 말하는 명애의 담담함이 안쓰러웠다. 불을 끈 좁은 방 안에 명애의 휴대폰 액정 불빛만이 환하게 어둠을 밝혔다.

"그만하고 어서 자. 내일도 아침에 늦잠 자면 조장이 벌점 두 배라고 했잖아."

"이거 때문에 그러는 거 아냐. 몸이 천근만근 땅으로 꺼질 것 같은데 잠이 안 와서 그래."

"따뜻한 우유라도 한 잔 데워 먹든가."

명애가 모로 돌아누우며 휴대폰을 끄자 익숙한 어둠이 찾아왔다. 밤새 뒤척일 명애 생각에 가로등 불빛이 새어드는 커튼을 조용히 잡아당겨 보지만 껑충 올라간 밑단으로 들어오는 무심한 불빛은 사라지지 않는다.

"다정아……."

"왜."

"너 손톱 깎았어?"

"아니."

갑자기 웬 손톱 얘기냐고 물어보지도 않은 채 입을 다물었다. 왜냐고 말을 보탰다간 명애의 불면을 더 재촉하리란 생각에서였다.

"언제 깎았어?"

"글쎄……. 일주일쯤 전에."

무슨 대답을 기대한 건지 명애의 돌아누운 등에 아무런 감정이 느껴지지 않는다. 미동도 없는 그 등 너머로 가냘픈 목소리가 흘러나왔다.

"생각해 보니까 난 거의 한 달 동안 손톱을 안 깎은 거 같아."

"기르는 중이야?"

"아니. 손톱이…… 자라지 않아. 생리도 하다 말다 하다가 멈춰 버렸고."

갑자기 찬 공기를 들이마신 것처럼 가슴이 시리고 먹먹해졌다. 잠을 설치기에 그만한 각성제가 없었다. 어둠을 떨치고 자리에서 일어나 앉아 물끄러미 명애의 돌아누운 등을 바라보며 말했다.

"병원에는 가 봤어?"

"아직…… 사실은 무서워서 못 가고 있었어. 손톱이 안 자라고 생리가 멈추는 병이 뭐냐고 물었는데 의사 선생님도 모른다고 하면 어떡해. 뭔가를 안다는 말보다 모른다는 말이 더 무섭잖아. 뭔가를 알아야 시도라도 하고 희망이라도 가져 볼 텐데 그럴 여지조차 없다면 되돌릴 수 없이 무너져 버릴 것 같잖아."

"내가 같이 가 줄게. 요즘 잠도 통 못 자고 스트레스 받는 일이 많아서 그렇겠지."

손을 뻗어 보았지만 침대 너머 명애의 등까지 손이 닿지 않아 떨고 있는 그 어깨를 쓰다듬어 주지 못했다. 어둠 속을 헤매던 손을 거두어 찬찬히 내 손톱을 들여다보았다. 희미한 불빛에도 깎을 때를 훌쩍 넘겨 웃자란 손톱이 보였다.

"고마워 다정아……. 그리고 진작부터 해 주고 싶은 말이었는데 넌 참 여기랑 안 어울려. 돌아갈 곳이 있을 때 가. 여기 계속 있다간 나처럼 될지도 몰라."

궁색한 변명을 찾는 사이 한참의 시간이 흘렀고 명애의 낮고 고른 숨소리가 들렸다. 힘들게 잠이 든 명애를 깨우지 않으려고 조심스레 일어나 커튼을 살짝 열었다. 명애의 말이 사실이길 바랐다. 별빛과 달빛만 가득하던 칠흑 같던 돈나무의 밤이 새카맣게 물든 우듬지 저 너머에서 나를 기다리고 있길.

그리고 명애는 몰랐을 것이다. 불면의 밤에 시달리는 건 명애가 아닌 나였는데, 명애가 잠든 후에도 오래도록 나는 이 방안을 서성이며 떠나온 그곳을 생각했는데. 로투스 펀드가 돈나무의 흙이고 뿌리라는 것을 몰랐을 때만 해도 나는 인생에서 가장 행복한 순간을 보내고 있었는데 어떻게 한순간에 그 행복이 무너져 버린 걸까? 이제 와 고백하자면 나는 마땅히 그래야 한다는 내 행동의 당위성에 도취되어 있었던 모양이다. 부모님을 죽음으로 몰고 가고 우리 가족을 가난의 절벽으로 내몬 로투스의 돈을 받아들여서는 안 된다는 덜 여문 이상이 또다시 나를 절벽으로 내몰았다. 할아버지가 보여 준 돈의 이상에 고무되었고 그곳을 향해 거리낌 없이 달려들 만큼 설득당했었다. 돌이켜 보면 얼치기 열아홉인 주제에 말에 책임을 지는 어른 흉내를 내고 싶었던 것 같다.

그리고 또다시 마주한 천장 위 바스러져 가는 형광별이,

'그것 봐, 희망이 아니랬잖아. 반짝이는 모든 것은 결국 사그라져 간다고.'

밤마다 망령처럼 서성이며 무엇을 그리워하는지도 모른 채 뒤척이는 게 명애 혼자만의 고민이 아님을 밝히지 못하고 까무룩 의식이 멀어졌다. 꿈속에서 나는 늘 어딘가에서 들려오는 사람들의 목소리를 위안 삼아 양 떼 목장에서 바람을 맞으며 울타리를 따라 걷고 있었다. 가난도, 야간 잔업도, 휴대폰 부속품으로 가득한 작업대도 보이지 않는 푸르른 공간이 컨베이어 벨트처럼 끝없이 이어졌다. 울타리를 고치면 또 다른 울타리가 눈앞에 나타났지만 그 노동이 고역이거나 징벌이 아니었다. 일은 돈을 벌기 위함이 아니라 내 손길이 필요한 곳에 내 힘을 덜어 주는 과정이었다. 양들의 털을 깎으면 이내 수북이 자라는

털을 보면서도, 한 녀석을 깎고 내보내면 또다시 다른 녀석들의 털을 깎는 단순노동이 반복되었음에도 힘들지 않았다. 일이 삶의 일부였고 나는 그걸 깨달은 내 자신이 좋았다. 그때 휘슬이 온몸에 비누칠을 한 채 또다시 양들 사이를 질주했다. 누군가가 소리치고 누군가가 휘슬을 부는 그 속에서 느닷없이 비명이 들린다.

발아래 있던 돈나무의 푸른 초원이 사라지고 하얀 콘크리트 벽이 닿았다. 꿈에서 현실로 돌아오니 천장에 덕지덕지 붙은 야광별이 누더기가 되고 일상은 또다시 우울한 회색빛으로 뒤덮여 있었다. 지렁이가 빗줄기를 따라 바깥세상으로 나온 뒤에야 흙 밖 세상에 비감을 느낀 것처럼, 나는 또다시 마주한 이 현실에 속울음을 삼켜야 했다. 흙 속에 코를 박고 살아야 할 운명을 거부하다가 그 음습함이 결국 저를 살리는 집이었음을 깨달았을 때의 후회와 그럼에도 똑같은 실수를 반복할 것을 아는 영민함의 울음. 늘 되풀이되는 똑같은 꿈이었다.

잠시 간밤의 꿈을 더듬는 사이 복도에서 또다시 찢어지는 비명이 들려왔다. 옆자리를 살펴보니 잠을 자던 명애가 보이지 않는다. 알 수 없는 불안감에 맨발로 방을 뛰쳐나와 복도를 달렸다. 그 끝에 잠옷 바람의 아이들이 보였다. 아이들은 난간을 둘러싸고 놀란 입을 다물지 못한 채 연신 발을 동동거리고 있다. 그 사이로 삐죽 솟아 있는 한 사람의 뒷모습이 낯익어 아이들을 밀치고 다가갔다. 그는 벽을 잡고 난간 위에 위태롭게 서 있었다. 늘 잠에 취해 있던 피곤한 얼굴이 아닌 이상한 생기를

떤 명애였다. 명애는 금방이라도 그 허공 속으로 뛰어들 것처럼 위태로웠다.

"……명, 명애야!"

그 소리에 명애가 잠시 나를 돌아보았지만 시선은 다시 먼 곳으로 향했다. 그리고 속을 알 수 없는 뜬금없는 대답이 이어졌다.

"다정아, 나 간밤에 진짜 잘 잤어."

"무슨 소리야? 너 왜 거기 있어?"

"계속 푹 잘 자고 싶어서."

명애는 지금 자신이 무엇을 하고 있는지, 왜 하려는지 그 어느 때보다 또렷한 의식이다. 꿈인지 생시인지 분간을 못한 채 몽롱한 의식으로 서 있는 게 아니란 생각에 소름이 돋았다.

"의사 선생님한테 가서 수면제 처방받으면 되잖아."

"안 돼. 수면제를 먹으면 아침에 못 일어나서 벌점을 받고 안 먹으면 밤에 잠을 설쳐서 낮 근무가 엉망이 되고. 뭘 해도 결과는 달라지지 않아. 아무리 노력해도 우리 가족 빚은 계속 늘어날 거라고."

명애가 선 난간은 그 사랑과 미움 사이, 자신도 종잡을 수 없는 마음의 한가운데이다. 어느 쪽을 선택하든 명애의 현실은 나아지지 않는다. 내가 난간으로 다가서자 명애가 눈동자에서 초점을 거두고 눈을 감았다. 찢어지는 아이들의 비명이 귓구멍을 흔들었다. 눈을 감은 명애의 몸이 크게 휘청이더니 균형을 잃고 앞으로 고꾸라진다. 온몸의 털이 바짝 곤두섰다. 명애의 몸이 앞으로 흔들리는 순간 나는 허공을 뛰어 명애를 힘껏 안

앉다. 명애를 안은 채 내 몸이 바닥으로 향하게 몸을 돌리는 그 찰나의 순간에 서정 언니와 수정이와 할머니, 그리고 돈나무의 많은 사람들이 내미는 손이 눈앞에 환영처럼 나타났다 사라졌다.

철렁—

그물망이 크게 흔들리고 수차례 반동이 계속되는 동안에도 명애를 꼭 안은 팔을 풀지 않았다. 요람 같은 그물이 우리를 다 독여 주는 동안 쏟아질 것처럼 많은 별이 눈에 들어왔다. 뛰어 내린 우리를 붙잡아 주지 못한 그들의 미안함과 안타까움이 별 빛처럼 부서지며 쏟아져 내렸다. 지난 2년 동안 이곳으로 뛰어 내린 공장 직원이 다섯 명이 넘었고 머지않아 열 명을 채우리라는 말이 흉흉하게 기숙사 안을 떠돌았다. 회사는 우리가 뛰어내리지 못하게 10센티 정도만 열 수 있게 창문의 구조를 바꾸었고 곳곳에 감시 카메라를 설치했다. 정신 상담을 해 주는 정신과 의사도 상주한다고 했지만 누구도 그를 만나 보진 못했다. 안전망이 만들어진 건 불과 한 달 전이었다. 회사가 설치한 대형 그물이 ㅁ자 건물의 안쪽 네 귀퉁이에 달렸다. 그 그물망이 제 역할을 할지 어떨지, 우리가 뛰어내리기 전까지 그 누구도 알지 못했다. 그 만약에 대한 두려움이 명애와 나를 살린 것이다. 덕분에 죽지 않고도 별을 볼 수 있다는 사실도 알게 되었다. 그물망의 출렁임이 잦아들자 골목 가로등 불빛에 숨어 있던 돈나무의 바람이 머리칼을 간질였다.

아직 밤이 되지 않았는데…….

기어 들어가는 내 목소리에 돈나무의 바람이 토닥토닥 어깨를 두드리며 자장가를 불러 주었다. 그곳을 떠난 뒤 오랫동안 느껴 보지 못한 편안한 잠이 찾아들었다.

또다시
8퍼센트의 비밀

병원으로 오기까지 그물망에서 우리를 구하던 사람들의 다급한 손길과 요란한 사이렌 소리와 손과 발을 주물러 주던 사람들의 온기가 기억 속에 남았다. 눈을 뜨고 정신을 차려 보니 병원이었다.

나는 오른쪽 다리에 금이 갔고 명애는 엉덩이와 허벅지에 가벼운 찰과상을 입었지만 회사 측의 강력한 제재로 명애와 함께 나란히 병원에 입원했다. 일주일간의 유급 휴가와 일체의 병원비를 약속한 회사 측은 일련의 사건을 외부에 발설하지 않을 것을 다짐받고 그도 모자라 내용을 읽지도 못한 서류에 사인을 받아 갔다. 자살을 시도한 건 명애였는데 나도 명애와 똑같이 강력한 안정제를 처방받아 반나절 이상 혼수상태에 가까운 잠에 빠졌다. 또다시 의식이 돌아왔을 때 처음 마주한 것은 깊이를 알 수 없는 서정 언니의 젖은 눈이었다. 어떤 소식을 듣고 여기까지 찾아왔을지 생각하자 괜스레 미안해졌다.

"몸은 좀 어때?"

"······괜찮아."

묻고 싶은 말이 아니었고 하고 싶은 말도 아니었지만 어려운 대화는 늘 그쯤에서 마무리되었다. 그렇게 마음을 접는데 느닷없는 언니의 질문이 이어졌다.

"왜 그랬어?"

"뭐가······."

"왜 뛰어내렸어?"

꼬리를 물고도 또 꼬리를 물려고 뛰어야 하는 쳇바퀴 같은 이야기였다.

"구하려고 그런 거지."

"······왜 달려가서 뛰어내렸어?"

아니라고 하기엔 나 역시 그 순간에 대한 의심이 깊은 터였다. 달려갈 땐 명애만 보였고 그물망은 생각나지 않았다는 말을 언니가 어떻게 받아들일지 겁이 났다. 죽고자 한 것은 아니었지만 내 자신을 돌아보지 못할 만큼 나 역시 피폐해진 상태였다는 걸 뒤늦게 깨닫고 두려움을 숨기는 중이었다.

"아, 아니라니까, 거기 그물망이 있으니까 뛴 거고 애가 의식 없이 뛰어내려서 크게 다칠까 봐 일부러 그런 거라고."

"네가 괜찮다는 얘기 듣고 기숙사 가서 네 짐 다 싸서 나오는데 그 난간에서는 그물이 보이지도 않았어. 그냥 내려다만 봐도 소름 끼치도록 무서운 검은 구덩이였어. 그런 곳에서 넌 왜 그랬는데?"

언니가 이해하는 그 무서움이 사실이라고 말하고 싶었지만 할 수 없었다. 그저 생떼를 쓰며 언니의 미안함을 덜어 내는 수밖에.

"뭘 생각하는 거야. 정 못 믿겠으면 명애한테 물어보든가."

파리하게 질린 언니의 얼굴을 똑바로 볼 수 없어 고개를 돌렸다.

"그 요강, 언니가 버렸어."

밑도 끝도 알 수 없는 이상한 이야기가 언니의 입에서 흘러나왔다.

"할머니 요강, 그거 내가 버렸다고! 나는 아침마다 비워야 하는 냄새나는 요강도 싫고 똥탑을 부숴야 하는 가난도 진저리나게 싫었어. 돼지 엄마가 요강을 가리키면서 그러더라. 요즘 같은 세상에 저런 요강을 쓰는 집이 어디 있냐고. 우리가 찢어지게 가난하다는 증거가 바로 그 요강이라는 말에 그것만 없어지면 사람 죽어 나간다는 공장에 취직하지 않아도 될 줄 알았어!"

언니의 절규가 아물고 있던 마음을 찢어 놓았다. 언니가 얼마나 그 깡통촌을 지긋지긋해했는지도 모른 채 의지하려고만 했던 내가 미워졌다. 그 미안함에 고개를 돌리자 텅 빈 옆자리 침대와 구겨진 시트가 보였다. 사람이 있었다는 흔적만이 어지럽게 널려 있을 뿐 그 자리를 지켜야 할 사람이 없다. 또다시 사라졌다. 엄습한 두려움이 내 시선을 창문으로 이끌었다. 마음만 먹으면 언제든지 뛰어내릴 수 있는 그 큰 창을 막아선 낯익은 얼굴 하나가 고개를 돌렸고 그는 명애가 아니었다.

"또 뛰어내렸을까 봐?"

익숙한 그 얼굴이 물었다.

"……."

"너 코 골고 자는 동안 검사하러 갔어."

말투 하나, 까칠한 태도 하나 변한 게 없는 효준이였다. 언니에게도 들키지 않은 그 두려움을 녀석에게 들킬까 봐 나는 질끈 눈을 감았다가 다시 떴다.

"왜 왔어?"

"죽었나 살았나 보러."

"살아난 거 봤으면 그만 가."

"안 그래도 가려던 참이야. 난 할아버지가 시키신 거 배달하러 온 거야."

효준이는 뒷주머니에서 꾸깃꾸깃 구겨진 서류 봉투 하나를 내밀었다. 석현중이라는 익숙하고도 쓰라린 이름으로 이사장 할아버지가 보낸 두툼한 봉투였다.

"이게 뭔데?"

"낸들 어떻게 아냐."

"너 남의 것 훔쳐보는 게 취미잖아."

"할배가 풀을 꽁꽁 발라 놔서 볼 수가 있어야지."

내 마음 속 분노는 할아버지를 향한 것이 아니었고 할아버지 역시 그런 미움을 받을 분이 아니라는 걸 머리로는 이해하면서도 도저히 그 편지를 읽을 자신이 없었다. 봉투를 침대 끝발치에 던져 놓자 효준이가 잽싸게 주워 뜯기 시작했다.

"뭐 하는 거야? 이리 안 내놔?"

"버리려고 던진 거 아니었어? 돈이면 내가 가진다!"

석현중 이사장이 내게 돈 따위를 보낼 리가 없다는 걸 제가 더 잘 알면서도 저런 장난을 치는 것은 이 봉투를 열어 볼 용기가 없는 나를 대신하기 위함이었다. 바스락거리는 소리와 함께 딸려 나온 종이는 몇 장인지조차 알 수 없는 편지였다. 효준이가 심각한 얼굴로 편지를 읽는 동안 나는 녀석의 눈에 비친 소요를 읽었다. 녀석이 읽은 건 달랑 한 장짜리 편지였고 나머지는 편지에 딸린 자료처럼 보였지만 묻지 않았다. 편지를 다 읽은 효준이가 무거운 표정으로 다시 봉투에 넣었을 때, 거기 담긴 글이 예상 밖의 이야기임을 짐작할 수 있었다.

"이건 네가 직접 읽어야겠다."

선뜻 봉투를 받아 들지 못하는 나를 본 언니는 빈 물통을 들고 병실 밖으로 나갔고 효준이는 잠시 말을 아끼는 듯 생각에 잠긴 표정이었다.

"먼저 읽었잖아. 네가 말해."

말을 아끼는 건 평소의 녀석답지 않았다.

"……고구마, 이사장 할아버지가 사시던 집을 네 명의로 물려주실 거란다. 집은 공동체 도서관으로 개조할 거고 그걸 받게 되면 넌 그 도서관의 관장 겸 사서가 될 거라네. 나머지 종이는 그와 관련된 법적인 서류랑 변호사 편지고 자세한 건 네가 읽어 봐라."

예상을 뛰어넘는 충격적인 이야기라 말문이 막혔다.

"할아버지가 왜…… 왜 그러시는데?"

"명분이지. 널 돌아오게 하시려고."

돌아갈 이유는 내가 찾아야 하고 할아버지의 부름은 내 스스로가 납득할 만한 이유가 되지 못했다.

"난 하나도 고맙지 않다고 전해."

"네 목숨도 살려 주셨는데 고마워해야 하는 거 아냐?"

효준이의 이상한 말이 나를 얼어붙게 만들었다. 녀석은 본인이 뱉은 말을 주워 담을 생각도 없이 또다시 뚱딴지같은 이야기를 꺼냈다.

"가끔 할아버지가 다른 곳에 속한 사람이 아닐까 그런 미친 생각을 한 적이 있었거든. 예보에도 없던 비가 억수같이 쏟아지기 전에 마을 수로를 다 점검하게 하고, 고장 난 차를 타고 가려던 사람을 말려서 차량 점검을 받게 한 적도 있고, 뭔가 납득이 안 가는 일을 먼저 막았던 적이 한두 번이 아니어서 진짜 도인일 거라고 생각한 적도 있었어."

"무슨 소리야?"

"작년에 읍내 애들이 만든 위조지폐가 돌기 시작했을 때도 다들 그 정도로 끝날 거라고 생각했지만 할아버지는 달랐거든. 다른 사람들은 몰라도 조만간 큰 바람이 불겠다는 할아버지 말을 흘려들을 수가 없었어. 할아버지는 검찰 조사를 받고 여기저기 불려 다니면서도 안전 그물망이 설치된 걸 꼼꼼하게 점검하셨으니까."

"무슨 소리를 하는 거야?"

"너희 기숙사에 안전망을 설치한 사람이 누군지 정말 모르겠냐?"

"그건 회사에서……."

또다시 무언가가 잘못되었다는 것을 깨달았다. 직원들의 자살 사건 이후 언론에 오르내리는 회사 이미지 때문에 그물망만은 반대하던 회사가 갑자기 자진해서 그물망을 설치한 이유를 너무 순진하게 해석했던 것이다. 효준이가 던져 놓은 조그만 의심이 생각하지 못한 사실들을 끌어 올렸다.

"네가 왜 돈나무를 떠나야 했는지 나는 아직도 이해가 안 되지만 할아버지는 네 선택을 존중하고 기다리자고 하신 거야. 할아버지는 서정 누나를 통해 공장에서 지내는 네 상황을 누구보다 잘 알고 계셨어. 그 그물망 하나 설치하겠다고 할아버지가 편지를 몇 통이나 썼을 거 같아? 회사 사장을 몇 번이나 찾아가고? 늘 그렇듯 모르는 쪽이 속 편하지. 넌 알려고 노력하는 쪽보다 덮어 두고 비난하는 쪽을 택했으니까. 그리고 웃기게도 혹시나 했던 그 그물망에 제일 먼저 떨어진 게 너였던 거고. 나는 수십 번 고쳐 생각해도 네가 도저히 그 그물에 떨어질 애는 아니라고 생각했지만 할아버지의 촉은 다르셨던 모양이다."

진정제 때문인지 앉아 있는데도 몸이 휘청거리며 머리가 어지럽다. 할아버지는 어설픈 희망을 준 것에 대한 책임을 또다시 이런 식으로 지키시려는 건가?

"온다정, 우리는 모두 그대로니까 이제 그만 돌아와라. 사람들도 양도 집도 학교도 네가 남겨 두고 간 돈도 모두 그대로 늙어 가고 있으니까 돌아와서 네가 있어야 할 자리에서 네 할 일을 해."

"그래서 내 할 일이 도서관 사서니까 할아버지가 자기 멋대로 정한 그 자리에 돌아오라고?"

"네 꿈이라고 자기 소개서에 꾹꾹 눌러 박았잖아."

"로투스 펀드로 지어진 그 따위 돈나무 돈 벌고 싶은 생각 없어. 그리고 그것만큼 싫은 게 늙어 가는 돈을 버는 동안 나는 돈나무 밖을 벗어날 수 없다는 거야. 돈은 그 안에서만 써야 하고 그 돈이 거기 있는 한 나 역시 그 돈이 머무는 곳에 머물도록 하는 건 할아버지의 똥고집이야."

"돈나무 돈은 점점 더 많은 곳으로 퍼져 나가고 있고 그걸 가능하게 한 사람이 너였는데, 너한테서 그런 말을 듣는 게 좀 웃기네. 아무도 강요 안 하니까 너 하고 싶은 대로 해."

효준이는 손에 들고 있던 할아버지의 편지를 침대 위에 툭 던지며 말했다.

"올해는 아기 양이 열 마리나 더 태어났고 늙은 양 두 마리가 죽었어. 알지? 이자율이 8퍼센트로 결정되는 거. 그리고 땅콩집 아줌마가 둘째를 낳았어."

효준이가 병실 미닫이 문을 열려는 그 순간 내 입에서 이상한 소리가 새어 나왔다.

"바보…… 9퍼센트지 8퍼센트냐."

효준이가 나를 돌아보며 쓸쓸하게 말했다.

"……그 말을 전하라고 하셨던 이사장 할아버지가 돌아가셨으니까. 원래 49재 지내고 전해 주라고 하셨는데 그때나 지금이나 할아버지는 내가 약속 지킬 놈이 아니라는 걸 잘 아실 테니까……. 그럼 간다."

효준이는 전하고자 했던 마지막 말을 남긴 채 병실을 떠났다.

인생이란 큰 강물과
가난이라는 큰 돌

퇴원을 하루 앞둔 밤, 수면제를 처방받은 명애는 일찌감치 잠자리에 들었고 나는 여전히 불면의 밤을 보내고 있다. 할아버지가 돌아가셨다는 소식은 그 어떤 각성제보다 강한 약이 되어 밤이 깊도록 나를 놓지 않았다. 의식은 깨어 있지만 머릿속이 엉망이라 글 한 줄조차 읽을 수 없는 적막의 상태였다. 간호사가 건넨 수면 유도제 한 알을 입에 털어 넣고 어둠과 별빛 밖에 보이지 않는 창밖 풍경에 넋을 놓았다. 그때 휴대폰 메시지 알림음이 울렸고 오랫동안 연락이 없었던 48호 아저씨가 채팅창에 인사를 건네 왔다.

— 잘 지냈니?

가장 어려운 질문이다. 답을 하지 못하고 주저하는 사이 또 다른 문자가 도착했다.

― 그때 제대로 인사도 못 하고 가서 미안하다. 얼마 전에 석현중 교수 부
　고를 들었어. 미안하게 됐구나.

'아저씨가 왜요?'라는 문장을 쓰다가 이내 지우고 말았다.
그날의 일은 나만큼이나 할아버지에게도 충격적인 일이었을 것
이고 어쩌면 이 모든 사건의 발단이었을지도 모른다. 위조지폐
와 돈나무 공동체의 흔들림, 어쩌면 그 훨씬 이전에 내가 돈나
무에 들어선 그 순간부터 사건이 시작되었을지도 모를 일이다.

― 그 친구도 나도 탓하고 미워할 수 있는 누군가를 찾고 있었던 모양이다.
　미움을 받아도 될 만큼 두드러진 사람, 그 사람이 가진 것만큼 세상 사
　람들의 미움을 받을 의무가 있다는 되어 먹지 못한 생각을 가졌던 거지.
― 그게 석현중 할아버지였나요? 아니 로투스의 대표였나요?
― 누구든 상관없었던 거지. 바보는 실수하고 후회하는 사람이 아니라 실수
　하고 후회했는데 또 같은 실수를 하는 사람이야. 나는 후회했던 그 잘
　못을 되풀이했던 천하의 바보였고 그런 주제에 너를 바보라고 생각했다.
　재작년 겨울, 눈이 많이 내리던 날에 널 봤었어. 산타클로스처럼 이 집
　저 집 지붕 위를 뛰어다니며 눈을 치우는 걸 보면서 돌아서면 쌓이는 저
　눈을 어린애가 혼자 어떻게 치울 수 있을까, 나는 코웃음을 쳤지. 그 정
　도 눈이 쌓인다고 철판으로 된 지붕이 무너지지도 않을뿐더러 그 일을 한
　다고 누가 너의 수고로움과 그 마음을 알아주겠냐고 비웃었다.
― 그 지붕 아래 내가 아는 누군가가 잠들어 있다는 걸 아니까요. 그래도
　아저씨 말대로 바보 같은 짓이었죠. 그런다고 정말 지붕이 무너졌겠어요?
― 다정아.

아저씨는 내 이름을 부르고 한참 동안 말이 없었다.

— 어제 ㄴ0호 지붕이 무너졌다. 그 사람이 죽었어.

그 문장을 본 순간 모든 생각의 회로가 정지되었다. 우리가 그곳에 있었다면 그 죽음을 맞이했을 사람이 우리 세 자매였을 것이라는 두려움과 우리가 아니어서 다행이라는 죄스러운 안 도감이 교차했다. 하지만 어째서 그 집이었나. 수많은 깡통집 중에서 20호 지붕이 내려앉은 게 이상했다. 그 집만큼은 누구 보다 빨리 눈을 치웠던 곳이었는데 왜 하필 그 집이었을까. 나 는 그대로 얼음이 되었다.

— 사람들이 무너지는 변곡점이 달라서이지 않을까 생각해 봤다. 너희 자 매가, 네가 씩씩하게 이겨냈던 가난의 무게가 또 다른 누군가에게는 견딜 수 없는 하중이었던 모양이다. 눈의 무게가 아니라 가난의 무게, 너 희는 셋이 의지하며 골고루 나눠 질 수 있었지만 그 사람은 저 혼자 그 무게를 이겨내야 했던 거지. 버티지 못한 건 지붕이 아니라 그 사람의 마음이란 바보 같은 생각이 들었다. 미안하다, 이 밤에 괜한 말로 심란 하게 만들어서. 잘 자라.

우리가 함께여서 그 힘든 무게를 이겨낼 수 있었을 거라는 아저씨의 마지막 말은 소란스러운 이야기 속에 이상한 울림 이 되었다. 그리고 나조차 의심스럽고 혼란스러웠던 내 머릿속 을 정리해 주었다. 수많은 깡통집을 뛰어다니며 눈을 쓸었던 그 밤처럼 명애 혼자 짊어진 가난과 두려움의 무게를 혼자 놔 둘 수 없었다고, 나는 그렇게 명애를 혼자 둘 수 없었다고. 명애 역시 그 지붕의 눈처럼 무거운 존재였다. 하지만 그런 명애가 있었기에 나는 다른 힘에 휘둘리지 않고 매일매일을 견딜 수 있었다. 명애가 없었다면 그물망이 생기기도 전에 그 난간에 섰을 사람은 나였다. 그걸 깨닫는 순간 뜨거운 눈물이 뺨을 타고 흘러내렸다.

퇴원 수속을 마치고 나는 언니를 학교로 돌려보냈다. 끝까지 함께 가겠다는 언니와 한참 동안 버스 터미널에서 옥신각신하다가 도망치듯 혼자 버스에 몸을 실었다. 차창 밖으로 멀어지는 언니의 걱정 많은 얼굴에 함박웃음을 지으며 팔이 아플 때까지 손을 흔들었다. 버스가 고속도로에 접어들어 속력을 내자 내 몸이 무중력 속에 접어든 듯 떠 있는 기분이었다. 이 세상 어디에도 두 발을 내리지 못한 채 떠 있는 공기 중의 미세한 입자가 되어 버린 것처럼 슬퍼졌다. 버스가 목적지 터미널에 도착하자 현실이 두 발목을 땅으로 잡아 이끌었다.

마침내 이곳으로 돌아왔다. 1년 전 처음 이곳에 도착했을 때와 똑같은 색, 똑같은 풍경을 입은 이곳으로. 하지만 발걸음이 돈나무로 향하지 않았다. 터미널 앞에 즐비한 빈 택시들을 보았지만 딱히 급히 갈 일이 없기에 가방을 멘 채 거리를 배회했다. 쓸쓸한 기분에 휩싸여 쉽사리 발걸음을 떼지 못하고 있던 그때 멀리서 형태가 나를 알아보고 걸어왔다. 녀석은 인사도 없이 내 가방을 빼앗아 들더니 택시로 가서 기사와 이야기를 나누고 가방을 차에 실었다. 예전과 변함없이 제멋대로.

"가라."

"뭐야?"

"아저씨, 얘 가출한 애예요. 중간에 내려 주지 말고 곧바로 돈나무에 데려다 주세요."

등을 떠밀듯 나를 택시 뒷자리에 태운 형태는 주머니를 뒤적거렸다. 녀석이 택시 기사의 손에 쥐여 준 5천 재노시와 그를 스스럼없이 받아 든 기사의 얼굴을 보면서 내가 이곳을 오래 떠나 있었음을 깨달았다.

"빨리 가. 이효준이 혹시라도 너 보면 돈나무로 보내라고 했으니까."

"왜······."

"오해하지 마. 돈 받고 하는 일이니까. 그리고 좋아하겠다."

"누가?"

"돌아와서 다행이라고······ 할배가 좋아하겠다."

울컥 배어 나오는 울음을 참으려 고개를 돌리는 바람에 형태에게 미처 인사를 하지 못했다. 택시는 1년 전 그날처럼 나를 돈나무로 올라가는 숲속 길 한가운데 내려 주었다.

반년 만에 돌아온 돈나무는 계절의 색깔만 바뀌었을 뿐 떠난 그대로였다. 키가 불쑥 자라고 이빨이 빠진 꼬맹이 몇몇을 제외하면 사람들조차 그대로였다. 하지만 나를 본 몇몇은 의아해했고, 몇몇은 적대적인 얼굴이었고 나머지는 별 관심을 보이지 않았다. 내가 의지했던 사람들은 두 팔 벌려 나를 환영했지만 멋쩍은 마음 때문에 마음 편히 그 호의를 받을 수 없었다.

내가 왔다는 소식에 한걸음에 달려온 수정이는 말도 없이 가슴을 파고들었다. 든든히 곁을 지켜 주지 못한 미안함이 수정이를 껴안은 팔을 놓지 않았다.

할아버지의 변호사는 유일한 상속인인 내게 필요한 모든 법적 절차를 대신 처리해 주었다. 세상 사람들은 내가 받을 유산의 액수를 궁금해했지만 어차피 돈나무 안에서의 모든 재산은 바깥세상의 그것과 기준 자체가 다르고 수치화하는 것이 무의미했다.

할아버지가 남긴 재산은 낡은 2층짜리 단독주택과 10만 권의 책을 제외하면 돈이라고는 10원 한 푼조차 없었다. 매달 얼마간 나오던 돈나무의 노인 연금은 모두 자신의 장례식 비용으로 쓰게끔 만들어 두셨고 사후 발생할 책의 인세조차 전부 어린이 단체에 기부하도록 만반의 조치를 취해 놓았다. 물레와 편지와 낡은 옷가지가 거의 전부였던 간디에 비하면 할아버지의 유품은 대재벌 수준이었지만 물질 만능주의가 팽배한 호시절을 살았던 사람치곤 너무나 빈자의 삶이었음이 증명되었다.

나는 사람들 속에서 예전처럼 일하고 섞였지만 가끔씩 그들의 수군거림을 보고도 모른 척 지나쳐야 했다. 원래 공동체에 기증될 이사장 할아버지 유산의 대부분을 단독으로 상속받은 것에 대해서 왈가왈부 많은 말이 있었던 모양이다. 미국에 산다는 아들조차 할아버지의 유언을 받아들이지 못했다는 말이 떠돌았지만 공동체는 할아버지의 유지를 받들되 내가 거부를 하든 받아들이든 내 생각도 존중한다는 결론만 내렸다고 했다. 공동체가 중지를 모았지만 여전히 그 결정에 이의를 제기하는 사람들이 많다는 소리가 들렸다. 돈나무가 여러 가지 사건 사고를 겪으며 내부의 벽이 높아졌다는 생각이 들었다. 물론 그 벽을 쌓아 올린 데 혁혁한 공을 세운 건 나였으니 달리 할 말도 없지만.

그리고 얼마 지나지 않아 할아버지의 49재가 되었다. 49재가 있던 날 소식을 들은 기자 몇 명과 수백 명의 외부인들이 찾아와 자리를 메웠다. 공동체 사람들끼리 소박하게 치른 장례식에 비하면 규모나 조문객 숫자에서 진짜 장례식 같은 분위기였다. 마을 회관 앞에 천막이 쳐지고 의자가 마련되고 음식이 차려지는 광경이 흡사 초등학교 운동회를 보는 것 같았다. 할아버지의 마지막은 모두를 위한 축제의 장이 되었다. 조문객들조차 넥타이를 느슨하게 매고 대낮부터 얼굴이 벌겋게 달아올라 있었고, 웃고 울고 떠들며 할아버지를 기억했다. 돈이 늙어가는 이상한 공동체를 만들고자 했던 할아버지의 이상은 로투스의 돈을 빌려 얼추 마무리되었고 끝없이 문제를 일으키며 잘 굴러갈 것임을 확인하고 가셨으니 여한도 남지 않으셨을 것이라고, 마이크를 잡은 누군가의 헌사가 이어졌다. 또 다른 이는 생전 이상한 채식주의를 고집한 할아버지 때문에 공동체 사람들이 음양으로 많은 고생을 했다는 말을 전하며 더 오래 사셨으면 진짜 모기조차 죽이지 말라고 하셨을 테니 참 많이 난감했을 것이라는 말로 좌중을 웃게 만들었다. 눈가의 눈물을 찍으며 웃는 사람들 틈에서 나는 슬며시 자리를 빠져나왔다.

아직 이들 속에서 웃고 울면서 감정을 드러내기에 내 마음은 여전히 거북이걸음 중이었다. 그 마음을 들킬까 봐 도망치다가 조합장 아저씨를 만났다. 꾸벅 인사를 하고 가려는데 아저씨가 나를 불러 세웠다.

"다정아, 시간 되면 오후에 은행 가서 경우 좀 봐 줄래? 아, 이건 아르바이트."

"아니요, 됐어요. 아니, 돈 받는 게 됐다고요. 가서 오빠랑 있을게요."

"다정아, 고개 들고 걸어라."

"네?"

아저씨의 말이 이어졌다.

"너 죄지은 거 없으니까 고개 숙이고 다니지 말라고. 고개 들고 걸어라."

"네……."

그 말을 들으면서도 내 고개는 생각의 무게 때문에 한없이 고꾸라지고 있었다.

"다정아, 잠깐 여기 앉아 봐라."

아저씨가 손가락으로 벤치를 가리키며 말했다.

"네……."

"사람들이 너에게 뭐라고 하든 귀담아듣지 마. 괜한 이야기들이야 시간이 가면 제풀에 잦아들 거야. 사람들은 그저 갑자기 할아버지가 돌아가신 그 슬픔을 누군가에게 화살로 돌리고 싶은 것뿐이야."

"……"

고맙다는 말조차 안으로 삭일 수밖에 없었다.

"아저씨는 말이다. 여기 들어오기 전에 늘 사람들 머리 위만 쳐다보고 살았다."

조합장 아저씨를 오래 알지 못했지만 그 말이 올라갈 곳만을 보고 살았다는 뜻은 아님을 안다.

"사람들과 눈을 마주치면 내 눈을 거쳐 경우를 훑었다가 다시 나를 보면서 궁금해하고, 걱정하고, 동정하는 그 모든 생각이 느껴졌거든. 근데 또 그 눈빛이 싫어서 죄지은 것처럼 아래를 내려다보고 살기도 싫은 거야. 우리 애가 다른 게 무슨 죄인데, 다른 아이를 둔 부모가 무슨 죄인인데! 고개를 처박고 살기도 싫고 그 사람들 눈빛마다 싸움을 걸듯 항변하고 살고 싶지도 않았어. 그래서 늘 그 머리 꼭대기쯤에만 시선을 두고 살았어. 그런데 이곳에 와서는 처음으로 사람들과 시선을 마주치며 산다. 이 사람들이 특별해서가 아니라 그 한 번의 궁금증을 넘어서면 이해가 있다는 걸 내가 몰랐던 거지. 사람들이 이해할수 있는 시간과 기회를 줘야 한다는 걸 몰랐어."

"……"

"처음엔 똑같았어. 궁금해하고, 걱정하고, 동정하는 눈빛이었지만 그걸 넘어서고 나면 이해하는 거지. 그 사람들이 나빠서가 아니라 자기들도 어떻게 대해야 할지 겪어 본 적이 없었던 거지. 우리는 그 과정을 겪고 경우를 받아들이고 이해하면서 살아가는 거야. 사람은 그 한 번이 정말 어려운 거더라."

"네……"

"다른 사람들에게도 실수할 수 있는 기회를 줘. 넘어서고 실수하고 그다음에 정말 아니다 싶으면 그때 질려서든 포기해서든 어떤 이유로든 떠나도 후회가 없겠지만 그 한 번이 전부인양 떠나 버리면 나중에 후회가 되지 않을까 싶다. 로투스 돈에게도 실수를 만회할 수 있는 기회를 줘 봐야지."

조합장 아저씨의 말에 닫아 두었던 빗장이 열리며 툭툭 생각들이 쏟아져 나왔다. 길게 뻗은 참나무 숲길을 걸어가는 동안 49재에 참석하려는 많은 조문객들이 내 곁을 스쳐 갔다. 그들이 손에 든 것은 흰 국화 한 송이와 조의금으로 쓸 돈나무 돈이었다. 자신의 49재마저 돈나무 돈을 활성화시키는 축제로 만든 할아버지의 깊은 생각도 내 곁을 스쳐 갔다. 말만 할아버지 49재지 이곳은 축제 분위기이구나. 봉분 뗏장에 풀이 돋기도 전에 사람들은 웃고 떠드네. 할아버지 바람 그대로.

은행으로 내려가는 길에 수풀 너머 굴피집이 보였다. 굴피집으로 향하던 발걸음이 웃자란 풀숲에 막혀 버렸다. 작년에 아이들과 함께 풀베기를 하며 길을 내었던 게 엊그제 같은데 그 반년이란 시간 동안 또다시 풀 천지가 되어 있었다. 낫을 가지러 갈까 잠시 고민하다가 그냥 풀줄기를 밟으며 길을 만들었다. 누운 풀길은 눈이 내린 깡통촌의 지붕처럼 길게 이어진 길이 되었다. 참나무 숲 사이에 가려진 굴피나무 집이 모습을 드러내자 옅은 탄성이 새어 나왔다. 사람의 손길이 끊겨 거미줄로 뒤덮여 있을 줄 알았던 그곳이 새로운 굴피를 머리에 이고 깨끗하게 단장된 얼굴로 나를 맞아 주었다. 누가 이곳을 보살

피고 있었을까…….

마당을 가로지르는 어지러운 오토바이 바퀴 자국들이 마이너스 잔고에도 돈을 걱정하지 않는 그 녀석을 떠올리게 만들었다. 제 시간을 돈으로 환산하길 싫어했던 녀석이 스스로 매긴 가치와 시간들이 별처럼 흩뿌려져 있었다. 서울에 있는 대학에 합격한 후 이곳을 떠나기 전까지 효준이는 자진해서 할아버지의 서재와 별장을 정리하는 일을 도맡았다고 했다. 효준이가 국립중앙도서관의 분류식대로 체계적으로 정리한 덕분에 힘든 일도 얼추 끝나 있었다. 그리고 서재 입구에 메모지 한 장이 붙어 있었다.

'127시간, 네가 갚아야 할 내 시간.'

휘갈겨 쓴 그 종이를 떼어서 보고 있던 책 사이에 잘 끼워 두었다. 주말이 되면 그 시간을 어떻게 내어놓으라고 떼를 쓸지……. 피식 웃음이 새어 나왔다. 대청마루에 앉아 둘러본 따뜻하고 소박한 풍경 속에 익숙한 나무들이 눈에 들어왔다. 굴피를 채취했던 참나무 등걸에 제법 새살이 올라 있었다. 자라는 동시에 늙어 간 그 참나무가 말했다.

가치 있는 것들을 내어 주고도 나는 이만큼 또다시 성숙해졌다. 시시각각 변하는 것들은 그 어느 것에도 숫자를 매길 수 없고, 너도 그렇다.

생채기를 덮은 나무의 속삭임이 오래도록 나를 에워쌌다. 무수한 이야기들이 있었지만 모든 걸 말해 주는 대신 침묵을 택했다. 그때의 할아버지처럼. 늙어 가는 그들은 스스로 반짝이지 않았지만 제가 받은 빛을 내어 주는 또 다른 야광별이 되었다. 또다시 속삭임이 들려온다.

너도 그러하다. 너 또한 그렇게 가치 있다.

작가의 말

이 책을 쓰는 것은 꽤 오래된 숙제였다. 글을 쓰고자 하면서 왜 상과대를 다니고 있을까 하는 자괴감을 안고 있던 그때부터 지금까지, 게젤과 슈타이너가 주장한 감가하는 화폐는 오랫동안 들고 있기 무거운 화두였다. 인류의 4분의 1이 이슬람이라는 사실보다 그 이슬람인들의 율법이 이자를 부정한다는 사실이 더 놀라웠던 그 시절에 나는 내 세상 밖의 상식에 무지했다. 이자를 쌓아 간다는 그 작은 약속 하나를 바꿈으로써 자본주의의 폐단과 부패를 막을 수 있다는 논리가 수상한 시절을 만나 뜨겁게 타올랐고, 글을 쓰는 업을 깨우친 후에도 나를 놔주지 않았다. 돈이 이자를 불리지 않는 상식 밖의 일이 나에게는 개벽과도 같은 일이었다. 그러나 이 무거운 소요를 언제까지 내 안에만 눌러 둘 수는 없었다. 자라나는 세대가 소화하기 쉽게 만드는 것이 내 몫이라는 염치없는 생각이 들기 시작했다.

대공황을 겪었던 1930년대와 무려 한 세기가 지났음에도 변함이 없는 오늘의 초상은 많은 고민을 안겨 주었다. 상식의 틀을 깨 보고 싶었다. 소비 지향적 자본주의의 시대에 감가하는 화폐를 만들어 쓰는 공동체를 상상하는 것이 시대를 읽지 못하는 아둔함으로 보일지라도. '부자 되라'는 인사가 덕담이 되는 시대를 역행하는 반동적 행위로 비칠지라도. 믿음과 의심 사이에 '합리적 의심'이 아닌 '합리적 믿음'이 있지 않을까 생각했다.

이 책에 등장하는 재노시는 현실에 뿌리를 둔 상상의 산물이다. 자료를 찾으면서 만난 타임달러TimeDollar나 타임뱅크TimeBank는 재노시의 개념 확립을 도와주고 공동체의 형성과 증여 경제에 대한 실마리를 제시해 주었다. 지역화폐에 대한 구체적 실증은 브라질의 교육화폐 사베saber나 독일 바이에른주 뮌헨 인근의 대안화폐 킴가우어Chiemgauer에서 얻었다. 세계 곳곳에서 진행 중인 대안화폐 실험과 공동체 운동과 연구가 이 책의 초석이 되었다.

무엇보다 큰 이정표는 미하엘 엔데Michael Ende라는 거목이었다. 돈과 시간의 노예가 된 현대인을 고발했던 그의 철학적 성찰은 큰 울림이 되었고 또 다른 이를 이정표로 제시했다. 엔데는 유대 금융인 조지 소로스George Soros를 소환했고, 조지 소로스는 과학 철학자 칼 포퍼를, 칼 포퍼는 신자본주의 경제학자들을 불러들여 고민의 깊이를 더했다. 만약 이 책을 읽고 공동체와 화폐에 대해 더 많은 정보를 접하길 원한다면 『녹색평론』과 『엔데의 유언』을 통해 얻을 것을 추천한다.

고백하자면, 이 작품을 이렇게 오랜 시간 단내 나게 쓰고 있을 줄은 몰랐다. 공자의 제자 자로가 노나라 석문의 문지기로부터 들었던 불가이위不可而爲라는 말이 뼛속 깊이 들어박혔다. 무모한 시도가 아닐까. 초고를 뒤엎고 다시 쓰면서 자괴감이 든 적이 한두 번이 아니었다. 애초에 두 권으로 구상했던 내용을 한 권으로 압축하여 다시 썼다. 그 과정이 신산스러웠다. 원고를 수정하며 스스로 기름을 짜낸 깻묵이 되어 간다는 생각이 들기도 했다. 초고는 늘 소풍을 떠나는 기분으로 쓰지만 고쳐 쓸 때는 올랐던 산을 내려와 다른 길을 찾아야 하는 심마니의 절망을 느꼈다. 길을 찾는다 한들, 그 길을 지나가면 또다시 흐려질 것이라는 생각마저 들었다. 어쩌면 행복은 산의 정상이 아닌 그 정상이 보이는 9부 능선 어디쯤에 있는 게 아닐까. 그 불투명한 깨달음은 이 글을 갈무리하는 지금, 이곳에 내 행복이 있음을 느끼게 해 준다.

이 글이 세상에 나오기까지 숲과 나무가 되어 나를 능선으로 끌어 올린 분들이 많았다. 특히 나의 파마머리 선생님, 고3 때 담임이셨던 청운고 고故 김운한 선생님께 감사의 인사를 드린다. 고향 내려오면 소주 한잔하자시던 그 약속을 지키지 못했다. 인생의 스승이셨던 그분이 이 글에서처럼 오래도록 많은 이의 가슴에 기억되길 바란다.

또 사랑하는 가족과 오랜 친구들, 돌베개 권영민 팀장과 편집팀에게도 감사의 인사를 전한다. 4년 등록금이 아깝지 않게 해 준 내 전공에게도 몇 할의 감사를 떼어 주며 무엇보다 나의 닻이자 돛인 아들 송깐돌 군에게 사랑의 인사를 전한다. 활자가 없는 너의 세계와 그림이 없는 나의 세계가 언제쯤 만날 수 있을까. 자기가 볼 책을 만들어 달라는 아들의 부탁대로 다시 붓을 들까 고민 중이다.

2017년 4월
추정경